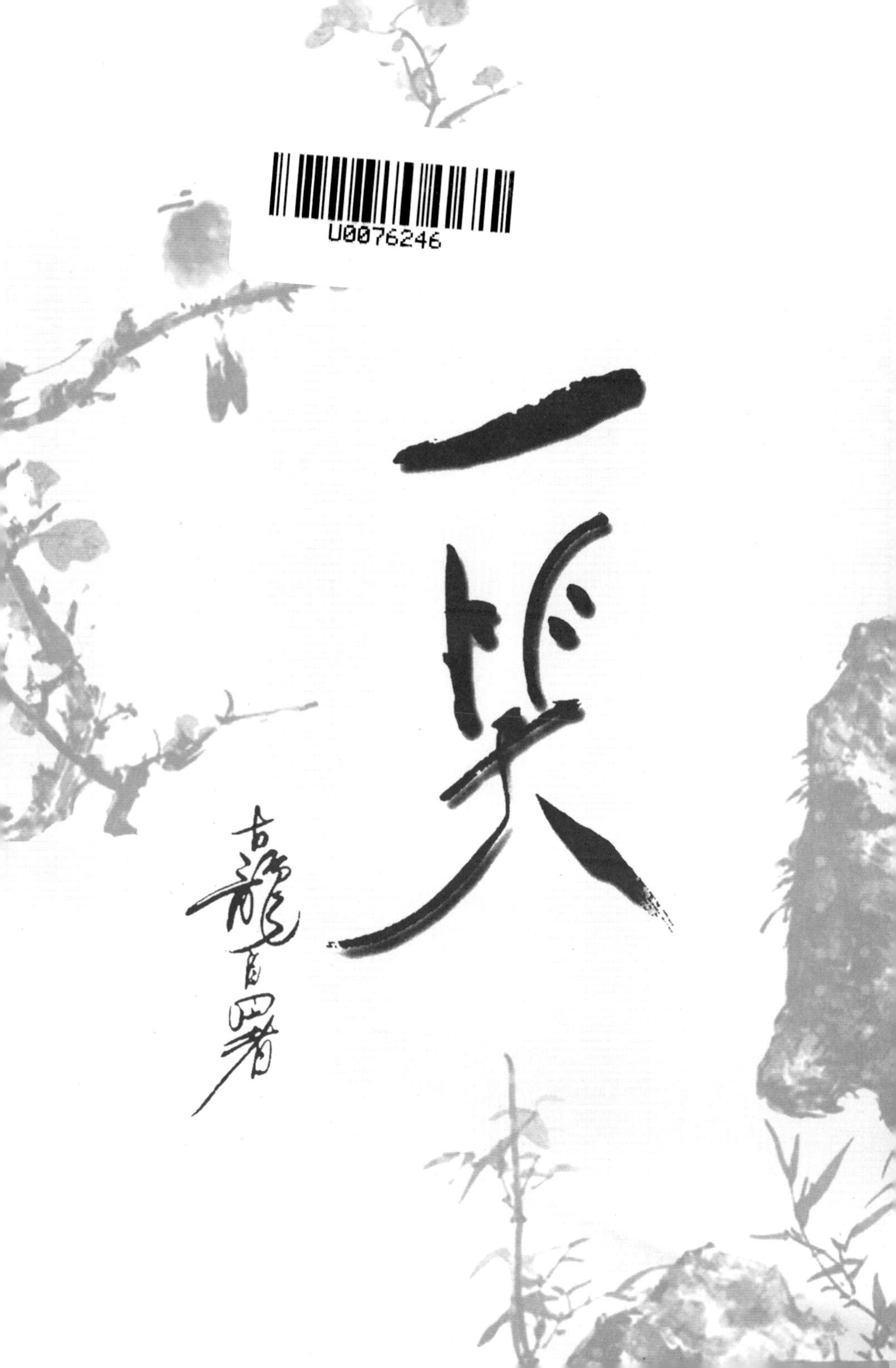
U0076246
古龍自署

盛期之風貌

臥龍生作品　帶動武俠風潮

《飛燕驚龍》開一代武俠新風

《飛燕驚龍》(1958)爲臥龍生成名作，共48回，約120萬言。此書承《風塵俠隱》之餘烈，首倡「武林九大門派」及「江湖大一統」之說，更早於香港武俠巨匠金庸撰《笑傲江湖》(1967)所稱「千秋萬世，一統」達九年以上。流風所及，臺、港武俠作家無不效尤；而所謂「武林盟主」、「江湖霸業」等新提法，竟成爲社會大眾耳熟能詳的流行術語了。

《飛燕》一書可讀性高，格局甚大。主要是寫江湖群雄爲覬覦傳說中的武林奇書《歸元秘笈》而引起一連串的明爭暗鬥；再以一部假秘笈和萬年火龜爲餌，交插敘述武林九大門派（代表正派）彼此之間的爾虞我詐，以及天龍幫（代表反方）網羅天下奇人異士而與九大門派的對立衝突。其中崑崙派弟子楊夢寰偕師妹沈霞琳行道江湖，卻如夢似幻地成爲巾幗奇人朱若蘭、趙小蝶之絕世武功技驚天龍幫，而海天一叟李滄瀾復接連敗於沈霞琳、楊夢寰之手；致令其爭霸江湖之雄心盡泯，始化解了一場武林浩劫云。

在故事佈局上，本書以「懷璧其罪」（與真、假《歸元秘笈》有關）的楊夢寰屢遭險難，卻每獲武林紅妝垂青爲書膽（明），又以金環二郎陶玉之嫉才害能，專與楊夢寰作對(暗)爲反派人物總代表。由是一明一暗交織成章，一波未平，一波又起，極盡波譎雲詭之能事。最後天龍幫冰消瓦解，陶玉帶著偷搶來的《歸元秘笈》跳下萬丈懸崖，生死不明，卻予人留下無窮想像空間。三年後，作者再續寫《風雨燕歸來》以交代陶玉重出江湖，爲惡世間，則力不從心，當屬狗尾續貂之作。

在人物塑造方面，臥龍生寫男主角楊夢寰中看不中用，固然乏善可陳，徹底失敗；但寫其他三名女主角如「天使的化身」沈霞琳聖潔無瑕，至情至性，處處惹人憐愛；「正義的女神」朱若蘭氣質高華，冷若冰霜，凜然不可犯；「無影女」李瑤紅則刁蠻任性，甘爲情死等等，均各擅勝場。乃至寫次要人物如「賓中之主」海天一叟李滄瀾之雄才大略，豪邁氣派；玉簫仙子之放蕩不羈，爲愛痴狂；以及八臂神翁聞公泰之老奸巨猾，天龍幫軍師王寒湘之冷傲自負等，亦多有可觀。

與

摘自 葉洪生、林保淳著《台灣武俠小說發展史》

台港武侠文學

流行天王

臥龍生

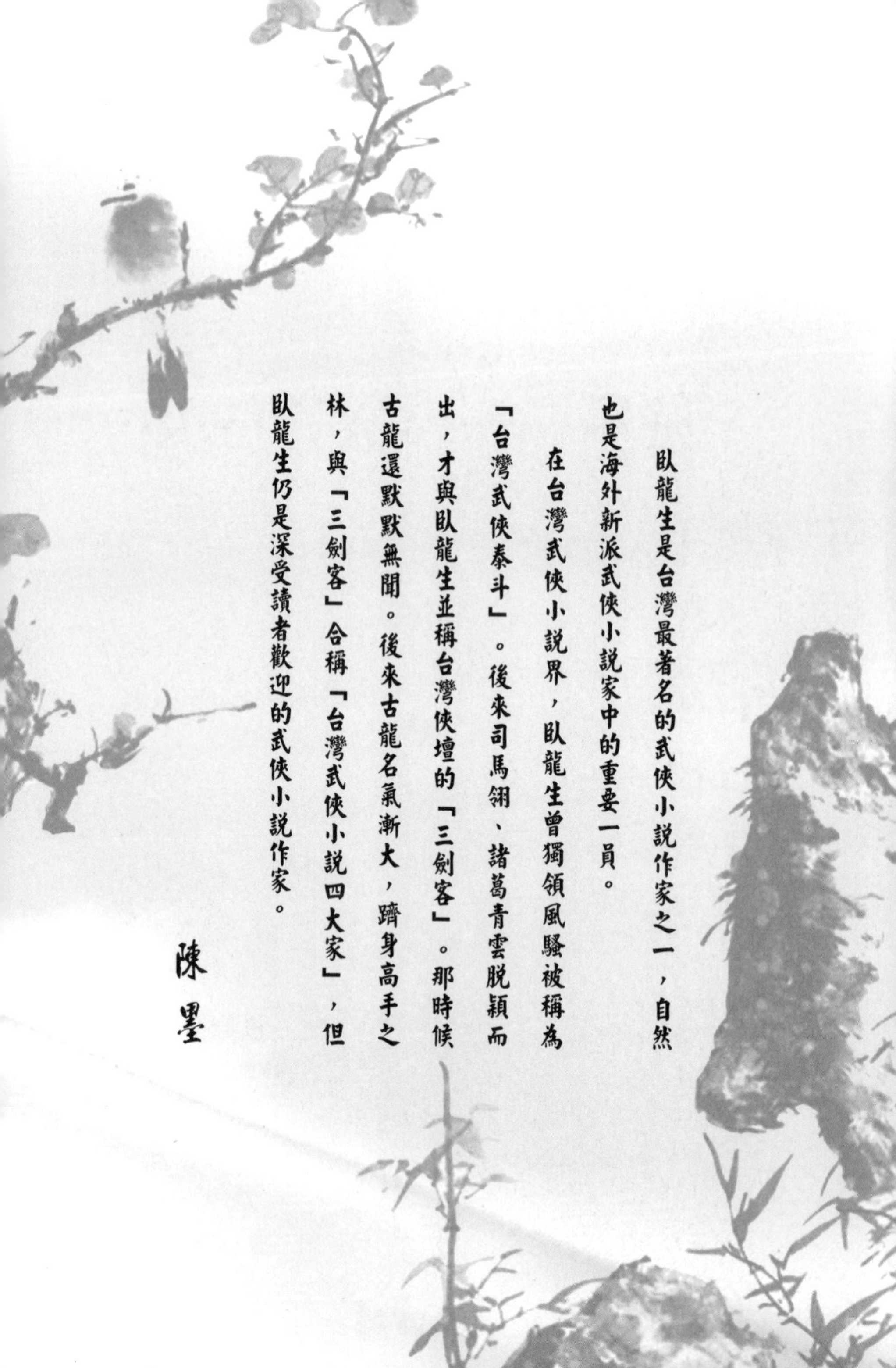

臥龍生是台灣最著名的武俠小說作家之一，自然也是海外新派武俠小說家中的重要一員。

在台灣武俠小說界，臥龍生曾獨領風騷被稱為「台灣武俠泰斗」。後來司馬翎、諸葛青雲脫穎而出，才與臥龍生並稱台灣俠壇的「三劍客」。那時候古龍還默默無聞。後來古龍名氣漸大，躋身高手之林，與「三劍客」合稱「台灣武俠小說四大家」，但臥龍生仍是深受讀者歡迎的武俠小說作家。

陳墨

飄花令（一）

臥龍生精品集 21

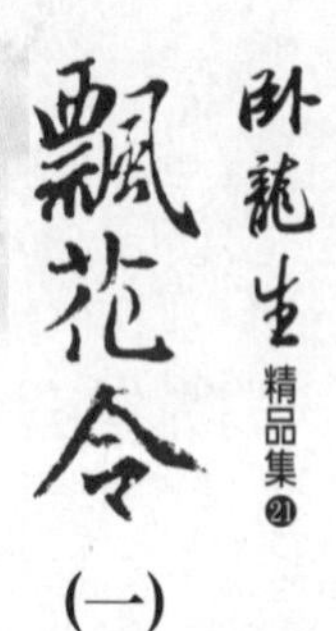

目錄

【導讀推薦】

《飄花令》之謎：江湖爭霸所逼顯的人生無常

知名文學評論家
秦懷冰

雖然臥龍生較具代表性的武俠作品，主要被視爲：乃是以將緊湊的故事、曲折的情節、熱鬧的過場、糾纏的情愛等等通俗文學要素融合得扣人心弦見長；然而，這並不表示他的作品沒有深層的言外之意。他從未標榜過自己的作品在探索人性深度方面，有何別出心裁的題旨或暗喻，但稍爲細心的讀者卻可以從字裡行間，看出他對世事滄桑、人生無常的深刻感受與體悟。

甚至，他不時透過敘事情節的詭變與逆轉，巧妙地展示人生的真相往往與世人所見的表象逆反。這部《飄花令》，在臥龍生成熟時期的創作中，是將「逆反」這個主題展現得最爲淋漓盡致、也最爲駭人聽聞的一部。

奇詭布局與巧妙隱喻

評論者檢視臥龍生的作品時，常只聚焦於他早年的幾部成名之作，卻未遑對他中期之後刻意營求自我蛻變的軌跡多予注目；其實，他開始將奇詭的布局與人生的隱喻結合起來，作為推展情節的主軸，即透顯了一種有意提升其武俠意境的企圖，《飄花令》堪為例證。

故事開始時的氣氛雖然悲愴而詭異，卻似落入了古典武俠的窠臼：身懷血仇的少年慕容雲笙，到其父一代大俠慕容長青的墓前祭奠，墓園卻早已遭到其父生前的仇家監控，而此勢力龐大的仇家背後顯然更有深不可測的暗中主導集團。於是，藉由與其父的仇家、對頭及幕後主導集團的幾番明爭暗鬥，慕容雲笙背後的支持力量也逐漸現形，原來他們都是慕容長青生前的結義兄弟，以及仰慕大俠人格風範的武林白道人士。

江湖義氣與紅粉新秀

隨著敵對雙方一連串布局格殺與反布局圍堵的熾熱搏鬥，慕容雲笙逐漸明瞭，父親生前有四個結義兄弟：老二申子軒、老三雷化方均為血性漢子，老四以道士身分為掩飾，即自己的師父紫雲宮主，老五則是已遁入佛門的九如大師。據申子軒等透露，為了探查老大慕容長青遇害的真相，老四紫雲宮主毅然潛入敵人集團，已多年失去音訊，應是凶多吉少。而若非紫雲有親筆信函堅稱雲笙確為長青之子，矢志為老大報仇的申子軒等人久歷患難，又豈會不懷疑雲笙是敵方派來潛伏的奸細？

慕客雲笙多次出生入死，終於發現疑似謀害其父的龐大黑暗勢力「三聖門」已開始浮出檯面，他即公然與之對陣，得到正與該黑暗勢力逐鹿江湖霸業的傑出英雌郭雪君及才智卓絕的紅粉知己楊鳳吟相助，逐漸撥開重重迷霧，走近黑暗勢力「三聖門」的核心——控制了眾多名門正派頂級高手的地下石城。在那裡，雲笙歷經淬煉，險死還生，卻發現石城之主對他似乎並無

真正的惡意。另一方面，「三聖門」所展示的實力之高強，完全在申子軒等正派耆宿及郭雪君等江湖新秀的意料之外，簡直到了不可思議的地步；幸賴才女楊鳳吟奇謀迭出，料事如神，將敵方的攻勢一一化解，否則，雲笙等人恐早已身遭不測。

故事表象與生命真相

然而，以上情節其實都只是故事的表象，而隨著情節的推展，諸多駭人聽聞的真相逐一豁然呈現。「大俠」慕容長青非但根本未死，其人的偏狹心術、梟雄行徑，竟連日常相處親密的義弟申子軒、雷化方等都被蒙在鼓裡，所謂遇害云云只是一個布局脫身的幌子。更離奇的是，圖謀建立霸權、一統江湖的邪派集團「三聖門」，竟是慕容「大俠」手創，而與他並稱「三聖」的另二名絕世高手竟是少林掌門天通大師、武當掌教鐵劍真人，而這「二聖」竟是為他所暗算謀害，死得不明不白。

「大俠」何以搖身一變為大奸巨憝，名門正派的掌門何以寧可放棄身分另組意欲雄霸天下的新勢力？藉由情節的轉折，臥龍生自有他的一番論述。但更奇詭的是：螳螂捕蟬，黃雀在後，慕容除去彼「二聖」不久，自己居然也遭到身旁親信暗算，不得不再詐作當場身死，然後設局隱遁，徐圖捲土重來，報復此一陰狠無比的篡位者。情節詭變至此，大起大落的故事主軸算來至少已是三度「逆反」。

駭人聽聞與意料之中

然而，駭人聽聞的真相繼續揭露：原先被老二申子軒、老三雷化方等公認為最具俠義情懷，不惜苦心孤詣、捨身毀容，潛入敵後探求老大遇害實況的老四紫雲宮主，竟正是「三聖門」中憑功勞獲得慕容長青信賴，而終於幾乎一舉將他置之死地的篡位者，亦正是慕容雲笙在渡盡劫波後曾經遇到的地下石城之主。於是，另一個迎面而來的「逆反」便是：所有雲笙爲報「殺父」之仇、爲反邪惡勢力而從事的浴血奮鬥，全都成爲荒謬可笑的虛妄與反諷。

事實上，慕容長青固然根本不需要他這個篡位者的兒子來爲他報仇，他的生父紫雲宮主當初騙他以慕容長青之子的身分出道江湖，無非是爲了試探長青是否隱遁未死，以及反「三聖門」的力量究有多大而已。到了圖窮匕現的時刻，長青與紫雲拚了個同歸於盡，自是理所當然的結局。不過，臨到收尾，作者卻神來一筆地拋出了另一個匪夷所思的「逆反」：一直在與慕容長青的「三聖門」鬥智鬥力，屢屢壞他大事的才女楊鳳吟，竟然早已知道自己才是慕容長青之女！

想來，不斷大破大立的「逆反」之後，慕容雲笙應要喃喃自問：我到底是誰？正如古龍《邊城浪子》中的傅紅雪，金庸《俠客行》的石破天一樣，永遠不能確知自己的真正身世。

誰說武俠小說只是通俗文學，誰說臥龍生只是說故事的人，其作品通常不處理嚴肅的人生問題？「逆反」，往往正是人生在世可能面臨的生命真相之一，也正是極嚴肅的人生課題吧！

一　冷月青塚

一輪明月高掛中天，清冷的月華照著一座孤寂的青塚。

一個二十三、四歲的青衣少年，孤獨地緩緩行來，直到那青塚前面，凝目注視了一陣，突然撩起長衫，對著那青塚恭恭敬敬地大拜三拜，喃喃低語道：「老前輩仁德廣被，竟然是這般淒涼，連一塊墓碑也沒有……」他自言自語，說到了傷心之處，兩行淚水奪眶而出。

他掏出絹帕，揩拭了一下淚水，正待站起身子，夜風中突然飄傳來一陣淒涼的哭聲。

青衣人疾快地站起身來，隱入青塚旁側的荒草之中。只聽那哭聲愈來愈近，片刻間已到了青塚前面。

月光下，只見來人穿著一身白衣，梳著一條長辮子，竟是一個十五、六歲的小姑娘。她緩緩取下竹籃，取出素花鮮果，供在青塚前面，對著那青塚跪了下去，嗚嗚咽咽地哭了起來。

那隱身在草叢之中的青衣少年，心中暗暗忖道：「這位墓中的前輩已過世了近二十年，這小姑娘看上去只不過十五、六歲，墓中人死去之時，她還未生人世，怎麼和這位墓中人攀上了關係呢？」

忖思之間，突然聞一聲冷笑傳來，道：「又是妳這小丫頭，老夫已經三番四次勸告於妳，不許再來此地奠拜這座荒墳，怎的竟是不肯聽從，今宵又被老夫抓到，不能再輕輕放過妳

了。」

說話間，一位全身黑衣背插單刀的老人已如飛而到，直通到那白衣少女的身後。

那隱在草叢中的青衣少年，抬眼打量半天，心中暗道：「這小丫頭既來奠拜墓中人，自非全無關連，今夜叫我遇上，豈能袖手不管。」

心念一轉，暗中運氣戒備，如若那老人出手擒那白衣姑娘，立刻出手攔阻。

那白衣少女停住哭聲，舉手理了一下鬢邊散髮，回眸望了那黑衣老人一眼，輕輕嘆息一聲道：「我就要走了，你就再饒我這一次吧？」

她說得幽婉動人，但神情間卻是十分鎮靜，毫無慌亂之情，那黑衣老人冷冷說道：「妳可記得老夫已經饒妳幾次了？」

那白衣姑娘凝眸沉思了一陣，道：「這是第七次了。」

黑衣老人怒道：「再一再二、再三再四，妳已連犯了七次之多，這次是萬萬不能饒妳的了。」

那白衣姑娘搖搖頭道：「你已經放過我六次，這一次不放也不行了。」

黑衣老人怒道：「為什麼不行？」

白衣姑娘笑了笑道：「要得人不知，除非己莫為，你已經放了我六次，這次你如把我擒去見那馬總管，我如說了實話，那你就吃不完兜著走了。」

黑衣老人問道：「你怎麼知道馬總管？」

白衣姑娘道：「我不但知道馬總管，而且還知道你們一共有七個人守這墳墓。」

那黑衣老人聽得呆了一呆，道：「瞧不出妳人小鬼大，竟是早已打聽得清清楚楚了……」

語聲微微一頓，又道：「這一個多月來，每當老夫值夜，就遇上妳這丫頭，看來妳是常來此地了，定然也遇上過其他值夜的人了？」

白衣姑娘搖搖頭道：「你們七個人，那馬總管不擔值夜之責，我第一次來此拜墓就遇上了你，以後每隔五天來一次，自然次次都是你值夜了。」

那黑衣老人怒道：「這麼說來，妳是存心和老夫過不去了。」

白衣姑娘道：「那倒不是，只因你年紀大些，爲人和藹，每次都不肯捉我，所以我才等到你值夜之時，來此拜墓。」

那黑衣老人久在江湖之上走動，只因這白衣姑娘年紀幼小，嘴巴又甜，常常說得他不忍出手捉她，是以每次都放她而去，事情一過，也未放在心上。此刻聽她言詞犀利，不禁心中起了懷疑。

當下說道：「老夫放了你六次，妳可知老夫的名號嗎？」

白衣姑娘應道：「自然是知道了。」

黑衣老人道：「妳說說看老夫何姓何名？」

白衣姑娘道：「你姓言雙名大鶴，善施飛刀，人稱飛刀言大鶴，你說對是不對？」

那黑衣老人只聽得呆了半晌，道：「可是老夫告訴了妳？」

白衣姑娘搖搖頭道：「妳幾時告訴過我了？」

言大鶴道：「那妳如何知道？」

白衣姑娘盈盈一笑道：「這又何難，你守這墳墓，已守了數年之久，左近方圓，誰不知道你言大鶴。」

言大鶴似是陡然想起了一件重大之事，說道：「妳好像對這裡的人人事事，都很熟悉，是嗎？」

那白衣姑娘站起身子，答非所問地道：「老前輩，多謝你了，過了今宵，你想見我也見不著了。」提起竹籃，轉身就要離去。

言大鶴冷哼一聲，道：「站住！妳是束手就縛呢，還是要老夫動手？」

白衣姑娘搖搖頭，道：「我不能束手就縛。你也不必動手，如果我說出了以前六次的經過，那馬總管決不會放過你。」

言大鶴道：「每次相見，都只是妳和老夫兩人，到時老夫來一個不認帳，妳口說無憑，也是枉然。」

白衣姑娘道：「哼，你可是不信嗎？此刻這附近就有人在暗中偷聽咱們談話。」

言大鶴目光一轉，道：「那人現在何處？」

白衣姑娘伸手指著那青衣少年隱身的草叢說道：「你瞧瞧去吧。」

隱身在草叢中的青衣少年吃了一驚，暗道：「好厲害的丫頭，原來她早已知道我在此地了。」

言大鶴心中半信半疑，瞧了那草叢一眼，喝道：「什麼人，快請出來。」

哪知語聲甫落，竟然由草叢中緩步走出來一個青衣少年。

言大鶴心中一震，右手探入懷中摸出兩把柳葉飛刀，暗扣手中，冷冷說道：「閣下什麼人？和這小丫頭怎麼稱呼？」

青衣少年冷冷地打量了那言大鶴一眼，緩緩應道：「大丈夫行不更名，在下劉五成……」

目光一掠那白衣姑娘，接道：「在下和這位姑娘卻是素不相識。」

言大鶴冷冷說道：「閣下可知道這是什麼所在嗎？」

劉五成道：「一代仁俠慕容長青埋骨之處，可惜可悲呀。」

言大鶴聽得莫名所以，問道：「可惜什麼？可悲什麼？」

劉五成道：「可惜這一片龍脈虎穴的墓地，竟然是一片荒涼，可悲這慕容長青的仁俠風範，死後竟落得如此淒涼，連憑弔之人，也是不多。想他在世之時仁義廣被，濟人苦難，急人之急，如今那些人好像都死光了一般……」

言大鶴冷冷接道：「近二十年來，在這片慕容長青的荒涼青塚之前，已有三十六位武林人物授首，我瞧閣下該是第三十七位了。」

但聞那白衣姑娘接道：「兩位慢慢談吧，我要去了。」

銀鈴一般的嬌脆聲音，響盪在寂靜的夜空之中。言大鶴轉頭看時，那白衣姑娘已到了三丈開外，月光下，只見一線白影，去如流矢，眨眼之間，便消失在黑暗之中。

言大鶴望著那白衣姑娘去如流矢的身法，心頭暗生駭然，忖道：「這丫頭好俊的輕功。」

只聽劉五成冷冷說道：「姓言的，在下也要失陪了。」突然縱身一躍，向北跑去。

言大鶴回過頭來，劉五成已跑出兩丈開外，此人輕身功夫，竟似不在那白衣姑娘之下。

言大鶴一抖手，兩把柳葉飛刀閃電射出，分取劉五成背後兩處大穴。

劉五成橫裡一閃，避開兩把飛刀，躍入草叢之中不見。

這青塚四周，雜林環繞，野草及腰，言大鶴看那人躲避飛刀的身法很快，追之不及，只好停了下來。

且說劉五成放腿疾行，片刻間已走出了四、五里路，到了一處三岔路口。只見那岔路正中，站著一個手提竹籃，全身白衣的人，月光下衣袂飄飄，正是適才在慕容長青墓前所見的白衣姑娘。

劉五成停下腳步，還未來得及開口，那白衣姑娘已搶先說道：「劉五成，你膽子很大，難道不怕死嗎？」

劉五成聽她口氣托大，小小年紀卻是一派老氣橫秋之概，心中又奇又怒，強自忍下，緩緩說道：「姑娘小小年紀，說話怎的如此難聽。」

那白衣姑娘冷笑一聲，道：「言大鶴沒有騙你，那青塚之前，已有三十六位武林人物授首，你今夜倖脫危難，是因為近幾年來，無人再敢憑弔那座青塚，他們戒備疏忽，那言大鶴又為了顏面，不肯招呼同伴相助，才讓你僥倖脫得此厄。」

劉五成冷哼一聲，道：「妳既知那墓前凶險無比，為何自己要去呢？」

白衣姑娘道：「我自然是不同的。」

劉五成心中大奇，怒氣全消，微微一笑，道：「姑娘有何不同之處？」

白衣姑娘道：「別說他們捉我不住，縱然是真的捉住我，他們也不敢傷害於我。」

那白衣姑娘突然嘆息一聲，道：「你和那慕容長青有何關係？為什麼要在墳上拜奠？」

劉五成道：「在下仰慕那慕容長青，欽敬他那俠義風範，故而去他墓前拜奠。」

白衣姑娘道：「看在你祭拜那青塚的分上，我是不能不救你了。」

劉五成呆了一呆，奇道：「救我？」

白衣姑娘道：「不錯，你活不過明天日落時分，那青塚之前，又將多一個屈死的冤魂了！」

劉五成暗道：「這丫頭信口胡說，不用聽她的了。」隨即轉身離去。

那白衣姑娘突然一晃，攔在劉五成的前面，道：「我說的句句實言，你爲什麼不信？」

劉五成看她的身法不但快速絕倫而且奇奧異常，心中大是吃驚，暗中運氣戒備，口中緩緩說道：「姑娘爲什麼一定要在下相信？」

白衣姑娘神情肅然地道：「因你祭拜了那慕容大俠的墳墓。」只聽她又繼續說道：「你知道這城中有座城隍廟，如若你受到傷害，還能行動，就立刻趕到那城隍廟去見一人；如是傷勢很重，行動不易，那就設法派人找他，請他去見你。」

劉五成道：「找什麼人？」

白衣姑娘道：「一個討厭的老叫化子。」

劉五成道：「這個，怎知他一定會救我？」

白衣姑娘道：「如若沒有我的信物，自然是不行了。」伸手從頭上取下了一支玉簪，接道：「把這個交給他，他就會答應你一切所求。」

劉五成伸手接過玉簪，暗道：「這丫頭不知是何許人物？何許身分？這些話也不知是真是假？只好姑妄聽之，姑妄信之了。」隨即將玉簪放入懷中。

白衣姑娘轉身緩步而去，月光下，夜風中，只見她衣袂飄飄地逐漸遠去，白色的背影，在清明的月光之下消失。

劉五成呆呆地望著那白衣姑娘的背影，出神良久，才轉身而去，直回客棧。

到達客棧，已經是四更過後的時分。想到夜來的際遇，竟是心潮起伏，難以安枕，直到天色破曉，才閉目睡去，醒來已經是將近中午時分了。

劉五成剛打開房門，店小二已急急行了進來，雙手奉上一張大紅書簡，欠身道：「客爺好睡，貴友已經兩度來催，小的不得不驚動您了。」

劉五成吃了一驚，伸手接過書簡，問道：「來人有多大年紀？形貌如何？」

店小二道：「三十五、六，瘦長身材。」

劉五成揮手說道：「知道了。」

店小二欠身一禮，退了出去。劉五成啓開大紅書簡一看，裡面原來是一張請帖，只見幾行草字，書寫在請帖之上，道：「昨宵蒙枉駕青塚，未能接風爲憾，今日午時，潯陽樓爲君洗塵，還望不吝一晤。」下面畫了一個太極圈，卻未署名。

劉五成望著那請帖，出了一陣神，暗道：「他們既然已知我宿住之地，不肯下手，反而奉帖相邀，不去不但示弱於他們，而且行動恐已在他們監視之下了，不赴約亦是不行。」匆匆漱洗一下，算過店錢，直奔潯陽樓。

這潯陽樓乃江州最大的一家酒樓，面江聳立，極目帆波，風物極是優美，名酒佳餚，名動一時。

劉五成行到那潯陽酒樓之外，立時有一個身著天藍長衫的大漢，迎了上來，道：「劉兄才來嗎？咱們候駕多時了。」

劉五成打量那藍衫大漢一眼，卻是素昧平生，從不相識，當下說道：「恕兄弟眼拙，兄台上姓？」

那藍衫大漢道：「兄弟梁子安，無名小卒，劉兄自是不知道了。」

劉五成道：「原來是梁兄，兄弟久聞大名了。」

梁子安道：「咱們馬總管候駕已久，劉兄請上樓坐吧。」

梁子安也不謙讓，當先向前行去。登上二樓，只見十位九空，除了靠窗處坐著兩個人外，整個的大酒樓，竟是不見別的酒客。

梁子安回顧了劉五成一眼，道：「咱們馬總管爲了歡迎劉兄，包下了整個潯陽樓，哼哼，劉兄得咱們馬總管如此器重，那也是很榮耀的事了。」

劉五成淡淡一笑，道：「貴總管如此對待兄弟，在下真是受寵若驚。」

一面留神望去，只見左首一個黑衣老者，正是昨宵所見的飛刀言大鶴；右面一人，近五十的年紀，長髯飄垂，濃眉環目，氣度十分威猛，披著鵝黃披風，眼看梁子安帶著劉五成行了過來，卻是裝作不見。

只見梁子安急行兩步，對那身著鵝黃披風大漢行了一禮，低聲說道：「劉五成如約而到。」

那大漢緩緩轉過臉來，兩道冷電一般的眼神，通注在劉五成的身上，瞧了一陣，才道：「言大鶴，昨宵所見可是此人嗎？」

言大鶴欠身應道：「正是此人。」

那著鵝黃披風的大漢舉手對劉五成一招，冷冷道：「劉兄請坐。」

劉五成緩緩坐了下去，道：「閣下定是馬總管了？」

那身披鵝黃披風的大漢，淡然一笑，道：「兄弟馬雄飛。」

劉五成呆了一呆，道：「五毒掌……」

馬雄飛接道：「那是江湖朋友送給兄弟的綽號，倒叫劉兄你見笑了。」話雖說得謙和，但詞意隱隱間，卻有一股倨傲之氣。

劉五成道：「在下承馬兄垂青，遣人相邀，宴於潯陽樓上，實是卻之不恭，受之有愧。但彼此素昧平生，馬兄邀約兄弟到此，必有見教之言。」

馬雄飛道：「兄弟在江湖上混了二十年，一向是直來直往，不喜轉彎抹角，今日請劉兄來此，想請教一事。不知劉兄可識得慕容長青？」

劉五成道：「不識……」

馬雄飛接道：「想那慕容長青死去已二十年，恕兄弟說一句托大的話，劉兄你這點年紀，縱然是見過那慕容長青，也不過是牙牙學語之時，那也是記不得了。」

劉五成道：「既然如此，馬兄又何必多此一問？」

馬雄飛道：「兄弟之意，是指劉兄和那慕容長青的淵源，想那慕容長青生前，結交過不少武林同道，令尊一代，也許和慕容長青交情很深……」

劉五成接道：「馬兄錯了，家父根本不是武林中人，對江湖上人人事事，是一無所知。」

馬雄飛突然臉色一沉，道：「你們之間既無瓜葛，劉兄竟甘冒大不韙，趕來江州祭奠慕容長青之墓，不知是何用心？」

劉五成道：「在下在江湖上行走，聽得甚多慕容長青生前事蹟，路過此地，憑弔一下，不

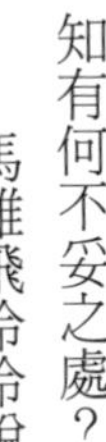

知有何不妥之處？」

馬雄飛冷冷說道：「你聽過他生前事蹟，也應該聽到他死後情形了。」

劉五成淡淡一笑道：「聽過了。」

馬雄飛道：「這麼說來，劉兄是有意找麻煩來了。」

劉五成應道：「在下憑弔一下慕容長青之墓，也算不得什麼大事，馬兄苦苦追究，不知是何用心？」

他已瞧出今日之局，難以善罷干休，一面運氣戒備，一面回口反問。

馬雄飛哈哈一笑，道：「二十年來，共有三十六位武林高人，憑弔那慕容長青之墓，但卻無一人活著離開江州，劉兄是第三十七位……」

劉五成霍然起身接道：「馬兄之意，在下已經了然，就此別過了。」轉身行去。

但見人影一閃，那梁子安已然攔住了去路，道：「想走嗎？」右手一伸，抓向劉五成的左腕。

劉五成道：「要動手嗎？」左手不閃不避，食、中二指一併，反向梁子安右手迎去。

梁子安看他點來的一指，極是巧妙，不但把自己一招擒拿手法封住，而且二指疾快如風地點向了脈門要穴，駭然向後退開。

劉五成道：「失陪了。」縱身躍起，直向樓梯口處飛去。

但聞嗤嗤兩聲金刃破空之聲，言大鶴一抬腕，兩把柳葉飛刀急襲而至。言大鶴飛刀手法，譽滿江湖，發出飛刀時刻，拿捏得十分準確，劉五成腳還未著實地，兩柄飛刀已然並排而至。

劉五成急急一偏腦袋，一把飛刀擦面而過，啪的一聲釘入壁中，右手一抄，接住了另一柄

飛刀。

只聽馬雄飛讚道：「好手法。」左手一按桌面，呼的一聲，直飛過來，人還未到，那右手掌力已經發出。

劉五成心知今日之局，不宜戀戰，對方不但人手眾多，那馬雄飛更是江湖上赫赫有名的人物，是以避開了言大鶴的兩把飛刀，急急向樓下衝去。

哪知馬雄飛洞悉機先，遙發了一記劈空掌力，封住了樓梯口處。

劉五成左手拍出一招「回頭望月」，一擋馬雄飛的掌力，只覺這股暗勁，甚是強大，竟被震退一步，不禁心頭凜然，暗道：「此人果然是名不虛傳。」

就這一緩之間，馬雄飛已然腳落實地，擋在劉五成的身前。

劉五成右手一探「直搗黃龍」，把接得言大鶴的飛刀當作兵刃，直向馬雄飛的前胸刺去。

馬雄飛左手一抬，橫裡一封，右手卻疾向劉五成肩上按去。

劉五成心知那馬雄飛掌指上，蘊有奇毒，如若被他按中，勢必要身受毒傷不可，當下一挫腰，陡然間向後退了五步。

馬雄飛微微一笑，道：「劉兄如能把師承門派見告，也許在下會手下留情，放你一條生路。」

口中雖在說著客氣之言，但雙掌攻勢，卻是凌厲無匹，一招強過一招。

劉五成不敢和他掌指相觸，幸得接了那言大鶴一把飛刀，一面用小巧功夫閃避馬雄飛的掌勢，一面仗憑手中短小的利刃，點、挑、封、攔，阻擋那馬雄飛的迫攻，身軀卻逐漸向窗口移動。

劉五成身法靈巧，手中又有短刀爲助，馬雄飛雖然迫攻甚緊，但一時之間，要想傷他，亦非易事。劉五成且戰且退，到了近窗所在，突然大喝一聲，手腕一振，短刀脫手而出，直取馬雄飛的面門。

這等極近的距離之下，劉五成又是奮力投出，勁道十分猛惡。馬雄飛雖強，也是不敢大意，身形疾退，偏頭讓刀。柳葉刀挾一股銳風，掠著馬雄飛面門而過。

劉五成卻藉馬雄飛迫攻一緩之勢，順手抄起了一把木椅，投向窗外。但聞一陣嘩啦嘩啦之聲，木椅撞碎窗欄，飛向窗外。

劉五成縱身而起，緊隨那木椅之後，穿窗而出，馬雄飛冷笑一聲，道：「想走嗎？」欺身而進，快如電光一閃，話出口，人已追到窗邊，右手一抄，抓向劉五成的右腿。

馬雄飛右手五指將要抓住劉五成的右腿時，突見寒芒閃動，兩點銀星，挾著破空輕響，迎面飛到。

他久走江湖，一瞧之下，已知這暗器力道勁急，不可輕視，頓時改抓爲劈，一掌擊在劉五成右小腿上，人卻藉勢一個倒躍，退了回來。

兩枚子午釘穿窗而入，掠著馬雄飛頭頂掃過。僅半寸之差，就要擊中馬雄飛的面門。

言大鶴道：「好小子，竟然還埋伏有幫手相助。」飛步向樓下奔去。

馬雄飛臉色嚴肅，冷冷說道：「站住，不用追他了，他活不過十二個時辰。」

接著抬頭望著釘在橫樑上的兩枚子午釘道：「起下那兩枚子午釘，咱們要追查發射暗器之人的來路。」

梁子安應了一聲，縱身而起，起出了兩枚子午釘，恭恭敬敬地交在馬雄飛的手中。

馬雄飛接過子午釘瞧了一眼，放入袋中，道：「咱們走啦。」當先下樓而去。

且說劉五成被馬雄飛一掌拍中右腿，全身頓失平衡，直向地上摔去。距地還有七、八尺，突感一股暗勁，一撥自己的身軀，變成了頭上腳下，站落實地。

劉五成流目四顧，但見看熱鬧的人，不下數百之多，也瞧不出是何人所救，生恐馬雄飛等追來，一頭鑽入人群之中，轉向一條小巷。

行約一里左右，突覺右腿痲木，被那馬雄飛掌力拍中之處，有如火灼，這才想起那馬雄飛的「五毒掌」馳名江湖，被他擊中一掌，定已中了劇毒。抬頭看去，只見一座黑漆大門前面，聳立著兩座石獅子。

劉五成閃入石獅後面，捲起右腿褲管瞧去，只見右小腿上指痕宛然，五條清晰的指印和一個掌痕，色呈深紫，印入了肉中，中掌處上下半尺都紅腫起來，不禁心頭駭然，暗道：「好厲害的五毒掌。」

但見紅腫之勢，快速的蔓延，片刻工夫，整個小腿都已經腫紅起來。突然間，腦際中靈光連閃，想起白衣少女之言，想不到，竟然被她言中了。又一個新的念頭，閃轉腦際，道：「我在這江州城中，從無相識之人，適才有人打出暗器拒擋那馬雄飛的追襲，暗發內力，助我站正身軀，這人又是誰呢？我唯一認識的人，就是那白衣姑娘啊。」

心中一轉，對那白衣姑娘油然生出敬重之心，暗道：「大概她是不會騙我了，這腿傷如此之重，說不得只好到那城隍廟去瞧瞧了。」

他知道自己如若放腿奔行，行血加速，這腿上之毒，亦將隨行血快速散佈。當下從懷中摸出絹帕，扯成兩條，緊綁住右腿兩端，緩步向城隍廟中行去。

那城隍廟乃江州城中遊樂、雜耍雲集之地，人人皆知，極易尋找，劉五成很快找到了城隍廟。

這時，劉五成腿上奇毒已然發作。整個腿已經僵硬難屈，而且毒性已開始向上身蔓延，內腑之中，也已感覺到有些不適。

他強自振作精神，憑藉著一口真氣支撐，流目四顧，但見人群往來，摩肩接踵，卻不見一個老叫化子，劉五成勉強支撐著毒性發作的身體，走進了城隍廟內，已然無法支持，只好依壁坐下。

強烈奇毒，此時已然全面發作，劉五成感覺到雙目中的視線，已逐漸地模糊不清，眼前的行人，都變成一團黑影，他神智漸失，竟然依壁睡去。

昏迷中，不知過了多少時光。

醒來時，已是深夜時分。一燈如豆，照著一丈方圓的斗室，身上的毒傷似已減輕不少，自己正仰臥在一塊稻草編織的厚墊子上，一條露著棉絮的被子，輕掩身上。他心中暗道：「這是什麼所在？我怎躺在此地？」

正想掙扎而起，突聞一個低沉的聲音傳了過來，道：「不要動，你身上餘毒未清，如若起身行動，行血加速，使聚毒復散，那又要窮叫化子多費一番手腳了。」

劉五成轉眼望去，只見斗室一角，盤膝坐著一個蓬首垢面，鶉衣百結的叫化子。他身旁一座矮几上，端端正正地放著那白衣女送他的玉簪，燈光照射下，綠芒閃閃。

劉五成輕輕嘆息一聲，道：「多謝老前輩相救了。」

那叫化子望了矮几上的玉簪一眼，緩緩說道：「你從何處取得這枚玉簪？」

劉五成道：「是一位白衣姑娘相贈。」

那老叫化子道：「你認識她？」

劉五成道：「萍水相逢，承她賜贈玉簪。」

那叫化子略一沉吟，道：「她給你這玉簪，可曾說過什麼？」

劉五成道：「那姑娘告訴在下，如有什麼危難，持那玉簪到城隍廟，找一位老叫……」他本想說老叫化子，忽然覺著不對，改口說道：「找老前輩……」

那老叫化子搖搖頭，道：「你怎能斷定是找我呢？」

劉五成怔了一怔，凝目望去，只見那叫化子不過三十五、六的年紀，燈火微弱，那叫化子又蓬首垢面，不留心很難看得出來，暗道：「記得那白衣姑娘明明告訴我找一位老叫化子，這人雖也是叫化子，但卻正值壯年，自然不算老了，難道這位叫化子竟也認得那枚玉簪，把自己救來此地？」

只覺其中疑雲重重，愈想愈是糊塗，不覺問道：「這麼說閣下並非是在下要找的人了？」

那叫化子微微一笑，道：「那位姑娘可是要你到此來找一位老叫化子嗎？」

劉五成道：「不錯。」

那叫化子笑道：「我雖也是叫化子，但卻不夠老啊！自然不是你要找的人了。」

劉五成道：「閣下是誰？又何以認得這枚玉簪，把在下救來此地？」

那叫化子沉吟了一陣，道：「馬雄飛五毒掌下從無倖逃性命之人，如非事情湊巧，我也救不了你，就算你找到那老叫化子，他也未必能教你，此中之機緣很是微妙，只能說你命不該絕罷了。」

劉五成正要接口，那叫化子卻搖手阻止，又道：「此刻你還不宜多耗心神講話，好好閉目養息吧！明日午時祛除餘毒，咱們再談不遲。」言罷，閉上雙目。

劉五成只覺這番際遇，如夢如幻，自己這次死裡逃生，似是有很多人從中相助，但這些人和自己素昧平生，肯予相助，自是那玉簪之力，一個十幾歲的小姑娘，怎會有如此大的聲望……愈想愈覺個中複雜萬端，千頭萬緒，莫可捉摸，直待天色微明，才睡熟過去。

第二天醒來時候，天色早已大亮，窗外雨聲瀝瀝，陰雲昏暗，竟無法分辨出是何時刻。轉眼望去，那化子早已不知去了何處，但那翠綠的玉簪，仍然端端正正地放在那矮几之上。

劉五成已甚久未進茶水食物，口渴難耐，眼看那矮几旁邊放有一個瓦壺，想必是蓄水之用，正想起身取水飲用，突聞木門呀然，那中年化子手提著一個竹簍，大步而入。

在他身後緊隨著一個身著青衫，長髯垂胸，四十左右的文士。

那中年化子望了劉五成一眼，放下手中竹簍，道：「你醒了很久嗎？這樣也好，這位石兄已為你在江州留居一日，午時之後定要動身他往，你就是不醒來，我也得叫醒你了。」

劉五成正想問話，那青衣人已緩步行了過來，說道：「不要多言。」伸手揭開棉被，低首查看傷勢。

那中年叫化子站在那青衣人的身後，問道：「石兄看他傷勢，今午可能祛除餘毒嗎？」

那青衣文士應道：「如論他傷勢情形，最好明晨再除餘毒，只可惜在下實難再拖時刻，午時之後，非得動身不可，不能等他了。」

那中年叫化子道：「馬雄飛的五毒掌，惡毒無比，中人必死，除了石兄之外，天下只怕難再有人能夠療治五毒掌傷，石兄既是救了他，那就該救人救活，豈能半途撒手而去。」

青衣文士笑道：「說不得只好用那毒蜘蛛吸去他傷處餘毒了。」

劉五成雖然聽得心中一怔，但卻不好多問。

只見那姓石的青衣文士，從懷中摸出了一個紅漆木盒，又從懷中摸出了一雙薄皮手套戴上，緩緩打開盒蓋，輕輕一彈盒底，跳出來一隻全身深紫的蜘蛛，站在那青衣文士戴著手套的掌心之上。

劉五成目光一掠，暗道：「好大的蜘蛛。」

只聽那青衣文士說道：「你中毒時間過久，療治又晚，雖已得我行藥解去了大部奇毒，但餘毒卻很難清除，如若行藥清毒，需時甚久，我有要事，不能在此多留，只好用藥把你身上的殘毒，逼聚傷處，用毒蛛之口，吸出餘毒了。」

青衣文士續道：「但毒蛛秉性暴烈，吸毒之時，閣下千萬不能亂動，如若激怒於牠，在你身上咬上一口，那就難以救治了。」

劉五成心中暗道：「這等療毒之法，倒是罕聞少見！」

口中卻應道：「在下記下了。」

青衣文士仍是不太放心，右手伸縮，連點了劉五成四處穴道。

劉五成看他出手快速，竟然是一位點穴高手。

青衣文士點了劉五成穴道之後，才把手中毒蛛緩緩放在劉五成的傷口上。

劉五成穴道被點，全身不能轉動，但知覺仍在，覺出那毒蛛在腿上蠕蠕而動。

大約過了一盞熱茶之後，那青衣文士才取下毒蛛，放入木盒，揣入懷中，又解了劉五成穴道，回顧那中年叫化子一眼，道：「幸未辱命，餘毒盡除。」

那中年叫化子一抱拳，道：「窮叫化感激不盡。」

青衣文士又從懷中摸出一隻小玉瓶，道：「這瓶內有四粒丹丸，每日服用一粒，四粒丹丸用盡，他也可以完全復元了……」語聲微微一頓，接道：「時光已然不早，在下就此別過。」

青衣文士霍然轉過身去，縱身一躍，行蹤頓杳。

中年叫化子突然高聲說道：「如有需用我叫化子的地方，派人帶個信來，赴湯蹈火，在所不辭。」

那中年叫化子緩緩轉過身來，行到劉五成的身側，說道：「閣下貴姓？」

劉五成道：「區區劉五成，請教兄台……」

那中年叫化子接道：「王平。」

劉五成喃喃自語，道：「王平，王平……是啦，閣下就是拳、腿二丐中的追風腿王平王大俠。」

追風腿王平微微一笑，道：「不錯，劉兄知道不少江湖中事。」

劉五成道：「閃電拳、追風腿兩大丐俠，大名鼎鼎，江湖上有誰不知。」

王平微微一笑，道：「劉兄過獎了。」

輕輕咳了一聲，道：「劉兄可是爲了奠祭那慕容長青之墓，和那五毒掌馬雄飛動上手嗎？」

劉五成道：「正因於此，但我中他毒掌，卻是在潯陽樓上。」

當下把赴約潯陽樓及中掌經過，很仔細地說了一遍。

王平點點頭道：「這幾日中，馬雄飛派出甚多人，到處搜尋於你，在你傷勢未完全復元之前，不宜在外面走動，好好在此養息。」

劉五成道：「不知要養息幾日？」

王平道：「那石神醫說，要你服完這四粒丹藥，定然是不會錯了，他醫道精湛，當今武林之世無人不知，劉兄可以放心。」

劉五成望了放在矮几上的翠玉簪一眼，緩緩說道：「在下有一事請教王兄。說實話，王兄和在下素昧平生，又非在下要找之人，不知何以肯伸出援手。」

王平淡淡一笑，道：「江湖之上，路見不平拔刀相助，濟人危難，偶伸援手，本是極為普通之事，算不得什麼……不過，這次叫化子相救劉兄，確為那翠玉簪引起了好奇之心。劉兄持簪倚壁而臥，如非那玉簪引起叫化子的注意，實也不知劉兄身受重傷。」

忽聽追風腿王平輕輕咳了一聲，又道：「劉兄，叫化子有幾句不當之言，很難啓齒……」

劉五成接道：「救命之恩，如同再造，王兄有什麼話儘管吩咐就是。」

王平望了那翠玉簪一眼，道：「叫化子決無挾恩求報之意……」

劉五成看那王平吞吞吐吐，心中大奇，道：「王兄如有需得劉某效勞之處，兄弟是萬死不辭。」

王平道：「叫化子想借用劉兄那玉簪……」

劉五成訝然說道：「借用那玉簪？」

王平道：「不錯，叫化子借用三月，三月之後，仍由叫化子原物奉還。」

劉五成心中暗道：「不知何以他竟對翠玉簪瞧得如此珍貴，這王平對我有救命之恩，但那翠玉簪卻又是白衣少女相贈，我曾經說過要原物奉還於她的諾言，借不借，實是叫人為難。」

追風腿王平久久不聞那劉五成回答之言，長嘆一聲，接道：「劉兄也不用太過為難，叫化子雖然想借翠玉簪，但決不會巧取豪奪，如是叫化子坐待劉兄死去，再取這翠玉簪是何等輕鬆的事，劉兄如是確有礙難，化子絕不相強。」

劉五成忖道：「那白衣姑娘要我持簪求救，但那人卻已不在此地，如非王平相救，此刻早已死去，哪裡還能顧到一支玉簪。」

心念一轉，緩緩說道：「此翠玉簪已承那白衣姑娘相贈在下，不過，在下卻許過奉還之言；好在時限未定，如若王兄能在三月之內歸還，兄弟自無不借之理。」

追風腿王平那滿是油污的臉上，突然間展現出一片笑意，道：「如此，叫化子就多謝了。」伸手取過那翠玉簪，藏入懷中。

王平藏好了翠玉簪，把石神醫留下的玉瓶，放在劉五成的身側，說道：「劉兄請安心養息，叫化子自信這地方十分隱秘，那馬雄飛耳目雖多，也不易尋到此地。還有，叫化子要出去一趟，一則探聽一下情勢，二則也好為劉兄準備一點食用之物。」說畢縱身出門而去。

劉五成坐起身子靠在壁上，想著王平適才求借玉簪情形，心中大感怪異，暗道：「追風腿王平，乃江湖上大有名望的人物，何以對一支翠玉簪如此重視，其間只怕是別有內情。難道那清秀刁蠻的白衣姑娘，是一位大有來歷的人物？」

劉五成想了一陣，忽覺睏倦，倚在壁間睡去。

那石神醫留下的丹丸，除了清毒之外，兼有鎮靜、安神之妙，對養息療傷之人，大有補

益。

忽然間，砰砰兩聲大震，驚醒了劉五成。啓目望去，只見追風腿王平雙腋下各自夾著一個大漢行了進來。

劉五成識得其中一人，正是那五毒掌馬雄飛手下的梁子安，不禁心中一驚，問道：「王兄，你在何處擒得兩人？」

王平臉色嚴肅，輕輕嘆息一聲，道：「叫化子太過大意了，想不到那馬雄飛的耳目，竟然如此靈敏，如是叫化子晚回來一步，劉兄已被他生擒去了。」

劉五成道：「他們已經找到此地了？」

王平道：「叫化子回來時間，他們已扭開門鎖而入，情勢危急，叫化子只好施用暗襲了，兩個人都被叫化子飛腳踢中穴道，栽倒地上……」

王平突然伸手一掌，拍活了梁子安的穴道，緩緩說道：「咱們先逼問一點口供再說。」

只見梁子安長長喘一口氣，睜開雙目，打量了二人一眼，突然哈哈一笑，道：「只怕你已經沒有機會了。」

王平神色鎮靜，冷然問道：「爲什麼？」

梁子安道：「咱們一共三人追蹤到此，而且沿途早已留下了記號，此刻那追蹤之人，只怕已經趕到了。」

王平心中暗道：「此人神態如此狂傲，想是所言不虛，如若只我一人，就算那五毒掌馬雄飛親自趕到，那也不用害怕。但此刻劉五成毒傷未癒，一旦動上手時，如何能兼顧到他，必得早些離開此地。」

心念一轉，伸手又點了梁子安的穴道，目注劉五成道：「劉兄，不論此人所言是實是虛，此刻咱們實已不便在此多留，在下之意，由我揹著劉兄，遷往別處。」

劉五成挺身而起，道：「不敢有勞，在下傷勢已然大見好轉，自信可以趕路了。」

王平突然伸手，點了劉五成的穴道，接道：「事情很急，不能和你商量了，暫時委屈你一下了。」

突聞人聲傳來，高呼著梁子安的名字，王平吃了一驚，暗道：「來得好快。」只好緊急應變，雙手舉起劉五成的身體放在屋頂橫樑之上，低聲說道：「千萬不可掙動。」隨手提起了梁子安放在榻上，用棉被蓋好，輕輕推開後窗，把另一個大漢移放窗外，又把後窗關好，悄然退到門後，貼壁而立。

剛剛站好身子，室外已響起了步履之聲。只聽一個冷冷的聲音說道：「可是這房子嗎？咱們先進去瞧瞧。」緊接著砰然一聲，木門被人打開。

王平暗中運氣，力聚右掌，忖道：「如若他們進入室中，發覺了那梁子安，今日勢必難免一戰，那就不如先行下手，傷他們一個是一個了。」

只見一個黑布包著的腦袋，伸進來瞧了一眼道：「這地方住的叫化子，不用進去瞧了。」隨即轉身而去。

只見追風腿王平微微一長腰，縱身而起，左手抱著橫樑，右手抱起劉五成，飄落實地，推開後窗，縱身而去。

後窗外面，是一條狹長的小巷，王平迅速地行過小巷，推開一扇黑漆大門，解開劉五成的穴道，低聲說道：「劉兄，你想法子在這裡躲上一躲，在下去看看風頭如何。」

劉五成道：「這是什麼人家？」

王平道：「妓女院，叫化子想來想去，你躲在妓女院中最是安全。」

劉五成道：「不成，這等地方我從未來過，如何能夠應付。」

王平微微一笑，道：「事情急迫，一切從權，叫化子告辭了。」縱身一躍，人已閃出門外而去。

劉五成呆了一呆，暗道：「此刻勢難再追他出去，只有硬著頭皮走進去了。」

他雖然在江湖之上行走甚久，但這等所在卻是從未涉足，一面緩步向裡行走，一面流目四顧。此刻剛到午時，大部妓女都未起身，但見繡簾低垂，門戶緊閉，一個二十左右、身著黑布褂褲的龜奴，正在打掃著院中的紙屑、落花，抬頭瞧了劉五成一眼，放下手中掃帚，迎了上來，笑：「客爺好早啊！」

劉五成微微一笑，道：「太早了一些。」

那龜奴道：「那客爺定然有熟姑娘了。請客爺說出名字，小的去叫她起來。」

劉五成搖搖頭，道：「在下初到江州，並無相識之人。」

那龜奴立時應道：「可要小的給客爺推薦一位。」

劉五成忖道：「那追風腿王平送我到此，用心是在逃避那五毒掌馬雄飛派出的搜蹤之人，避難來此，那也不用管對方是美是醜了。」口中應道：「那就有勞了。」

那龜奴口中急應道：「小的給您帶路。」轉身向前行去。

劉五成緊隨那龜奴身後，穿過了兩重庭院，直行入一座跨院之中，龜奴道：「您老在此等

候片刻，小的叫她起來見客。」

劉五成點點頭，流目四顧，只見這座小院落中，擺了幾盆秋菊，嫩蕊含苞，還未開放，二面都有房屋，兩處緊緊關閉著，只有正北處窗戶半開。

那龜奴行到半啓窗的房門外面，輕輕扣了兩下門環，叫道：「白菊花姑娘見客了。」

只聽一個嬌慵的聲音傳了出來，道：「什麼人來得這樣早？」

那龜奴低聲說道：「一位遠來的客爺，久慕咱們蕊香院白菊花姑娘之名，特來造訪。」

室中又傳出那嬌慵的聲音：「請他稍等片刻。」

劉五成等約一刻工夫之久，木門呀然而開，一個長髮披垂，未施脂粉的美麗姑娘，緩步行了出來。

只見她舉手理了一下披垂的長髮，一對圓大的眼睛一掠劉五成，道：「有勞久候了。」欠身行了一禮。

劉五成似是未想到風塵之中，煙花院裡，竟然會有這等美貌的姑娘，心中大感奇怪，一面抱拳還禮，一面應道：「驚擾清夢，在下心中十分不安。」

白菊花抬頭看看天色，道：「已到午時，也該起身了……」語聲微微一頓，接道：「客爺請入房中坐吧！」

劉五成忖道：「煙花院裡養息毒傷，武林之中從未聽聞，想來我劉五成是第一人了。」心中念轉，人卻緩步向房裡行去。

那龜奴一欠身，道：「客爺好好歇息一下，小的告退了。」

劉五成心中一動，低聲說道：「在下有幾位朋友，也許會來此地找我……」

那龜奴接道：「小的立刻帶他們來見你老。」

劉五成搖搖頭道：「除了一位叫化子模樣人物之外，一律回絕，就說未見過我。」

那龜奴楞了一楞，應了一聲，滿面困惑而去。

劉五成緩步進入房中，流目四顧，只見這座小小香閨之中，布設倒還雅潔，小廳一角處軟簾低垂，通往臥房。

白菊花捧一杯香茗，笑道：「客爺貴姓……」

劉五成略一沉吟，道：「在下姓劉……」

只聽白菊花接道：「妾婢記憶之中，似是從未見過劉大官人。」

劉五成道：「在下是慕名而來。」

白菊花盈盈一笑，道：「如論這蕊香院中的名氣，賤妾不如蕊香甚多……」

劉五成接道：「但在下只聞姑娘之名。」

白菊花那白玉般的粉臉上，突然間泛升起兩圈紅暈，垂首說：「妾婢只怕侍候難周，要你劉大官人失望。」

劉五成訝然說：「此話怎講？」

白菊花道：「妾婢仍屬女兒之身，難薦枕席，侍奉君子……」

劉五成道：「不妨事，在下慕名來此，小住兩日即去，君子相交，貴在知心，姑娘既屬女兒之身，劉某豈敢妄生邪念……」

白菊花沉吟了一陣，道：「劉大官人，妾婢有句不當之言，說出口來，還望大官人不要見怪才好。」

劉五成道：「姑娘有什麼話，儘管請說，不用吞吞吐吐了。」

白菊花道：「大官人正值少年，妾婢亦十九年華，大官人雖是君子之心，但妾婢難信有自主之能，漫漫長夜，獨燈小室，少年男女同榻共枕，大官人難道真能夠心若止水。」

劉五成知她難信自己的話，但一時之間，倒也想不出適當之言解說明白，沉吟良久，答不出話。

白菊花微微一笑，道：「窈窕淑女，君子好逑，大官人英俊少年，一表人才，妾婢非草木，豈能全不動心，只可惜妾婢心中早有情郎，相逢恨晚，不能以心相許，只好實言奉告。」

劉五成凝目望去，只見那白菊花美艷中，別有一股端莊氣度，心中暗道：「聽她言來，頗似讀書識禮之人，看她神情，亦不失出污泥的白蓮，風塵中的奇花。」

不覺間動了好奇之心，問道：「姑娘心目中既有情郎，何以仍混跡風塵，這其間定有內情，姑娘如肯據實而言，劉某自當盡我之能，相助一臂之力。」

白菊花微微一笑，道：「大官人的盛情，妾婢自是感激不盡，但妾婢並無困難，不敢有勞。」

突然間劉五成發覺出，這位風塵女子似是籠罩在神秘之中，不禁暗自提高戒心。

雙方相對沉默了一陣，仍是那白菊花先開口道：「妾婢潔身自持一事，院中人甚少知曉，還望劉郎替妾婢掩遮一二。」

劉五成只覺此女落落大方，別有一股凜然之氣，確非風塵中的人物，當下說道：「在下記住了。」

白菊花兩道清澈的雙目凝注在劉五成身上，打量了一陣，道：「大官人眉宇間隱現倦意，

想必是夜來未能好眠，妾婢臥室，倒還雅潔，劉郎休息一刻如何？」

劉五成體能未復，確有著倦怠之感，當下說道：「鵲巢鳩佔，姑娘何以自處？」

白菊花道：「不妨事，妾婢隨便到哪位姊妹房中談談，就不難遣去半日時光，劉郎請吧！恕妾婢不奉陪了。」緩緩出室而去，順手帶上房門。

劉五成望著白菊花的背影，心中泛起重重疑竇，只覺這位風塵女子，有如盛開在煙罩霧籠中的奇花，使人難測高深。忖思一陣，頓覺一股睡意襲來，劉五成就在木椅之上睡去。

不知過了多少時光，醒來時發覺自己睡在一張繡榻之上，羅帳低垂，幽香淡淡，轉臉望去，妝台上一燈如豆，原來天色又已入夜。

劉五成鎮靜了一下心神，輕輕咳了一聲，挺身而起。

只聽一陣低沉的嬌笑傳來，白菊花蓮步姍姍走了進來，道：「劉郎好睡啊！」

劉五成緩緩問道：「什麼時刻了？」

白菊花道：「深夜三更。」

劉五成吃了一驚，暗道：「怎的一睡數個時辰之久，她把我抱上錦榻，我竟是毫無感覺。」

忽然心中一動，忖道：「她一個大姑娘家，手無縛雞之力，怎會把我抱上榻？」愈想愈覺可疑，不禁多望了白菊花一眼。

白菊花輕啓羅帳，笑道：「大官人可要進點食用之物嗎？」說畢逕自轉身出室而去。

劉五成緩緩下了木榻，穿上靴子，目光一轉，只見那盛藥玉瓶，端放在妝台之上，心中更是駭然。暗道：「她扶我進房，抱我上榻，脫我靴子，取出我身上之物，我竟是全無所覺，看來這丫頭果非平常人物了！」

劉五成正待出室而去，突聞木窗上梆的一聲輕響，這聲音雖然不大，但卻清晰異常，分明是一件很小的物件擊在窗檻上。

劉五成呼的一聲，吹熄了妝台上的火燭，低聲問道：「什麼人？」

只聽一個女子聲音應道：「我！」

火光一閃，蠟燭復明。劉五成轉臉望去，只見白菊花右手端著一個白瓷碗，左手執著火摺子，緊靠妝台而立。

白菊花緩緩熄去了手中火摺子，說道：「妾婢爲劉大官人取了一碗麵來。」

劉五成腹中本來有些饑餓，但此刻卻被橫生奇變鬧得忘去了饑餓，定定神，緩緩問道：「姑娘好快的身手啊！」

白菊花微微一笑，說道：「妾婢幼時身體虛弱，家父曾逼著妾婢學了一點把式，以作強身之用。」

劉五成心中暗道：「她在一瞬之間，從室外閃入室內燃起火燭，手中一碗麵，點滴未見溢出，這身法是何等迅速靈活……」

但聞白菊花嬌聲說道：「大官人腹中想已甚感饑餓了，先請吃過此麵，妾婢當再爲大官……」

劉五成生了戒心，搖搖頭，道：「在下並無饑餓之感，姑娘的盛情美意，在下心領了。」

白菊花緩緩把手中瓷碗放在妝台之上，笑道：「大官人可是怕妾婢在這麵中下毒嗎？」

二　冷手奪魂

劉五成被白菊花直截了當地指出了心中之秘，不禁臉上一熱，緩緩說道：「在下並無此意。」

心中念轉，轉口問道：「姑娘既非風塵中人，不知何以混跡於風塵之中？」

白菊花道：「大官人並非出入風月中人，何以要進入這風月場來？」

劉五成道：「在下爲了逃避敵人追蹤，避難來此。」

白菊花道：「嗯，你很誠實……」語聲微微一頓，又道：「你受了傷嗎？」

劉五成只覺心中一震，緩緩說道：「不錯，姑娘何以得知？」

白菊花道：「你身上帶著那石神醫贈送的藥物，自然是作療傷之用了。」

只聽白菊花接道：「妾婢大膽姑作妄言，大官人可是傷在那五毒掌馬雄飛的手下嗎？」

這幾句話，只聽得劉五成呆在當地，半晌說不出一句話來。良久之後才緩緩說道：「姑娘對在下的際遇，似是早已很清楚了。」

白菊花微微一笑，道：「劉大官人可以放心，賤妾並無加害之心。」

劉五成道：「這個在下早已明白了……」語聲微微一頓，接道：「在下確實傷在馬雄飛的五毒掌下，這一瓶丹丸，也是那石神醫所贈。」

白菊花道：「這麼說來，妾婢是沒有猜錯了。」

劉五成道：「不知姑娘是否肯見告真正來歷。」

白菊花不答劉五成的問話，緩緩說道：「我先給你引見一個人吧！」

伸手在窗檻上輕輕敲了幾下，接道：「這位劉大官人曾傷在那馬雄飛的五毒掌下，算起來，亦不算是外人，你請進來吧。」

只見人影一閃，一個全身黑色勁服，背插長劍的黑臉少年已站在白菊花妝台之前。

劉五成目光一轉，只見那少年只不過十八、九歲，面如鍋底，黑中透亮，濃眉虎目，神態十分威猛。

那黑臉少年似是對白菊花十分恭敬，對白菊花行了一禮說道：「見過師姐。」

白菊花微微一笑，道：「不用多禮了。」

目光轉到劉五成的臉上，接道：「這位是劉大俠，上前見過。」

劉五成搶先一抱拳，道：「不敢當大俠之稱，兄弟劉五成。」

那黑衣少年也抱拳還了一禮，道：「在下譚劍英。」

隨即將目光轉注到白菊花的臉上，道：「素花祭品等物，小弟已經準備妥當。」

白菊花臉上的笑容，突然斂失不見，仰起臉來，長長吁一口氣，道：「好！咱們動身去吧。」

劉五成但覺腦際中靈光一閃，口中不自覺地說道：「兩位可是去奠拜那慕容長青之墓？」

白菊花點點頭道：「不錯，正是要去拜奠那慕容長青之墓。」

只聽白菊花輕輕嘆息一聲，道：「此刻咱們已說明，劉兄也不必客氣了，就在妾婢房中休養一下，我等天亮之後仍未歸來，那就不會回來了，劉兄也不用留在此地了。」

劉五成略一沉吟道：「在下也想和姑娘等同去見識一下，不知可否賜允？」

白菊花一皺眉頭，道：「那慕容長青之墓，經過劉兄一鬧之後，已然戒備森嚴，此番前去，難免要引起一場惡鬥，劉兄傷勢未癒，如何能夠去得。」

劉五成道：「此刻那馬雄飛已然派出了人手，四下追尋於我，在下留在此地，也是一樣危險。」

白菊花無奈說道：「既是如此，劉兄和我們同行也好。」

譚劍英望了劉五成一眼，似欲出言阻止，但見白菊花已經答應了下來，只好悶聲不語。

白菊花目光轉注譚劍英的臉上，緩緩說道：「你先帶他們去，在城外等我。」

譚劍英應了一聲，雙肩一晃，穿窗而去。

但聞白菊花說道：「咱們可以走了。」緩步行至室門。

這時天上滿布陰雲，四周一片黑暗，丈餘外的景物，就無法瞧得清楚。

白菊花道：「小妹助劉兄一臂之力，試試看能否登上屋頂。」伸手向劉五成臂上抓去。

劉五成一縮手臂，道：「在下自己試試看吧！」一提氣，縱身向上躍去。

他體能尚未全復，將要登上屋面之時，忽然覺得體力不繼，身子一沉，朝街面直向下落。

只覺一股力道由身後擁來，硬把自己推上屋面。

但見人影一閃，白菊花後發先至，搶落在劉五成的前面，微微一笑，道：「小妹帶路。」

劉五成振起精神，跟在白菊花的身後，越過兩重屋面，直向城外行去。

這時，劉五成已發覺白菊花的武功強過自己甚多，縱然未受毒掌之傷，也難及她，心中大感奇怪，忖道：「這樣一個女孩子，如此武功，自是大有來歷的人物，縱然想隱秘行蹤，也不用混在煙花院中啊！」

忖思之間，白菊花已忽然停下身來。

劉五成抬頭看去，只見一株大白楊樹下，挺立著五個黑色勁裝大漢。左首一人，正是那譚劍英，另外四個大漢年紀稍大，都在三十左右。五人對白菊花似極恭敬，齊齊欠身作禮。

白菊花右手一揮，道：「不用多禮了。這幾日來，我探聽所得，守護那慕容長青之墓的人物都非平庸之輩，五毒掌馬雄飛武功更是高強，咱們今宵只怕是難免要和他遭遇動手，屆時諸位儘管下毒手求勝，但卻不許留下痕跡。」

語聲微微一頓，又道：「我要你們準備的面具和應用之物，可都準備好了嗎？」

譚劍英道：「一切都已遵照師姐之命辦理。」

白菊花道：「那很好，咱們走吧。」

譚劍英道：「小弟帶路。」放腿向前奔去。

白菊花低聲說道：「劉兄和小妹走在一起。」兩人居中而行，另外四個黑衣大漢走在最後。

奔行約半個時辰，譚劍英停下腳步，伸手指著正西一處聳立的黑影，說道：「那就是慕容長青埋骨之處。」

只聽白菊花輕輕嘆息一聲，道：「你們要小心一些。」

譚劍英應了一聲，舉手一招，兩個黑衣大漢應手奔了過來，三人連袂躍起，當先奔去。

尙餘下兩個黑衣大漢，手中提著祭品素花，站在原地未動。

白菊花直待譚劍英三人的身影消失，才舉步向前行去。

劉五成心中雖然有甚多不解之處，但也不便出言相詢，只好悶在心中，緊隨白菊花身後而行。

片刻工夫，已到慕容長青的墳墓之前。劉五成前宵來此，冷月荒塚，看上去已然十分淒涼，今宵陰雲密佈，看上去淒涼中又增了不少恐怖之意。

夜風吹拂著四周的荒草，響起了一片沙沙之聲。但見人影一閃，譚劍英從暗中縱身而出，手中提著兩顆血淋淋的人頭。

白菊花道：「你殺了人？」

譚劍英道：「兩個守墓的兔崽子，各對我發出了兩枚暗器，那已是死有餘辜了，他們意猶未盡，準備招呼同伴，小弟不得不殺他們了。」

白菊花不再多言，緩步向前走去。隨在身後的兩個黑衣大漢，突然搶在白菊花的前面，直行到慕容長青的墓前。

兩個黑衣大漢手腳十分迅捷，片刻之間，已然把帶來的祭品素花擺好。白菊花緩緩行到墓前，屈膝跪了下去，口中喃喃自語。

劉五成回目望去，白菊花的身側只剩下自己一人，譚劍英和另外四個黑衣大漢早已走得不知去向，想是分守在四面把風。

凝神聽去，隱隱可聞得白菊花喃喃說道：「晚輩必將爲老前輩昭雪……使你老……瞑目泉下……」

劉五成暗道：「聽她口氣，她和那慕容長青，倒還沾帶一些親故……」突然蓬的一聲輕響，一顆小砂石投落在兩人身側。

白菊花忽然挺身而立，道：「有人來了。」

一閃身躲入了荒草叢中。劉五成緊隨著也閃入了草叢之中，兩人剛剛藏好身子，耳際間已響起衣袂飄風之聲。轉臉望去，只見一個藍衫少年和一個青衣童子，一前一後地面對青塚而立。

那藍衫少年望望擺在墓前的素花祭品，長長嘆息一聲，屈膝對青塚跪了下去。那童子緊隨少年身後跪倒，說道：「少爺，這墓上的素花猶香，那祭墓人似是剛走不久。」

那藍衫少年未理那童子之言，恭恭敬敬對那青塚行了三拜九叩的大禮，站起身子，望著草叢抱拳一揖，道：「閣下冒生命之險來此拜墓，死者感激於九泉，生者心領身受，兄弟這裡謝過了。」

劉五成暗道：「慚愧啊，慚愧，原來他早已知道我們藏在這草叢中了。」

思索之間，白菊花已然緩步而出。

那藍衫少年神態鎮靜，望了白菊花一眼，欠身說道：「墓前的素花祭品，可是姑娘帶來的嗎？」

白菊花點點頭，反問道：「聽閣下口氣，和這墓中人關係至爲密切，不知和墓中人如何一個稱呼？」

那藍衫少年雙目中神芒閃了兩閃，緩緩說道：「姑娘和墓中人有何關連，何以甘冒大險，到此奠祭？」

白菊花沉吟了一陣，道：「我敬佩那墓中人生前是英雄，故而來他墓上奠祭。」

藍衫少年緩緩說道：「兄弟這裡領謝了。」又是一個長揖。

白菊花閃身避開，道：「你是慕容公子。」

藍衫少年淒然一笑，既不承認，也不否認，卻轉過話題，說：「此地險惡，姑娘不宜在此多留，趁夜色早些走吧！」

白菊花道：「賤妾聽得傳言，慕容大俠有一位公子，被一名忠僕救走，想來必是閣下了。」

這兩人言來格格不入，一問一答間，牛頭不對馬嘴。藍衫少年嘆息一聲，道：「江湖上的傳言，常有失誤，在下可以奉告姑娘，我不是慕容公子。」

白菊花長嘆一口氣，道：「閣下既非慕容公子，爲何要代墓中人領謝我們奠拜之情？」

藍衫人沉吟了一陣，道：「個中內情複雜，在下一時間也無法說得清楚，但我告訴姑娘的話，卻是句句真實。」

白菊花微微一笑，道：「就算你不是慕容公子，但你能到此來拜奠慕容長青之墓，定然和慕容家有著淵源了。」

藍衫人一皺眉頭，道：「姑娘不覺問的話太多嗎？」

白菊花淡然一笑，毫無怒意地說道：「有一點你該放心，我們同是來此奠拜墓中之人。」

藍衫人道：「江湖險詐，人心難測，姑娘和在下素不相識，叫在下如何能相信姑娘。」

劉五成心中暗道：「原來他是不信任白菊花，那是難怪不肯說實話了，此人年紀不大，但卻持重得很。」

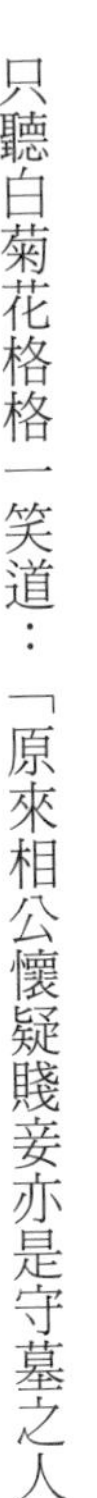
只聽白菊花格格一笑道：「原來相公懷疑賤妾亦是守墓之人。」

突聞啪的一聲，一顆小石擊在墓前一株小樹上。白菊花陡然住口，低聲說道：「有人來了，相公可要躲起來瞧瞧？」

藍衫人道：「兩位請便。」

白菊花回顧了劉五成一眼，一齊躲入草叢之中。劉五成只覺那藍衫少年氣度沉穩，神態肅穆，是以藏入草叢之後，仍留心著那藍衫少年的舉動。

只見藍衫人舉起手來輕輕一揮，那青衣童子突然奔向三丈外的一叢深草中，藍衫人卻一振雙臂，離地而起，斜斜地飛向兩丈外一株大樹之上，伸手抓住一截垂下的樹枝，借力一個翻身，人已隱入茂密的枝葉叢中不見。劉五成只瞧得呆了一呆，暗道：「此人好俊的輕功。」

心念轉動之間，耳際間響起了衣袂飄風之聲，夜色中只見兩條人影，疾如流矢而來，挺立在慕容長青的墓前，望著那素花祭品，一語不發。

劉五成凝目瞧去，認出那前面一人，正是五毒掌馬雄飛，他此刻換了一身黑色的夜行勁裝。馬雄飛的身後，站著一個又矮又瘦的長衫人，星光之下，只見他白色的長髯在夜風中飄動。兩個人四道目光一齊盯在那素花祭品上，好像要從那素花祭品上，瞧出一點內情來。

足足過了一袋菸的時光，馬雄飛才冷笑一聲，道：「又是他。」

那矮瘦白髯人道：「什麼人？」

馬雄飛道：「不知道，我認出那兩朵白色的菊花……」

那矮瘦的白髯人冷然一哂，道：「老朽活了這一把年紀，見聞不能算不廣，但卻無法分出天下盛開的白菊花有何不同？馬總管高才，竟然能一眼瞧出這白菊花的特徵。」

倨傲不可一世的馬雄飛，對這又矮又瘦的白髯人似是極為敬畏，輕輕咳了一聲，道：「鍾老只要留心瞧瞧那兩朵白菊花心，那就不難了然了。」

那矮瘦白髯人凝目瞧了一陣，道：「花心有一處顏色不同。」

但聞馬雄飛道：「不錯，花心處有一些顏色不同，鍾老見識廣博，行遍了大江南北，可曾見過全白的菊花中，只有花蕊處有一點鮮紅的顏色嗎？兄弟不敢說天下沒有這紅蕊的白菊花，但至低限度，極是少見，也許當今之世只有一處所在生長此花，不過……」

那矮瘦白髯老人突然伸出左手，取過一朵白菊花，右手已經晃燃了火摺子。火光照耀之下，果見那花蕊處有一點黃豆大小的鮮紅之色，微一頷首，接道：「不過什麼？」

馬雄飛道：「不過，在下不相信，那一點鮮紅，是出於天然生成。」

矮瘦老人道：「一朵素菊花用人工點上一點紅蕊，供在慕容長青的墳墓上，用心何在呢？」

馬雄飛道：「那紅蕊白菊該是一種標幟，代表著一個人，那人想在江湖之上揚名立萬，這該是一條捷徑了。」

矮瘦老人道：「紅蕊白菊，連番在慕容長青的墳墓之前出現，這消息如若傳誦在江湖之上，立時就會哄動武林。」

馬雄飛道：「不錯，因此之故，在下偏不要他如願以償，那第一次紅蕊白菊出現於此墓之前，兄弟就把兩朵素花收起，而且嚴禁屬下張揚出去。」

矮瘦老人舉起手中的素花，嗅了一嗅，道：「花氣芬芳，顯然採下不久……馬總管，你猜那奠墓人現在何處？」

馬雄飛道：「就在你我左近。」

馬雄飛突然高聲喝道：「朋友，既是想揚名立萬，何懼馬某，請出一見如何？諸位隱身在荒草之中，難道就想逃避區區的眼睛嗎？」

突聞正南方暗影處傳過來一聲冷笑，道：「閣下猜錯了。」

馬雄飛和那矮瘦老人似是都未料到，身後會有敵人行來，一齊轉過身去。

只見一個全身勁裝，背插寶劍的少年，緩步行了過來。此時，天上的烏雲大部散去，月光隱隱由殘餘的雲層中透射出來，原來，來人竟是那白菊花的師弟譚劍英。

譚劍英年紀不大，但卻豪氣干雲，直行到馬雄飛和矮瘦老人身前四、五尺處，才停了下來。

馬雄飛打量了譚劍英一陣，緩緩說道：「就是你嗎？」

譚劍英道：「什麼事？」

馬雄飛道：「在一朵白菊花中，加上一點鮮紅之色，代表了什麼？」

譚劍英冷冷說道：「那代表著一片赤心爲武林……」

馬雄飛道：「住口！」

那矮瘦老人乾笑了兩聲，道：「你的膽子很大，哼！年輕人，當真是不知道天高地厚。」

譚劍英望了那矮瘦老人一眼，道：「你是誰？」

矮瘦老人哈哈一笑，道：「這話問得稀奇了，你沒有見過老夫，只怪爾出生較晚，那也罷了，難道你未聽過老夫之名嗎？」

譚劍英道：「一個糟老頭子，那也沒有什麼好誇耀的。」

那老人冷冷說道：「昔年老夫年輕氣盛，殺人甚多，花甲之後，殺心漸消，凡是與老夫動手之人，我只要斬了他一條右臂就算，如辱罵老夫一句，那就挖他一隻眼睛。幾年來老夫一直奉此爲金科玉律，從無更改，今夜我一破數年例子，要挖了你的雙目，敲落你滿口牙齒！」

譚劍英冷目接道：「你動手試試？」

忽見白菊花緩步走了出來，說道：「你是冷手奪魂李天彪。」

那矮瘦老人陡然回過頭來，打量了白菊花一眼，道：「妳這個女娃娃兒，何以識得老夫之名？」

白菊花淡淡一笑，道：「你惡名在外，江湖上有誰不知。」

李天彪冷笑一聲，道：「妳既知老夫之名，還敢對老夫如此無禮，那是不想活了。」

白菊花舉手理一理夜風吹亂的長髮，笑道：「我如是怕那幾手冷拳冷腳，也不會現身和你相見了……」目光轉到五毒掌馬雄飛的臉上，冷冷說道：「你是五毒掌馬雄飛了？」

馬雄飛道：「正是區區在下，如若我想得不錯，妳就是那白菊花的主人了。」

白菊花冷笑一聲，道：「你心甘爲人之奴役，荼毒武林，哼，沒有一點丈夫氣概。」

譚劍英突然接道：「師姐，咱們也不用和他們作口舌之爭，乾脆把他們殺了，把人頭高掛在潯陽樓上，讓天下人都瞧瞧爲惡之人的下場……」

冷手奪魂李天彪冷笑道：「小娃兒出此狂言，也不怕夜風閃了你的舌頭。」

陡然出手，直向譚劍英抓了過去，他有冷手奪魂之稱，出手一擊，迅快無比，譚劍英只覺他掌勢未到，暗勁先至，五縷指風，分襲向全身五處大穴，不禁心頭駭然。

只聽白菊花喝道：「師弟小心。」揚手一掌拍了過去。

李天彪右手一揮，橫拍一掌，一擋白菊花的掌勢，人卻欺近譚劍英的身側，左手五指箕張，兜頭抓下。

譚劍英右腕一翻，背上長劍已自出鞘，橫裡斬出一劍。那譚劍英拔劍之勢已然夠快，但那李天彪似是比他更快，譚劍英劍勢剛剛橫裡推出，突然一鬆握劍五指，長劍脫手落地。

這一招變出意外，只瞧得白菊花心頭駭然，嬌軀疾邁，向前衝去。譚劍英只覺幾縷暗勁中挾著透膚冰肌的寒氣，擊在右手背心之上，不自覺地鬆手丟了寶劍，才知道遇上了生平未遇的勁敵，急急一吸真氣，疾向後面躍退。

但聞那李天彪冷笑一聲道：「小娃兒還想走嗎？」

左手原式不變易抓為掌，向前推去。

譚劍英吃了一驚，暗道：「好快的掌勢。」左手一抬，迎了上去。原來他右手被李天彪陰毒的指力擊中，已經不聽使喚。

冷手奪魂李天彪已動了殺機，哪裡還容譚劍英由掌下逃開，暗提真氣，左掌前推，人隨著向前一步，同時右手一收一推，又拍出一股掌力，擋住向前欺攻的白菊花。

譚劍英只覺他那向前一推的掌力中，強大暗勁，挾著一股奇寒之力，直逼過來。這時，他心中雖然明知非敵，但已無法讓避開去，只好硬著頭皮接下一掌。

眼看兩人的掌勢就要觸接一起，突然李天彪大喝一聲，收掌而退。譚劍英接住他那掌勢餘力，仍然被震得向後退了一步，這一掌如若接實，勢必將當場重傷不可。

星光之下，凝目望去，只見那冷手奪魂李天彪的左手之上，釘著一枚二寸長短，帶著一支翠羽的小箭。

這當兒白菊花已接下了李天彪的掌力，欺進到譚劍英的身前。

一直冷眼旁觀的五毒掌馬雄飛，此刻再也沉不住氣，縱身一躍，擋在李天彪的身前，高聲說道：「暗箭傷人，算不得英雄好漢，既敢出手，何以不敢現身？」

冷手奪魂李天彪望了手背上的翠羽小箭一眼，鎮靜異常地拔了出來，就星光之下望了一眼，收入了懷裡。

白菊花突然揚手點了譚劍英右臂上兩處穴道，說道：「別讓臂上行血流入內腑。」

馬雄飛心知那施放翠羽小箭的人就在左近，隨時可以現身，這荒草叢中，古柏樹後，還不知藏有著多少強敵。還有那派來守墓的屬下，這麼久時光不見現身，定然是已經遭了毒手。

五毒掌精神一振，高聲說道：「哪一位暗放冷箭的朋友，再不肯現身出手，可別怪我馬某人要出口罵人了。」

語聲甫落，衣袂飄風之聲已劃空而至。馬雄飛只覺人影一閃，身前四、五尺外處，已多了一個身著藍衫，臉上戴著面具的人。

冷手奪魂李天彪已忍耐不住，身子一側，越過了馬雄飛，低聲說道：「馬總管請閃開。」

馬雄飛對那李天彪似是十分敬畏，聞聲橫跨兩步，退到一側。

李天彪望了左手背上的傷勢一眼，鮮血仍舊在繼續冒出，冷笑一聲道：「可是你施放那暗箭，傷了老夫手背？」

藍衫人道：「不錯，正是區區在下。」

李天彪冷冷說道：「老夫在江湖上行走了數十年，第一次被人用暗器所傷，足見閣下的手法高明了。但不知何以戴了面具，不肯以真正面目和人相見？」

藍衫人道：「在下不用取下面具，也瞧得出來你不是真的冷手奪魂李天彪。」

此言一出，全場一怔。良久之後，那李天彪才仰天打個哈哈，道：「好眼力，好眼力！」語聲微微一頓，接道：「老夫縱非李天彪，一樣能奪你之魂。」

右手一揚，五縷指風直向那藍衫人臉上抓去。

白菊花心中暗道：「這藍衫人氣度高傲，但不知他真實武功如何？」當下全神貫注，看兩人的搏鬥。

只見那藍衫人右手一抬，食中二指疾向那老人腕上點去，身子隨著遞出的一招偏向一側。冷手奪魂疾攻的一招硬被那藍衫人點出的二指，生生地給逼得縮腕而退。表面看去，兩人交手的一招，普普通通，並無什麼驚人之處，其實這一招之中，兩人都貫注內力擊出，雖然手指未觸，但彼此間內力已然接實。

那藍衫人一招之間把守勢轉爲攻勢，右手指力逼得那老人收掌而退，左手卻展開了迅快的猛攻，迎面一掌劈了過去。

白菊花暗道：「這藍衣人瀟灑文雅，但武功卻似全走的剛猛路子，硬接猛劈。」

冷手奪魂眼看那藍衫少年一掌劈來，心知自己已處守勢，如若再閃身避此一掌，必將全失主動，當下用力揚掌，硬接一擊。這一次雙掌接實，響起了砰然一聲大震。

那藍衫人雙肩晃動，但仍然站在原地，冷手奪魂卻被震得向後退了三步，才拿樁站好，白菊花暗暗讚道：「此人年紀不大，功力卻如此深厚。」

但聞那冷手奪魂駭然說道：「大力金剛掌。」

藍衫人冷笑一聲，也不答話，右腳大進一步，右手握掌成拳，當胸擊出。

冷手奪魂似是吃了苦頭，不敢再硬接他的拳勢。一吸小腹，陡然間向後退了五尺。

藍衫人左腳一抬，又向前欺進五步，左拳橫打，右拳下擊。

但見冷手奪魂側身讓開，拳掌雙手一合，斜肩劈下。這一擊勢道凌厲，局外人亦可瞧出那是他畢生功力所聚。

不料那藍衫少年竟然是毫不退縮，右拳橫轉，迎了上去。只聽如擊敗革一般的一聲輕震，冷手奪魂突然倒退三步，垂下雙手，道：「開碑拳，金剛掌，當今武林之世兩大至剛絕技，你竟集於一身。」言罷，閉上雙目，垂手而立。

那藍衫人神色肅然，長長吸一口氣，緩緩回過臉來，炯炯雙目逼注在五毒掌馬雄飛臉上，冷漠地說道：「冒牌的冷手奪魂李天彪，已經無再戰之能，你自信比他如何？」

馬雄飛道：「閣下可是想試試馬某是否浪得虛名嗎？」

藍衫人緩緩說道：「根據傳言，你那毒掌一經中人，掌蘊奇毒立刻就侵入人身，不知是真是假？」

馬雄飛眼看同伴傷在這藍衫少年手中，心中實在是有些害怕，但眼下情勢已若騎虎之勢，只好硬著頭皮撐下去了。但他老謀深算，心中早已有了計較，想用心機激那藍衫人和自己硬拚掌力，仗掌內蓄蘊的劇毒求勝，當下說道：「閣下如若不信，那就和馬某硬拚一掌如何？」

劉五成吃過那五毒掌的苦頭，聽得心中大急，急急躍出，接道：「拚不得，他這五毒掌乃是仗憑奇毒求勝，不算武功，如何能和他硬拚掌力？」

那藍衫人轉過頭來，說道：「多謝關照。」緩緩揚起右掌，接道：「馬雄飛。」

馬雄飛忽聞那藍衫少年呼叫自己，同時又高高舉起右掌，心中大喜，口中卻故作冷漠，

道：「他說得不錯，閣下還是多想想的好。」

那藍衫少年笑道：「我如不試你的五毒掌，想你死在九泉之下，也是難以瞑目了。」

馬雄飛心中暗道：「莫讓他見風轉舵，改了心意。」急急說道：「閣下一定要試，馬某是恭敬不如從命了。」

藍衫少年嘴角泛現出一縷冷峻的笑意，道：「你要小心了。」掌勢緩緩向下落去。

馬雄飛心知這一擊關係著自己的生死，早已全神貫注，直待那藍衫少年掌勢，近頂尺許左右時，才陡然一翻右掌，迎了上去。

就在馬雄飛舉掌迎擊之時，那藍衫少年的掌勢也同時加快了速度。雙掌接實，砰然一聲大震。馬雄飛冷哼一聲，疾快地向後退了兩步，一條右臂軟軟垂了下去。原來，兩人一掌硬拚，馬雄飛的右腕已被生生震斷。

藍衫少年淡然說道：「馬雄飛，在下一掌如何？」

馬雄飛抬起頭來，望了藍衫少年一眼，道：「閣下的掌力果然是雄渾得很，不過，你已經中了在下掌中奇毒，不足一個時辰，毒性將立時發作，一十二個時辰之內將毒發而死，除了在下獨門解藥之外，別無可救之藥。」

藍衫少年輕輕咳了一聲，道：「就算我中你毒掌，非死不可，那也是一個時辰以後的事了。但此刻你已經沒有反擊之能。」

馬雄飛道：「閣下儘管動手就是。」

藍衫少年冷冷一笑，道：「現在，我給你們兩個人一個選擇的機會。」語聲微微一頓，又道：「不過，你們不用高興，兩個機會同是死亡，只是死法不同而已。」

馬雄飛轉眼望了那冷手奪魂一眼，緩緩說道：「哪兩種死法？」

藍衫人道：「第一種死法，最是簡單，不過要你們自己動手，這些年來你們殺了很多的武林同道，今宵一死，那也不算吃虧。」

語聲微微一頓，接道：「你們自行走到那慕容長青的墓前，面對青塚，各用匕首一把，挖出自己的心肝。」

馬雄飛怒道：「大丈夫可殺不可辱，馬某是何許人物，豈肯如此……」

藍衫人接道：「稍安勿躁，在下話還未完，第二種死法，自然是兩位死得十分英雄了。」

馬雄飛道：「好！你說說看。」

藍衫人道：「你們不用動手，由在下點了兩位膝下穴道，你們心中雖然不願，但也得對著那青塚而跪，然後在下點你五陰絕穴，並斷你們右手腕筋，流盡全身之血而死，這大概需要一十二個時辰。」

突見那藍衫人揚手一指，點了馬雄飛的穴道，笑道：「想自絕嗎？只怕沒那麼容易。」

馬雄飛雙目轉注到冷手奪魂的臉上，緩道：「鍾老有何高見？」

那老者一直是閉目而立，聽得馬雄飛之言，突然睜開眼睛，緩緩說道：「老夫不願死亡之前，再忍受一次難以忍受的痛苦。」

馬雄飛輕輕咳了一聲，道：「不過在下相信，在我們死亡之後，十二個時辰之內，他亦將毒發而死。」

冷手奪魂冷漠地說道：「據老夫所知，那大力金剛掌如練到了一定的火候，百毒難侵。」

那藍衫人凝目思索一陣，目光轉注到馬雄飛的臉上，冷然一笑，道：「你想好了沒有？」

馬雄飛望了那老者一眼，道：「鍾老，咱們去吧！」

那冒牌冷手奪魂一語不發，轉身大步而去，直行到慕容長青的墓前，突然屈下雙膝，對著那慕容長青的墳墓跪了下去。

馬雄飛還在猶豫，但見那冒牌冷手奪魂當先跪了下去，只好緊隨著屈下雙膝，跪在慕容長青的墓前。

藍衫人右手揚處，兩把匕首疾快飛出，插在兩人身前，緩緩說道：「兩位可以死了？」

馬雄飛仰臉望望天色，突然伸手從懷中摸出一個玉瓶，手指微一用力，捏碎玉瓶，瓶中是七顆白色的丸藥，一口吞了下去，回顧了那藍衫人一眼，道：「現在當今之世，只有在下一人，知道配製那解毒之藥的藥方了。」

藍衫人微微一笑，道：「在下一向不願受人威脅。」

馬雄飛撿起匕首，指在前胸之上，回顧了那老者一眼，道：「鍾老，兄弟……」

那老者接道：「你先走一步，我隨後就到。」

馬雄飛匕首一揚，插入了前胸之中。

那藍衫人緩緩收回按在馬雄飛背上的手掌，說道：「自你守衛慕容長青之墓以來，想已殺了不少武林同道，你今日在慕容長青的墓上自挖心肝而死，那也是應得的報應。」

馬雄飛匕首刺入了前胸之後，心中突然動疑，回顧了那冒牌的冷手奪魂一眼，道：「鍾子英，你爲什麼不死？」

鍾子英冷然一笑，道：「你先死吧！」

馬雄飛掙扎而起，道：「鍾子英，你……」

鍾子英緩緩站起身子，接道：「你明白得太晚了。」疾行兩步，走到那馬雄飛的身前，緩緩說道：「馬雄飛，你可是懷疑老夫的身分嗎？」

馬雄飛圓睜雙目，凝注在鍾子英的臉上，說道：「你如不說明內情，在下死難瞑目。」

鍾子英點點頭，道：「好！我告訴你……」

那藍衫人右手一揮，砰然一聲，拍在馬雄飛背心之上。這一擊力道奇猛，馬雄飛悶哼一聲，撲在慕容長青墓前死去。

這一幕離奇詭異的變化，只看得白菊花和劉五成茫然不解。

只見那藍衫人舉步而行，直行到鍾子英的身前，欠身說道：「我替老前輩接上腕骨。」

鍾子英搖搖頭，向後退了兩步，道：「不用了……但有一件事，老夫想不明白，你怎能一眼之間，瞧出老夫不是冷手奪魂？」

藍衫人微微一笑，道：「這要怪那馬雄飛太過粗心了。」

鍾子英冷冷說道：「只是如此嗎？」

藍衫人目光緩緩地轉注到鍾子英左胸之上，道：「閣下左胸之上……」

鍾子英右手突然舉起，一拂左胸，緩緩說道：「客從天外來。」

藍衫人道：「情自心中生。」

鍾子英微微一笑，道：「請教閣下高名上姓。」

藍衫人目光轉動，四顧了一眼，默然不語。

鍾子英目光一掠藍衫人，不再多問，扭轉話題，說道：「老朽就此別過。」

目光一掠馬雄飛的屍體，接道：「知我之秘的，當今之世只有這馬雄飛一人而已，今宵借

你之手把他除去，老朽亦可安心了。」

語聲微微一頓，接道：「此時此刻，老朽還不能在此多留。」轉身兩個疾躍，消失在夜色之中不見。

藍衫人望著那鍾子英完全消失，才輕輕嘆息一聲，道：「小山何在？」

只聽衣袂飄風之聲，那藏在草叢中的青衣童子應聲而至。劉五成看他疾奔而來的身法，快速絕倫，心中暗暗吃了一驚，忖道：「這一主一僕不知是何來路，武功竟然都如此高強。」

只見那青衣童子奔行到那藍衫人的身側，道：「公子有何吩咐？」

藍衫人望了那馬雄飛的屍體一眼，道：「把他首級割下，放在慕容長青的墳墓之上。」

藍衫人又回顧了白菊花和劉五成等一眼，道：「不論諸位來自何處，是何身分，但諸位能到慕容長青的墓前奠祭，在下一樣是感激不盡。只是江州城中，立刻將掀起一場滔天巨浪，諸位似是不需捲入這場風暴，如若在明日午時之前離開江州，還來得及。」

白菊花微微一笑，道：「閣下對我們好像十分關心。」

藍衫人一皺眉頭，道：「在下是一片好意，至於諸位是否要離開，和在下並無關係。」

劉五成心中暗道：「這人說話雖然慢條斯理，但卻是詞鋒犀利得很。」

但聞白菊花輕輕嘆息一聲，道：「二十年來，已經有數十位武林人物在此喪命，天下武林人物有誰不知此地凶險得很。」

藍衫人道：「話雖不錯，但此刻形勢，又和過去不同，馬雄飛那五毒掌雖然名動武林，但他還算不得第一流的高手，正因爲諸位肯冒生命之險，來這青塚之前祭奠，在下才不願諸位捲入這場是非之中。」

語聲微微一頓，接道：「在下言盡於此，已盡了心力，諸位肯不肯聽，都和在下無關。」

言罷，轉身而去。那青衣童子緊隨在藍衫人身後緩步而去，片刻間消失在夜色之中不見。

白菊花回頭望著譚劍英，道：「咱們要改變計劃了。」

譚劍英奇道：「爲什麼？」

白菊花道：「目下情勢有變，咱們亦得隨機應變才成，你去通知他們一聲，改在城北紫雲宮中見面。」

譚劍英應了一聲，轉身而去。

這時，荒涼的青塚之前，只餘下劉五成和白菊花兩個人。

劉五成望著譚劍英去遠之後，抱拳一禮，道：「在下多承姑娘相救，心中感激不盡，就此別過了。」

白菊花道：「劉兄如若無啥要事，何不隨同賤妾到那紫雲宮中瞧瞧。」

劉五成暗道：「這女人帶著幾分神秘，跟她去見識見識也好！」

當下說道：「既是如此，在下恭敬不如從命了。」

白菊花道：「此地不宜久停，咱們走吧！」舉步向前行去。

劉五成緊隨白菊花身後而行。那白菊花似是十分熟悉地勢，夜色中奔行甚速。劉五成全力追奔，算是未拉長距離。疾行之中，白菊花突然停了下來，道：「劉兄去過那紫雲宮嗎？」

劉五成道：「不但未曾去過，聽也未曾聽過。」

白菊花道：「紫雲宮中人，很少在江湖之上行走，別說閣下了，就是當今江湖之上知道這

紫雲宮的人，也是少之又少了。」

劉五成不再多問，白菊花也不再多言。又走了一盞熱茶工夫，到了一處林木旁側。白菊花道：「到了，就在這片林木掩遮之中。」

凝目望去，只見一座小小廟宇，屹立在林木之中。劉五成原以爲紫雲宮是一處很大的道觀，卻不料竟然是如此一個小廟。

只見白菊花舉步而行，到了那宮門之外，停下身子，在門上彈了三指。片刻之後，觀門呀然而開，卻不見啓門之人。白菊花道：「劉兄請進。」

劉五成心中暗道：「她對我如此親切，必然有什麼事情，要該留心一些才是。」口中卻連連應道：「姑娘先請。」劉五成一面全神戒備，緊隨在白菊花的身後入宮。抬頭看去，只見東西兩廂除外，只有一座大殿。心中暗道：「這座廟宇如此之小，不知住有多少道士。」忖思之間，突見火光一閃，亮起了兩盞紗燈。

劉五成順著火光望去，只見一個中年道人肅立在大殿之前，兩個道童分立左右，各舉著一盞紗燈。

白菊花微一欠身，道：「見過道長。」

那中年道人兩道冷森的眼光，逼注在劉五成的臉上，道：「這人是誰？」

白菊花正待答話，劉五成已搶先說道：「區區劉五成。」

那中年道長冷哼一聲，卻對白菊花道：「可是有了變化？」

白菊花點點頭，道：「五毒掌馬雄飛已然死去，人頭現掛在慕容長青的墳墓之前。」

那中年道長略一沉吟，道：「什麼人殺了他？」

白菊花道：「一個藍衫少年，武功奇高，三、五招內就震斷了那馬雄飛雙手腕骨。」

那中年道人點點頭道：「家師已等候姑娘數日，請入後殿中坐吧。」

白菊花道：「有勞道長帶路了。」

只見那中年道人舉手一揮，左首一個道童手執紗燈，緩步向大殿之中行去。白菊花緊隨那道童之後，步入大殿。

劉五成舉步隨行，卻見那中年道人一橫身，攔住了去路，回頭對右首道童說道：「帶這位劉大俠到東廂之中休息。」

白菊花停下身子，回過頭來，說道：「讓他進來。」

劉五成心中暗道：「這道人既是不喜我入內，那就不如告辭得好。」

當下一抱拳，道：「姑娘一番盛情，劉某心領身受了，在下還和人有約，就此別過。」轉身向外行去。

白菊花急急說道：「劉兄止步……這位道兄職司有關，還望劉兄不要見怪才好，煩請入大殿中來，賤妾還有借重之處。」

劉五成行意本甚堅定，但聽那白菊花說出還有借重之處，倒是不好堅持下去，只好舉步入殿，道：「姑娘有何見教，但得劉某力所能及，無不從命。」隨在白菊花身後行去。

只見那手執紗燈的道童，直行到大殿一角處，伸手一推，一個小門應手而開。殿後是一個小小的院落，竹林環繞，種植了不少花樹。

三　愁雲慘霧

一座茅舍，矗立在花樹叢中，燈光幽隱，由窗中透了出來。

但聞一個沉重蒼老的聲音，喝道：「什麼人？」

白菊花應道：「晚輩白菊花，特來探望宮主。」

那室中人重重咳了一聲，道：「白姑娘，請恕貧道身染重病，不能出室迎迓，請進入房裡來坐吧！」

白菊花道：「晚輩帶一位客人同來。」

那蒼老的聲音說道：「白姑娘帶來的客人，自然不妨事了，請他一起進來吧！」

劉五成緊隨在白菊花的身後，緩步走了進去。

這是一間陳設簡單的小室，但卻打掃得十分雅潔，靠後壁間，放著一張木榻，一個白髯垂胸，木簪椎髮的老道人，背倚牆壁而坐。下半身掩蓋著一張白色的毛氈。一個十四、五歲，眉清目秀的道童，披著一件青色的道袍，背上斜斜揹著一支寶劍。一支白色的火燭，放在榻旁一張木几之上，熊熊火燭，照得滿室通明。

那倚壁而坐的老道人，似是已經病入膏肓，瘦得只剩下一把皮包骨頭，但他的髮髯卻仍然梳洗得十分整齊。

白菊花緩步行到榻前，欠身一禮，說道：「老前輩病好些嗎？」

那白髯道人轉動一下圓大的眼睛，望了白菊花一眼，道：「姑娘請坐……」目光轉注到劉五成的臉上，接道：「這位是劉大俠了。」

劉五成欠身一禮，道：「晚輩劉五成，見過宮主。」說罷，抱拳一禮。

那白髯道人輕輕嘆息一聲，道：「貧道老了，而且又身染重病，恐怕已經難久在人世了。」

他的病情確是已極為深重，說了幾句話，已經累得輕輕喘息。那身著青袍的道童，探手從懷中摸出一個玉瓶，倒出一粒藥物，托在掌心，緩步走到木榻之前，道：「宮主請服下這粒藥物。」

吞下了那丹丸之後，白髯道人精神突然一振，手拂長髯，輕輕嘆息一聲道：「姑娘可是感覺到貧道服用的藥物，十分神奇嗎？唉，其實只是飲鴆止渴而已，這是一種含有奇毒的藥物……」

白菊花吃了一驚接道：「老前輩既知有毒，為什麼還要服用？」

白髯道人道：「這就叫以毒攻毒，欲罷不能了。」

語聲微微一頓，接道：「貧道等待姑娘已經數日了。」

白菊花道：「晚輩因部屬未齊，一直不敢冒然行動，又勞老前輩等候，當真是罪該…：」

白髯道人搖搖右手，說道：「姑娘不用自責，此事非同小可，原該是小心佈置才是。唉！貧道所以心急，只怕是遽然氣絕，難再見姑娘之面，那我藏在心中二十年的隱秘，只怕是沒有機會說了。」

紫雲宮主長長嘆息一聲，道：「姑娘可知道貧道的真正身分嗎？」

白菊花呆了一呆，道：「道長乃大名鼎鼎的紫雲宮主……」

紫雲宮主搖搖頭，道：「我頂了紫雲宮主之名，足足二十年，但天下卻無人知曉，此事足可當得隱秘之稱了，唉，那紫雲宮主掌劍雙絕，乃武林一代奇人，老夫豈能比得。」

白菊花道：「那真的紫雲宮主呢？」

白髯道人彷如未聞，反口問道：「姑娘，妳可知曉自己的來歷嗎？」

白菊花道：「晚輩隱隱知道一點，似是和慕容長青老前輩有些淵源。」

白髯道人點點頭，道：「令師告訴了妳？那妳可知令師的身分嗎？」

白菊花道：「不知道，晚輩只知是家師從小收養了晚輩，一身兼恩師慈母之責。」

白髯道人嘆息一聲道：「令師的左耳之下，可有一塊瓜子大小的黑痣嗎？」

白菊花道：「不錯啊！老前輩怎生得知呢？」

白髯老人道：「她和我相處了數十年，我豈有不知之理。」

白菊花道：「老前輩……」

白髯老人道：「令師乃老夫之妻，當年同在慕容家中為僕，主人家遭慘變之日，我等正因事他去，回來時，那高大的宅院和那『天下第一俠』的金匣，都已化作灰燼，當下老夫等本想追隨主人於九泉，但回念一想，此仇豈可不報，此冤豈可不伸，遂把一腔悲憤，化作了復仇力量……」突然一陣急咳，打斷了未完之言。

白菊花急急伸出手去，在那白髯道人背上輕輕拍了幾下，說道：「老前輩原來還是晚輩的師公。」

白髯道人長長吁一口氣，道：「孩子，這件事千頭萬緒，詳細說來，恐怕要耗上一天一夜，也無法說得清楚，可惜老夫已若臨風殘燭，隨時會斷氣而死，只有摘其簡要，說給你們聽了。」

白菊花道：「老前輩慢慢的說吧，晚輩們洗耳恭聽。」

白髯道人望了白菊花一眼道：「孩子，記著一件事，告訴妳師父，那真正紫雲宮主，就是現在江湖上的冷手奪魂李天彪……」

但聞那白髯人又接道：「慕容大俠武功絕世，乃武林中難見的奇才，昔年中原武林大會之上，技驚全場，藝蓋九州，被全場豪傑推譽爲天下第一俠。由當時主盟大會的少林高僧，親送『天下第一俠』金匾一面，唉！那時提起江州慕容家，江湖之上，誰不尊仰。」

只見他深陷的眼眶之中，湧出來兩行淚水，似是對昔年的光輝、顯赫，仍有著深深的依戀、懷念。

白菊花心中暗道：「他急於要說出心中之事，怎麼突然間沉吟不語，只怕他此刻的神智已迷。」當下說道：「老前輩，以後呢？」

白髯道人如夢初醒一般，道：「以後……以後慕容世家，遭了慘變，最初幾年，倒也有不少熱血英雄，到那慕容長青墓前去祭奠一番，但以後就越來越少了。」說完，又閉目不語。

白菊花一皺眉頭，忖道：「看他情形，確然已陷入了昏迷之境，要想他述說經過，只怕是難有希望，看來只有摘要問他，或可多得一些內情。」

心念一轉，當下問道：「老前輩，那慕容世家遭逢慘變之後，還有什麼人逃出了毒手？」

白髯道人霍然睜開雙目，道：「妳是問有幾人逃出那場屠殺嗎？」他雖已神智不清，但心

念之間，仍然牢記其事，是以那白菊花一問，他竟然聽懂了。

白菊花道：「不錯，那慕容公子可曾逃出來嗎？」

白髯老人道：「最悲慘的也就是這件事，老爺在世與人排難解紛，不知做了多少好事，救了多少人命，蒼天無眼，竟然不肯爲慕容家留下一脈香火。」

白菊花道：「這麼說來，那慕容公子也未逃出來了？」

白髯老人點點頭，道：「沒有，老夫和那紫雲宮主事後查證，始終沒有找出那慕容公子逃出的蛛絲馬跡，爲了追查那慕容公子的下落，紫雲宮主才和我定下李代桃僵之計，由老夫假扮紫雲宮主，紫雲宮主易容化作冷手奪魂李天彪，混入江湖，二十年來，仍然未能找出那慕容公子的下落，看來是死定了。」

語聲微微一頓，接道：「據聞那青塚之內，慕容老爺埋骨之地，有一具童屍，就是慕容公子，但那青塚防守森嚴，老夫數度想進入墓中瞧瞧，始終未能如願。」

白菊花道：「晚輩今宵在慕容大俠的墳墓之前，遇上一位武功奇高，來歷不明的藍衫少年，看樣子頗似慕容公子。」

白髯老人輕輕嘆息一聲，道：「但願姑娘幸而言中，那慕容公子還活在人世之上。」

語聲微微一頓，接道：「這些年來，武林中人都已日漸淡忘了慕容長青，使老夫看盡了人情冷暖，世態炎涼……」

他情緒突轉激動，雙目圓睜，沉聲接道：「最使老夫氣忿難忍的，就是老爺在世時，那三位趨炎附勢的酒肉朋友，慕容家未遭慘變之前，他們每年一度必要趕往那兒歡聚十日，飲酒論武，盡歡而散，十數年如一日，從無一人爽約。但自慕容家遭了慘變之後，這三人卻如投入大

海的泥牛砂石，從此沒有了消息……」

忽聞那白菊花問道：「但怎麼連師公亦不知那兇手主腦是誰？」

白髯老人道：「那兇手主腦是誰，紫雲宮主已然得到一些頭緒，但他並未對老夫說過。」

白菊花一皺眉頭，道：「那紫雲宮主和慕容老前輩的交情很深嗎？」

白髯老人道：「如說紫雲宮主和老主人的交情，生前是萬萬比不上他一年一度相聚的三位朋友。但主人死後，卻看出了真的交情，唉！眼下，真正在籌謀爲慕容長青報仇的，只怕也只有這一個紫雲宮主了……」

語聲甫落，突聞一聲深長嘆息傳了進來，緊接著響起了一個低沉的聲音道：「天福兄，你也太大意了，怎的不在這室外面佈置一些人手。」只見一位身著青衫、頭戴方巾的中年人，已緩步行了進來。

那臥在床上的白髯老人一見來人之後，情緒突然間緊張起來，舉起枯瘦的雙手，揉揉眼睛，仔細瞧去。

那青衫中年人似是經過了長途跋涉而來，滿臉風塵之色，緩步行到了木榻之前，問道：「天福兄，不記得區區了嗎？」

白髯老人聲音顫抖，激動地說道：「你是金筆書生……」

那中年文士道：「不錯，在下正是雷化方。」

那白髯老人早已失去神采的雙目中，突然閃起一片神光，冷冷說道：「你還沒有死？那真是天道崩潰了。」

雷化方淡淡一笑，道：「天福兄誤會了……」

白髯老人情緒激動，不待雷化方說完，厲聲接道：「我家主人未死之前，你們三人每年一度趕往慕容家歡聚十日，飲酒論武，賞花賦詩，情意是何等真切?但慕容世家遭逢慘變之後，你們都到哪裡去了，二十年沒有消息。」

雷化方輕輕嘆息一聲，道：「天福兄請仔細瞧瞧在下，和你那記憶之中，有什麼不同嗎?」

那白髯老人仔細地瞧了那青衫中年一陣，怒道：「哪裡不同了，除了年紀大些，臉上多了一些皺紋之外，老夫瞧不出有什麼不同之處。」

雷化方苦笑一下，道：「這就是了，在下修習的太乙神功，駐顏有術，別說區區二十年了，就是再加二十年，也不會顯得如此蒼老。」

白髯老人道：「你老與不老，和慕容世家有何關聯?」

雷化方道：「一言難盡，唉!這二十年來，在下日日夜夜，爲慕容兄復仇事奔走、熬煎，費盡心機。這二十年，對在下而言，真有如一甲子的歲月……」

白髯老人道：「此語當真嗎?」

雷化方道：「如非天福兄病情如此沉重，在下也不會告訴你這些事了。」

白髯老人道：「那九如大師和中州一劍呢?」

雷化方道：「他們所受之苦，只怕不在我雷某之下。都是在爲慕容兄復仇之事奔走。」

白髯老人那枯瘦的臉上，突然展現出一片笑容，緩緩說道：「老朽誤會了你們二十年，如若不是今宵相見，了然內情，只怕九泉之下，也要罵你們無情無義了。」

雷化方道：「武林罵我們無情無義之人，又何止你天福兄一人，但我等只要心中無愧，何懼別人的誤會……只不過，在下倒真有一件事，想問問天福兄。

「近日中，江湖上突然傳出慕容公子出現江湖，爲父報仇的消息，引起了武林中無數高手的注意，在下對此傳言，一直是半信半疑，求證天福兄，我那慕容大哥的公子，是否已逃出了那場大劫？」

白髯老人怔了一怔，道：「據老朽所知，那慕容公子並未逃出劫難。」

雷化方沉吟了一陣，道：「我和九如大師、中州一劍已經約好，定於本月二十日，圍擒守墓之人，逼問那主使謀害慕容家的主凶、首腦，但因聞得慕容公子出現江湖的消息，不得不先行查明內情。」

那白髯老人道：「可惜呀，小老兒無法看到這一場盛壯之舉了。」

語聲甫落，突然一跟頭向下栽來。

白菊花吃了一驚，道：「師公。」兩手伸出，接住了那老人，伸手摸去，那白髯老人氣息已絕，竟然死去。

雷化方側耳在他前胸之上聽了一陣，道：「沒有救了……」語聲微微一頓，接道：「諸位都是他的什麼人？」

白菊花道：「他是晚輩的師公。」

雷化方微微一怔，道：「師公？姑娘是何人的門下？」

白菊花道：「晚輩的恩師上姓容，單名一個菊字，乃福老前輩之妻。」

雷化方沉吟了一陣，道：「令師現在何處？」

白菊花已知他身分，也隱隱了然了自己來歷，當下說道：「家師隱居之處，距此三百餘

里，是一處人跡罕至的山谷。」

雷化方凝目思索了一陣，兩道炯炯的目光，緩緩由白菊花等的臉上掃過，道：「姑娘等到此地來，可是奉了令師之命？」

白菊花道：「正是家師遣派晚輩到此。」

雷化方道：「令師遣姑娘等到此之時，還不知道在下亦趕來江州，此刻形勢有變，姑娘等也不用留在此地了，火速趕回去吧！」

白菊花道：「有一件事，老前輩只怕還不知曉。那守護慕容長青之墓的五毒掌馬雄飛，今晚已經被殺死。」

雷化方怔了一怔，道：「什麼人殺了他？」

白菊花道：「一個年約二十上下的青衫少年，他帶著一個書僮，出手武功奇高，而且全走的剛猛路子。」

雷化方一皺眉頭，道：「那人現在何處？」

白菊花道：「我等在墓前一晤，那人殺了五毒掌馬雄飛之後，又飄然而去。」

雷化方道：「姑娘可否去請令師到此，三日後，在下再來此地和令師一晤。還有，江州城大變已生，立時將蒙上一片愁雲慘霧，姑娘帶來的人手最好能連夜撤走，三日後，此地之約亦望姑娘能小心行蹤。」

白菊花欠身一禮，道：「晚輩還有一樁爲難之事，還望老前輩指示一二。」

雷化方道：「什麼事？」

白菊花道：「晚輩奉師命來此之時，帶了六個幫手，約他們在此集會……」

雷化方道：「這就有些麻煩了。他們幾時可在此地會齊？」

白菊花道：「早在天明之前，遲在明日午時。敢問老前輩有何良策？」

雷化方道：「你們可有特約的聯絡暗記嗎？」

白菊花道：「這個晚輩事先已和他們約好。」

雷化方道：「眼下之策，妳要設法在這紫雲宮的四周，留下暗記，指示他們快離開江州就是。照我觀察所得，明日午時，他們即將有高手到來，至遲也不會到天色入夜，咱們的時間，只有半日左右。」

言罷，縱身而起，身影一閃，只見身法之快，有如雷奔電閃一般。

白菊花回顧了那白髯老人的屍體一眼，自言自語地說道：「該去買口棺木，把他老人家盛殮起來才是。」

那佩劍道童接道：「這個不用姑娘發愁了，小道早有準備。」

白菊花道：「棺木現在何處？」

那道童沉吟了一陣，道：「姑娘是自己人，小道不敢相欺，那留藥之人，早已爲宮主準備好後事，不但備有棺木，而且還在這茅舍後面的竹林之中建好了墓地，現在咱們只要把宮主的屍體，抬入那墓內棺木裡，那就行了。」

他似是很怕白菊花再多問話，抱起那白髯老人的屍體，接道：「小道奉有嚴令，宮主一死，小道要立刻離此，趕回覆命。」大步向前走去。

白菊花急急說道：「道兄止步。賤妾和這老人的關係，你已經知道了，他埋在何處，我等理該同去瞧瞧才是。」

那道童沉吟了一陣，道：「好，不過，只限定姑娘一人。」

白菊花望了劉五成一眼，道：「劉兄在此稍候，賤妾去去就來。」

不待劉五成答話，人已隨著那道童身後，大步而去。

只見那道童在竹林之中繞來行去，行了一盞熱茶工夫，突然停了下來，道：「就在此地。」

白菊花凝目望去，只見一個微微突起，滿生著青草的土丘，除此之外，再無可疑的事物了。

道童放下老人屍體，轉身東行十餘步，伸手在地上摸了半天，突然向上一提，地上頓時出現了一座三尺左右的圓洞。那道童重又行了回來，抱著白髯老人的屍體，道：「姑娘記住那地道入口所在，也就行了，地道狹窄，不用進去看了。」

白菊花心中暗道：「我如強行入內，只怕要鬧成僵局。」因此點頭答應。

那道童抱著那老人屍體，遁入地道中去，白菊花卻借機會打量了四周形勢，默記於心。

那道童去約半個時辰左右，復從入口處走了出來，隨手翻過一塊石板，掩住了洞口。

白菊花留心查看，那石板上有土掩蓋，上面長了很多青草，心中暗道：「這石板倒費過一番工夫。」

道童拍拍身上塵土，道：「姑娘記下了嗎?從此進入，有一條地道直通那突起的土丘腹地，那裡面放有一口棺木，長生燈所存油量可供三年之需……」語聲微微一頓，又道：「小道事情已完，就此別過了。」合掌一禮，轉身而去。

白菊花道：「道兄止步。」

那道童道：「姑娘還有什麼指教？」

白菊花道：「那贈藥延續我師公之命的人，可是遣你來此之人？」

那道童眨動了一下圓圓的眼睛，道：「姑娘，妳問得使我很為難。」

白菊花道：「有什麼為難的？你不說也不要緊。」

青衣道童道：「我不忍拒絕妳，又不願騙妳，但我又不能說，這不是很為難的事嗎？」

白菊花心中暗道：「此事極關重要，師父如若問起此事，我也有個交代，怎生想個法兒，逼他說出來歷才是。」心中念轉，口裡卻微笑說道：「道兄已知我的身分來歷，那人遣派道兄來此，照顧我的師公，足見和我師公的淵源很深了，告訴我又何妨呢？」

那道童凝目思索了一陣，道：「說得也有道理，告訴妳似是沒有關係。」

但那道童仍然猶豫不定，良久之後，才緩緩說道：「妳知道棲霞山吧？我就住在那棲霞山『觀心』觀中。」

白菊花道：「令師是『觀心』觀主。」

那道童道：「妳猜得不錯。」說畢縱身而起，幾個閃躍，蹤影頓杳。

白菊花望著那道童消失的去向，長長嘆息一聲，又仔細查看了四下的景物，才緩緩回到紫雲宮中。

只見劉五成背著雙手，呆呆地站在室門前出神，瞥見白菊花行了回來，輕聲問道：「姑娘此刻作何打算？」

白菊花道：「現在只有遵照雷老前輩的吩咐，在這紫雲宮的四面留下暗記，然後兼程去請家師。」

劉五成道：「還有需要在下幫忙之處嗎？」

白菊花沉吟了一陣，道：「賤妾原想請劉兄假扮一人，但因情勢大變，自然是不用了。」

劉五成暗道：「原來是要我冒充一個人，這女人果然是厲害得很。」口中卻說道：「既然情勢有變，咱們就此告辭了。」抱拳一禮，大步離開了紫雲宮。

這時陰雲密佈，夜風如嘯，看樣子似是就要下雨，想到這幾日的際遇，當真是如夢如幻，凶險百出。

突然臉上一涼，幾滴雨珠打在臉上，緊接著閃光耀目，雷聲震耳，驟雨傾盆而下。

劉五成舉目四顧，閃光下，只見正西方不遠處，似有一座茅舍，當下放腿向那茅舍奔去，狂風驟雨來勢甚急，劉五成跑到那茅舍門外，人已淋成落湯雞般，全身衣服，盡皆濕透。

這是一座孤立的茅舍，四無鄰屋，屹立在荒野中。

劉五成心中忖道：「看情形，這座茅舍不似有人居住，那也不用叫門了。」舉手推去，哪知事情竟然大出了劉五成的意料之外，兩扇木門竟然是緊緊地拴著，心中想道：「如果室中無人，豈有拴門之理？」

當下高聲說道：「在下路過此地，遇上風雨，敬請主人賜予一席之地，使在下暫避風雨，風雨一住，立時動身上路。」

風雨交加中，劉五成深恐那室中主人聽不到自己的聲音，是以叫的聲音很高。

哪知仍然不聞室中有相應之聲。劉五成心中大感奇怪，舉手向門上拍去，哪知手一到木

門，那房門突然大開。

劉五成心中大奇，暗道：「剛才我用力推門，不見木門啓動，怎麼此刻輕輕一推，木門竟然大開。」外面風雨大作，劉五成心中雖然動疑，但仍舉步入室。

流目四顧，室中一片幽暗，景物難見，凝神聽了一陣，也不聞呼吸之聲，只聽砰然一聲大振，那木門被風吹開，撞在牆壁上。

劉五成心中一動，想道：「這室中定然是有人，如若無人，那木門豈不早被風吹開了，怎生會關閉起來呢？此刻這江州地面，風雲際會，也許有哪位高手早已到了此地躲避風雨，我不能失了禮數。」

心中念轉，雙手抱拳說道：「哪位老前輩在此躲避風雨，在下冒昧闖了進來，還望多多原諒。」

只聽茅舍一角處，傳過來一聲冷笑，道：「閣下不覺話說得太多了嗎？」

劉五成怔了一怔，道：「閣下何人？」

那冷漠的聲音道：「你這人怎的如此多話，要你不要說了，你怎麼偏偏這般多嘴。」

劉五成心中大怒，正想發作，突然想到這幾日的際遇，連番遇上高人，立時又忍了下去，緩步走到門後坐了下去，不再多言。

原來，劉五成心中生氣，竟然忘記把木門拴起，見一陣風雨吹入，正待起身去拴那木門，突然間一陣哈哈大笑之聲，傳了過來。那笑聲來得如脫弦之箭，笑聲入耳，人已到木門之前。

只聽一個粗嗓門聲音說道：「兄弟，我還道咱們今晚要淋上半夜大雨了，哪知竟遇上了一個避雨所在。」

只見兩條人影，並肩行入了茅舍。但聞一個細聲細氣的聲音應道：「這座茅屋木門大開，想是無人居住了。」

但聞那粗嗓門的聲音說道：「不錯，看來很像一座空屋，如是住的有人，這大風雨，豈有不拴上室門的道理。」

這兩人一個嗓門奇粗，說話聲有如撞鐘，鏘鏘有聲；一個卻細柔如絲，一副娘娘腔，叫人聽不出是男是女。

這時，劉五成久在暗中坐息，那兩人又是室外行來，借門外微弱天光，可清晰瞧見兩人的舉動。只見左面一個身軀高大的漢子，一身勁衣，外罩黑色大披風，背上斜插一把奇寬的大刀，右面一人，身著銀色披風，背上斜揹一把形如寶劍的鋼刀，身子十分矮小。

劉五成一瞧兩人形貌，似是聽人說過，但一時之間，卻又想它不起。

忽聽那矮小人道：「大哥，最近江湖上流傳出慕容公子出現江湖，要爲父母報仇，此事不知是真是假？」

但聞那粗嗓門的高大漢子說道：「小兄的看法，有些不大可能，據聞昔年那慕容世家遭逢大變之時，一家老小全都被殺，除了一僕一婢因事未歸之外，無一生還，從哪裡飛出來一個慕容公子呢？」

突然砰的一聲大震，那拴上的木門，被人一腳踢開，緊接著兩條人影閃入室中。

劉五成凝目望去，只見那行入室中兩人，竟然是一男一女。只見那當先之人，髮鬍皆白，手中拿著一根竹杖，身上長衫盡已被雨水淋濕，緊隨那老人之後，是一個少婦裝束的人物，突然間亮起一道閃光，照入室內，劉五成目光正好投注那少婦臉上，只見她柳眉鳳目，年紀甚

輕，身上穿著一件銀紅短衫、銀紅羅裙，打扮得十分嬌俏。

只聽那紅衣少婦叫道：「譚郎啊！這茅屋中早已有人了。」

劉五成聽得心中一動，暗道：「好啊，原來是一對夫婦，那男的已然髮鬍如雪，怕不有七十以上的年歲，這女的頂多二十二、三歲，這一對夫婦如何配的！」

只見那老翁一頓手中竹杖，喝道：「什麼人？」

劉五成正待答話，那粗嗓門的大漢已然冷冷說道：「陰陽二俠，閣下是白鬍翁譚公遠了？」

白鬍譚公遠冷笑一聲，道：「什麼陰陽二俠，江湖上有誰不知你們是陰陽二怪！」

那粗嗓門的大漢怒道：「譚鬍子，在下好意稱你一聲白鬍翁，你怎麼竟然這等稱呼在下，難道陰陽二俠還怕你譚鬍子不成。」

陰陽二怪被譚公遠一陣譏諷，霍然站起，欺身而上，一掌劈去。

譚公遠冷冷說道：「老夫今天非得教訓教訓你們陰陽二怪。」說話之中，兩人已然拚了兩招。

突見寒光一閃，緊接著砰砰兩聲，劉五成凝目望去，原來那矮小之人，已然拔出了背上的長刀，連攻三刀。

譚公遠竹杖揮動，擋開三刀之後，揮手反擊，竹杖如風，眨眼間還擊了五杖，杖杖挾帶著嘯風之聲。那譚公遠年紀雖大，但手中竹杖卻是強凌、辛辣兼而有之，五杖反擊之勢，不但力道強猛，而且攻的部位亦使人極難防守。

那細聲細氣的陰怪，被那譚公遠五杖反擊之勢，迫得連連向後退了五步。

但聞那少婦嬌脆的聲音，傳入耳際，道：「譚郎啊！久聞陰陽二怪雙刀合搏之術，兇狠惡毒，譚郎要小心一些了。」

譚公遠精神大振，口中應道：「賢妻但請放心。」手中一緊，攻勢更見凌厲。

他手中竹杖足足有六尺以上，施展開來，杖勢所及，籠罩了這茅舍一半空間，逼得劉五成站起身子，背倚牆壁而立。

夜暗中，只見刀光閃動，杖風呼嘯，片刻間雙方已然惡鬥了二十餘招。

驀地火光一閃，原來是那紅衣少婦悄然摸出火摺子，揮手晃燃。這茅屋不過三間大小，而且空無存物，火光一亮，室中景物，盡收眼底。

劉五成轉目望去，只見那茅舍一角盤膝坐著兩人。左面一人年約二十，身著天藍長衫，方巾包頭，目定神閒，對眼前激烈的打鬥，視若無睹，微閉雙目，望也不望一眼。

右面一人一身黑色勁裝，虎目方面，年約十六、七，背上雖然未揹兵刃，但身前卻放著一個長方形的包袱。

這兩人雖是同坐一起，但對茅舍中打鬥之事，反應卻是大不相同，那藍衫人視而不見，冷淡處之，那黑衣人卻是怒目相向，顯然是氣惱異常，只是忍下沒有發作而已。

劉五成心中暗道：「我闖入這茅舍之後，和我答話之人定然是那黑衣人了。」

這時，譚公遠和陰陽二怪亦發覺了那藍衫人和劉五成等，突然停手不戰。

一時間，茅舍中突然靜寂下來，但彼此卻目光交投，互相打量對方。只有那身著藍衫的少年漠然自處，仍然微閉著雙目而坐。

那嬌麗的少婦突然一揮手，火光熄去，剎時間室中又恢復了一片黑暗。

這茅舍有這許多人物，譚公遠夫婦和陰陽二怪都不思再打下去，火光一熄，立時各自向後退去，選擇了一處空地，坐了下去。

這時，室外風雨仍大，不便趕路，只好在室中等候。

這當兒，室中雖然有七人之多，反而聽不到一點聲息。原來，室中之人都已知道，此刻在茅屋中避雨之人，都是武林中的人物，誰也不願觸犯群怒，招來群攻。

這陣大雨，足足下了一個時辰之久，雨勢才緩了下來。那紅衣少婦當先站起身子，說道：「譚郎，雨勢已小，咱們該上路了。」

譚公遠道：「賢妻說得不錯。」手扶竹杖出門而去，那少婦也緊隨著譚公遠出了茅舍。

劉五成心中暗道：「陰陽二怪在江湖之上，出了名的心狠手辣，那黑衣勁裝少年生性十分暴急，那藍衣少年冷漠沉著，如非身懷絕技，豈能有此膽氣，看來，室中都不是好對付的人物，三十六計，走為上策，不用在此多留了。」

心念一動，起身向外行去，目光到處，只見兩人正向茅舍中奔來。

劉五成處身暗處，看那奔來兩人頗似在慕容長青墓前，劈死那五毒掌馬雄飛的少年，不禁心中一驚，暗道：「好啊，這人怎的也會到此茅舍中來？」急急一縮腳步，重又退了回去。

只聽步履聲響，兩個人先後奔進了茅舍中來。劉五成仔細望去，只見來人果然是那劈死五毒掌馬雄飛的少年，和他的隨身小童。心中暗道：「想不到這座空無人居的茅舍，今宵竟成了武林高手的會聚之地。」

只見進入室中的一主一僕，抖了抖身上的雨水，突然舉步向茅舍一角行去。劉五成一瞧那人前行的方向，正是那藍衣少年和黑夜人停身之處，心中暗道：「要糟，這兩人看來都是狂傲

自負人物，碰在一起，只怕是又要引起一場紛爭……」

心念轉動之間，耳際已響起怒喝之聲，道：「瞎了眼嗎？看不到這裡有人。」

另有一個憤怒的聲音應道：「你怎麼出口傷人？」緊接著砰然一聲輕震，顯是雙方已然動上了手。

但聞拳風呼呼，滿室激盪，顯是打得十分激烈，大約雙方都已用出了全力，再也不聞呼叱叫罵之聲，劉五成凝聚目力望去，只見兩個動手之人，竟是兩個藍衫人隨帶的從人，雙方拳來足往，打得激烈絕倫，但兩個藍衫少年竟然都十分沉得住氣，那坐的一個仍然原姿坐著未動，那後來藍衣人背著雙手而立，看著兩人搏鬥，亦無出手之意。

雙方又鬥了十餘個回合，仍然是一個不勝不敗之局，只聽那依壁而坐的藍衫人，低聲說道：「不要打了。」

他講得雖然溫和，但那暴急的黑衣少年卻應聲而退，避到一側。

那背手而立的藍衣少年，也冷冷地說道：「小山，快退回來。」

茅舍中又暫時恢復了平靜，劉五成凝神聽去，外面風雨已小，心中暗道：「此時不走，更待何時？」一站起身子，向外行去。

但聞一個沉重的聲音喝道：「站住。」

一條人影疾如閃電，迎面而來，擋在門口。劉五成怔了一怔，暗道：「怎麼這茅舍已被人包圍了起來。」

但見人影閃動，眨眼間又是四、五條人影蜂擁而至，團團把茅舍圍了起來。劉五成駭然退後一步，閃入門內，這陡然的變化，使他有些張惶無措，不知該如何才好。

四　斗室風波

劉五成猶豫之間，突見火光一閃，亮起了一支火把。火光下，只見寒芒閃動，除了那當先的長髯大漢之外，身後四個勁裝黑衣人，都已經亮出了兵刃。只見那當先大漢舉手一揮，一個左手執著火把，右手握著長劍的大漢，急步衝了進來。明亮的火把，照得室中如晝。

劉五成心中暗道：「這一股人不知是何來路？也不知要找何人？」

只見那衝入室中的執劍大漢，目光轉動，望望兩個藍衫人，回首對那當門而立的長髯大漢道：「這兩個人……」

那長髯大漢冷冷接道：「怎麼樣？」

那執劍大漢道：「這兩人都是穿著藍衣。」

那長髯大漢道：「兩個人都穿藍衣，難道就認不出來了嗎？」

那執劍大漢道：「小的當時，只見他穿著一件藍衫……」

那盤膝而坐的藍衣少年仍然端坐未動，但那站著的藍衣少年卻已忍受不住，冷笑一聲，說道：「各位是哪裡來的？」

那長髯大漢緩步行了進來，說道：「朋友剛才傷了咱們三個人，有道是殺人償命，閣下如若是有膽氣的，那就隨同在下，去見敝莊主。」

那站著的藍衫人冷笑一聲，道：「貴莊主是死的還是活的？」

那長髯大漢一時之間未想通內情，怔了一怔，道：「敝莊主嗎？自然是活的了。」

那藍衫人冷冷說道：「貴莊主既然是活的，爲什麼不肯自己走來。」

那長髯大漢怒道：「好小子，竟敢傷及我家莊主。」右手一探，抓了過來。

藍衫人疾向後退了一步，避開一擊，右手一招，拍出一掌。這一掌快速絕倫，那大漢眼看一掌劈來，就是閃避不開，前腦之上中了一擊，倒退兩步，一跤坐在地上。

那隨來之人眼看帶頭的人被人出手一掌，就跌了一個屁股坐地，心中既驚又怒，怔了一怔，齊齊撲了過來，寒光閃動，三件兵刃一齊向那藍衫人劈了過來。

那藍衫人冷笑一聲，縱身避開，右手一揚，擊出一拳。

只聽一聲大喝，一個執劍大漢突然棄了手中兵刃，一跤跌出門外。

劉五成心中暗道：「這人不論拳掌，只一出手，無不是威猛絕倫，那五毒掌馬雄飛武功何等高強，都擋不了他開碑裂石的拳掌，這幾人如何能夠是他敵手。」

心念轉動之間，但聞連聲慘叫，幾個攻襲那藍衫人的大漢，紛紛棄去兵刃，跌摔在地上。

原來他拳掌快速，不過一眨眼的工夫，來勢洶洶的五個敵人，全都受傷跌倒。

那高燒的火把，仍然在熊熊燃燒，四柄棄置在地上的長劍，橫豎交錯。

那藍衫人望著那長髯大漢，冷冷說道：「念爾等無知，饒你們一次，下次再敢這般狂妄自負，目中無人，再犯我手，決不輕饒。」

只見那長髯大漢站起身子，一跛一跛地行出茅舍，那長髯人退出茅舍，隱入夜色中之後，突然狠了起來，高聲說道：「閣下如有膽氣，那就不要離開這座茅舍。」

那站立的藍衫人道：「好！我等到五更時分，五更一過，恕不多候。」

這時，兩個摔在茅舍中的大漢，掙扎著向外行去，但又怕那站立的藍衫人不肯放過，雙目望著那藍衫人，人卻一步一步地向後退去。

哪知站立的藍衫人望也不望兩人一眼，卻把一雙神光炯炯的雙目，投注到陰陽二怪的身上，上下打量。

劉五成本想起身而去，但他又想瞧瞧熱鬧，不願走開，猶豫之間，突聽那站立的藍衫人冷冷說道：「兩位可是陰陽二怪嗎？兩位跑到江州來，不知有何貴幹？」

陰怪嬌聲細氣地說道：「咱們兄弟久聞江州風光，特地到此來瞧瞧，有什麼不對嗎？」

那藍衫人道：「久聞你們陰陽二怪和那五毒掌馬雄飛情誼甚好，此來江州，定然是來探望那馬雄飛了。」

陽怪哈哈一笑，道：「這已是數年前的事了，自那馬雄飛受任了慕容長青墓地總管之後，已不和咱們兄弟來往了。」

藍衫人道：「那很好！」抬頭望望室外，接道：「雨勢已小，兩位也該趕路了。」

陰怪奇道：「兄台爲何不容我們兄弟在此避雨？」

藍衫人道：「兩位在武林中的聲名太壞，反覆無常，私德敗壞，人所不恥，不配和在下同在一室避雨。」

這幾句話，說得刻薄至極，陰陽二怪臉皮雖厚，也有些面紅耳赤，陽怪突然站起，怒聲說道：「咱們和兄台往日無怨，近日無仇，兄台這等羞辱我們兄弟，不知是何用心？」

那藍衫人冷冷地說道：「兩位如若再不走，在下只好動手趕兩位出去了。」

陰怪站起，右手已握住了刀把，但卻被陽怪伸手抓住了手腕，急步奔出茅舍。

劉五成眼看那陰陽二怪，被藍衫人攆了出去，心中暗道：「這一次定要攆我了，何不借機先走。」心念一轉，站起身子，向外行去。

但聞那藍衫人叫道：「兄台慢走。」

劉五成吃了一驚，道：「什麼事？」

藍衫人道：「室外風雨未住，兄台何不多留一下，以避風雨。」

劉五成暗道：「要糟，這人不知是何用心。攆走陰陽二怪，卻要強自把我留下。」心中念頭轉動，人卻停下腳步，回頭說道：「外面風雨已停，兄台盛情，在下心領了。」

那藍衫人微微一笑，道：「如若在下的記憶不錯，今宵咱們已經見過面了，所以暫請兄台請坐，在下還有事請教。」

劉五成只好坐了下去，說道：「兄台有何指教，在下洗耳恭聽。」

那站著的藍衫人，回顧了倚壁而坐的藍衫人一眼，緩緩說道：「咱們在慕容長青墓前相見之時，似乎是有一位姑娘和兄台同行，是嗎？」

劉五成道：「不錯，不過，那位姑娘已然聽從兄台勸告，離開江州。」

那藍衫人沉吟了一陣，道：「恕在下問一句不當之言，那位姑娘和兄台如何稱呼？」

劉五成心中暗道：「他這般盤根究柢，不知是何用意？」口裡卻應道：「說來兄台也許不信，在下和那位姑娘是萍水相逢……」

藍衫人劍眉聳動，星目眨動了幾下，道：「萍水相逢，實是叫人難信……」微微一停，又道：「兄台及那位姑娘，和那慕容長青有何關係？爲何要到慕容長青墓前致奠？」

劉五成呆了一呆道：「那慕容長青乃天下知名英雄，人人敬仰，在下晚生幾年，無緣見那慕容長青之面，到他墓前奠拜一番，豈是不該？」

那藍衫人接道：「那墓前凶險無比，你不怕死嗎？」

劉五成道：「數十位武林前輩，都死在那慕容長青的墓前，區區縱然死在墓前，那也是死而無憾了。」

那藍衫人先是一怔，繼而淡淡一笑，道：「閣下很有豪氣。」

劉五成道：「在下如無一點視死如歸的豪氣，也不會在重傷之後，再去那慕容長青的墓前祭奠了。」

那藍衫人年紀雖然不大，但卻有超越他年齡甚多的穩健和深沉，雖然劉五成的話使他十分驚訝，但他仍然能控制自己的情緒變化，借一陣沉默，使激動的心情逐漸地平復下來，緩緩說道：「兄台傷在何人手中？」

劉五成道：「馬雄飛的五毒掌下。」

藍衫人平靜地說道：「馬雄飛五毒掌毒素強烈，中人之後，很少有救，兄台竟然能夠不死，那足見功力的深厚了。」

劉五成心中暗道了兩聲「慚愧」，說道：「在下雖然得人療救，但至今奇毒尚未全除……」

那坐著的藍衫人突然站了起來，探手從懷中摸出一個玉瓶，倒出一粒丹丸，托在掌心，行了過來，說道：「兄台，請相信在下，服下這一粒丹丸，此丹不但可除餘毒，就是對兄台的功力，亦有助益。」

說完，恭恭敬敬地把丹丸送到劉五成的面前。

這突然的關懷舉動，使劉五成有些受寵若驚，呆呆地站在那裡，半晌說不出一句話來。

那藍衫人輕輕嘆息一聲，道：「萍水相逢，素昧平生，自是難怪兄台心有所疑，何況江湖險詐，防不勝防……」

劉五成張口吞下手中丹丸，說道：「兄台誤會了。在下並非懷疑兄台，實是有些受寵若驚，聽兄台口氣，這丹丸極爲珍貴，在下和兄台偶然相逢，驟以靈丹相贈……」

那藍衫人淡淡一笑，接道：「兄台和那慕容長青從不相識，卻肯甘冒生死之險，兩度到那墓前奠拜，這份英雄氣度，是何等的豪壯，區區一粒丹丸，算得什麼。」

劉五成心中一動，暗道：「原來他是爲了此事贈我靈丹，這麼說來，他和那慕容長青定然有著很深的淵源了，只是他言談小心，似有避諱，看來不用單刀直入的方法，也許無法問出點頭緒了……」

心念一轉，輕輕嘆了一聲，道：「閣下贈丹於我，只爲了我冒生命之險，在那慕容長青的墓前奠拜嗎？」

那藍衫人沉吟了一陣，道：「在下對慕容大俠的爲人，敬佩無比，和兄台觀感相同，芸芸眾生，難求知己一人，但憑此點，已使在下生出敬贈靈丹之心了。」

劉五成心中暗道：「只怕這一點相同之感，還不足構成你贈丹之心。」口中卻說道：「承閣下相賜靈丹，除我餘毒，在下自是感激不盡，在下還未請教兄台姓名？」

那藍衫人突然一皺眉頭，道：「兄弟姓名……」

那黑衣少年突然插口打斷了藍衫人之言，說道：「公子，風雨已小，咱們該趕路了。」

藍衫人正為難間，聽得此言，立時接口說道：「不錯，咱們該走了。」

那藍衫人舉手一拱，道：「兄弟高名上姓，不知可否見告。」

劉五成心中暗道：「好啊！你不肯告訴我姓名，倒要先行問起我的姓名來了。」

當下說道：「在下劉五成。」

那黑衣少年已然跨出了茅屋大門，藍衫人緊隨身後而出，道：「來日方長，日後或有和劉兄重聚之日，屆時再當剪燭夜話，奉告區區姓名。」

話說完，人已走得蹤影不見。

劉五成望著那藍衫人的背影，喃喃自語道：「只為了我曾到那慕容長青的墓前奠拜過，他就肯以靈丹相贈，這份情面，決不是為了我劉某人了，定然是為了那慕容長青……」

只聽一個冷漠的聲音，接道：「不錯，他是為了慕容長青。」

劉五成霍然警覺，才想到這茅舍中還有一位藍衫人。回目望去，只見那藍衫人一臉肅穆，雙目凝注著自己，心中暗道：「這人喜怒難測，武功又高得出奇，留在這裡有害無益，不如早些告辭為上。」

當下一抱拳，道：「風雨已小，在下也要趕路了。」

那藍衫人冷冷說道：「此刻走嗎？危險得很！」

劉五成奇道：「什麼危險？」

藍衫人道：「適才在下逐走了陰陽二怪，傷了那幾個壯丁，這些人有的可能守在左近，有些已經去搬請救兵，閣下如若此刻離此，和他們撞上的機會很大了。加上閣下毒傷未癒，萬一

遇上陰陽二怪，動起手來，只怕閣下的勝算不大。」

劉五成回顧了那藍衫人一眼，道：「兄台關心，使在下十分感激。」

藍衫人道：「那倒不用了，劉兄如肯回答在下幾個問題，在下亦將有以回報。」

劉五成一皺眉，道：「回報倒不敢當，但在下實是所知有限。」

藍衫人緩緩說道：「劉兄說得太客氣，在下一宵之中，兩度相遇劉兄，實難叫人相信有這等巧事。」

劉五成心中一動，暗道：「這人不但生性冷漠，而且還這般多疑，如是他對我當真動了疑心，那可是百口莫辯，今宵只怕是凶多吉少了。」

心中念轉，口中卻緩緩說道：「兄台可是懷疑在下是那……」

藍衫人接道：「非是在下多疑，實因劉兄的舉動，令人無法不動疑了，如若在下記憶不錯，劉兄和那姑娘似是一齊離開了慕容長青之墓。」

劉五成心中吃了一驚，暗道：「原來，他一直在監視著我們的舉動。」

但聞那藍衫人接道：「在下說錯了嗎？」句句詞鋒逼人，迫使劉五成非要回答不可。

劉五成無可奈何，只好應道：「不錯。」

那藍衫人道：「那位姑娘，此刻到何處去了？」

劉五成道：「在下已經說過，那位姑娘聽從閣下勸告，已經離開了江州。」

那藍衫人道：「行蹤何處？」

劉五成道：「這個麼，在下不能奉告。」

那藍衫人冷冷說道：「如若在下一定要問呢？」

劉五成道：「如是在下隨口說出一個地方，閣下會相信嗎？」

藍衫人道：「就在下的看法，劉兄實不似和我爲敵之人，因此在下才處處相讓，一力主張，不對劉兄下手……」語聲微微一頓，又道：「不過，劉兄知道的隱秘太多了，在下職司有關，雖然明知劉兄非敵，但也不得不小心從事了。」

劉五成心中一震，當下說道：「閣下之意呢，要如何對付在下。」

藍衫人沉吟了一陣，道：「那只有委屈劉兄到一處隱秘所在，養息數日了。」

劉五成道：「兄台的措詞，倒是客氣得很，養息和囚禁，看來是沒有什麼不同了。」

藍衫人道：「情非得已，還望劉兄海涵一、二了。」

劉五成道：「在下心中亦有幾點疑問，不得不先行說個明白了。」

藍衫人道：「劉兄請說。」

劉五成道：「閣下姓名，可否先行見告？」

那藍衫人沉吟了一陣，道：「在下初入江湖，名不見經傳。說出來劉兄亦是不知，不說也罷！」

劉五成心中暗道：「倒是推得乾淨。」口中說道：「閣下囚禁在下的用意何在？」

藍衫人道：「近日之內，江州城中有無數的高手雲集，雙方都是有備而來，難免一場厮殺……劉兄如若爲對方擒去，洩露機密，對我等影響甚大。」

劉五成心中暗道：「那紫雲宮主假冒李天彪，確然是一件很大的機密之事……」

但聞那藍衫人接道：「如論一勞永逸之法，在下此刻即可殺劉兄滅口，但在下觀察劉兄，實是一位很好的人，不忍施下毒手……不過……劉兄身受委屈，在下自有報答。」

劉五成一沉吟，道：「好吧！兄台要把在下帶往何處？」

藍衫人道：「就在江州附近。」

劉五成道：「咱們幾時動身？」

藍衫人道：「最好是立時動身……」

話未說完，遙聞一陣雜亂的步履之聲，奔了過來。

劉五成道：「大概是那莊主親自趕來此地了。」

藍衫人道：「劉兄請在室中稍候，在下去打發了之後，立刻上路。」舉步向室外行去。

劉五成眼看那人出室而去，心中暗自盤算道：「如若我等他和來人動上手後，衝出茅舍，這青衣小童未必能夠阻攔於我，我離開此地的機會是很大了。」

心中忖思間，室外已經動上了手。只聽一陣砰砰啪啪，夾雜著呼叫之聲，不絕於耳，顯然已然有人受傷。

劉五成霍然站起身子，伸動一下雙臂，還未決定是否要走，那藍衫人已然緩步進來了，不禁吃了一驚，暗道：「這一仗打得好快。」這時室中那高燃的火把已然熄去，茅舍中又恢復了黑暗。

那藍衫少年回顧了劉五成一眼，道：「劉兄，咱們上路吧。」

藍衫人不再多言，舉步向前行去。劉五成走在中間，那青衣童子走在最後。這時，風雨已住，天色將亮，隱隱可見四面景物。

劉五成一面暗自留神著行經之路，一面暗暗忖思道：「聽他口氣，似是他們有很多人齊集江州，要有一番作爲，不知是否和雷化方等同屬一路……」

心念一轉，輕輕咳了一聲道：「在下想起了一個人，不知兄台是否認識？」

那藍衫人仍然舉步而行，口中卻說道：「什麼人？」

劉五成道：「那人在武林中甚有名望，人稱金筆書生雷化方。」

藍衫人陡然停下了腳步，回過臉來，雙目中神光如電，不停地在劉五成臉上打量，緩緩說道：「你怎麼認識他？」

劉五成暗暗嘆道：「是非只爲多開口，他們是友是敵，很難預料，如若被他追問出全部內情，豈不是有害大局了嗎？今日寧可一死，也不能說出內情。」

心有所決，淡淡一笑，道：「在下機緣湊巧，見過那雷老前輩，談不上認識了。」

藍衫人劍眉聳揚，冷冷說道：「想不到劉兄所知，比在下想的更多一些了。」

劉五成緊隨在藍衫人身後，走入了一片古柏聳立的大墓園中，那藍衫人停下腳步。這時，天色已經大亮，但天上陰雲還未散去，高聳的古柏樹梢上，有如隱在一層濛濛的雲氣之中，看上去更增了不少荒涼陰森之感。

藍衫人緩步行到一座紅磚砌成的屋前，輕輕叩動了木門。

只見木門呀然而開，一個佝僂老人披著一頭花白長髮，緩步行了出來。

藍衫人和那老人低言數語，那老人點點頭，直對劉五成行了過來。

老人兩道炯炯的眼神，盯注在劉五成的臉上，瞧了一陣，說道：「你要老夫動手呢，還是自己進去。」一聲音冰冷，有如寒冰地獄中吹來的寒風一般，再加上那副奇怪的神態面貌，使人不寒而慄。

但聞藍衫人緩緩說道：「請閣下暫入此室，住上幾日，五日之後，兄弟再來……」

那佝僂老人似已不耐，不待那藍衫人說完，右手陡然伸出，疾向劉五成手腕之上扣去。

劉五成眼看那佝僂老人右手抓了過來，就是無法避開，吃那人一把抓住了手腕，只覺那一扣之勢，有如一道鐵箍扣在手腕之上，半身麻木，動彈不得，被那佝僂老人硬向屋中拖去。

劉五成被那老人拖入了屋中後，那老人左手用勁，砰然關上木門，緩緩說道：「室中有椅，有榻，坐臥由你。」

右手一鬆，放開了劉五成的脈穴，劉五成輕輕咳了一聲，道：「在下可否和那穿藍衫的兄台，說幾句話？」

那佝僂老人冷冷說道：「他已經走得很遠了，什麼話對老夫說吧。」

劉五成望著那佝僂老人，道：「老前輩和那藍衫人很熟識嗎？」

那佝僂老人冷冷說道：「自然是認識了。」

劉五成道：「老前輩武功高強，看來不似守墓之人，不知何以流落至此。」

那佝僂老人冷哼一聲，道：「老夫已在此地守墓二十年了。你說老夫不似守墓人，那像什麼人？」

劉五成道：「如以老前輩的身手而論，那該當今武林中第一流的高手……」

佝背老人臉上浮現出難得一見的笑容，接道：「老邁了，不行啦。」

劉五成又道：「老前輩隱居於斯，定然是別有所圖了。」

佝背老人臉色突然一整，又恢復了那冷漠神色，說道：「閣下問得太多了。」

突然站起身子，行到屋角處，盤膝坐了下去。

劉五成望了那佝背老人一眼，心中暗道：「這人喜怒難測，不用理他算了。」當下閉上雙目暗自運氣調息。

不知過去了多少時間，突聞砰砰砰三聲輕震，傳了過來。

劉五成睜眼瞧去，只見那佝背老人右手一揚，擊在木門之上，冷冷說道：「什麼人？自己進來。」只聽木門呀然，突然大開。

劉五成心中暗道：「此地甚多是非，還是裝作不聞不見的好。」心念一轉，重又閉上雙目。

只聽一個輕微的聲音，傳入耳際，似是有人在和佝背老人低聲談話。

劉五成忍了又忍，仍是忍耐不住，微啓雙目望去，只見一個身著黑衣勁裝的大漢，恭恭敬敬地站在那佝背老人身前，似是在向那老人請示什麼。

那似是一件很重大的事情，佝背老人沉吟了良久，才搖頭說道：「不行。」

那黑衣勁裝大漢一抱拳，道：「也許老前輩心中懷疑在下的身分，晚輩就此別過了。」

那佝背老人也不還禮，望著那黑衣勁裝大漢走出茅舍，起身關上木門，轉身望了劉五成一眼，欲言又止。

劉五成心中暗道：「看來這座毫不起眼的茅舍，是一處十分重要的地方，這佝背老人也是一位極爲重要的人物了……」

他無法了然這老人和那藍衫人的關係，但他卻隱隱感覺到，這些人人事事，都和那慕容長青有關。

只聽那佝背老人冷冷說道：「年輕人，老夫心中想到一件事，不得不先給你說明了。」

劉五成道：「老前輩有何教言，但請吩咐。」

那佝背老人雙目中神光湛湛地逼注在劉五成的臉上，緩緩說道：「老夫看你的爲人，十分老實，因此老夫例外施情，既不給你加戴刑具，也不點你穴道，但如你妄動逃走之念，那就別怪老夫出手無情了……」

突聞一聲尖厲的哨聲，打斷了那佝背老人未完之言。

那佝背老人突然站起身子，沉聲說道：「那木榻之下有一座暗門，快躲進去。」

劉五成看他說話的神情莊重，也不再多問，只好伏身鑽入了木榻下。果然在榻下一角處，有一個埋在土中的鐵環，劉五成用力一提，一座鐵門應手而開，一道石級，直向地下通去。

一股強烈的好奇心，使他停下來，微啓鐵門，向外望去。只見那佝背老人迅速地毀去室中留下的痕跡，打開木門，搬了一把木椅，倚門而坐。

那佝背老人剛剛坐好，一個身材瘦高的勁裝漢子，已然到了室門外面。

那佝背老人全身靠在門上，閉目養神，望也未望那大漢一眼。只見那大漢兩道炯炯的目光搜望了全室一眼，高聲說道：「老頭子，快些醒醒。」

這聲音十分宏亮，但那佝背老人卻是聽而不聞，沉睡如故。那瘦高大漢砰然一掌，拍在木門之上，那佝背老人才如夢初醒一般，揉揉眼睛，說道：「什麼事啊？」

只見那瘦高大漢，冷冷說道：「你坐在這裡很久了嗎？可曾瞧到了什麼？」

佝背老人道：「瞧到了兩個人，從這裡走過去。」

那瘦高漢子道：「他們往哪裡去了？」

佝背老人隨手一指，道：「向東南而去。」

那瘦高大漢不再多問，跨步向東南奔去。

劉五成藏在榻下瞧得十分清楚，眼看那大漢行去，正待由榻下出來，突然瞥見人影一閃，門口處，陡然間又出現一個人來。

劉五成凝目望去，不禁心頭一震，來人竟是那冒充冷手奪魂李天彪的鍾子英，鍾子英目光流動四顧了一眼，冷冷說道：「客從天外來。」

佝背老人霍然挺身而起，道：「情自心中去。」

鍾子英探手從懷中摸出一封密函道：「這裡密函一封，留呈雷大俠，我要去了。」

去字出口，人已走得無蹤無影，地上，端放著一個白色信封，那信距離劉五成很近，劉五成雖然不想瞧那函封上寫的什麼，但目光一轉，卻瞧見上面寫道：「函上雷大俠化方親啓。」

那佝背老人瞧了函封一眼，收入懷中，伸手一拍木榻，道：「你出來。」

劉五成出來後，那佝背老人續道：「老夫有事必須離此一行，留你一人在此，老夫如何能夠放心？」

劉五成怔了一怔，道：「老前輩之意呢？」

佝背老人道：「老夫點了你的穴道，把你藏在木榻之下如何？」

劉五成搖搖頭，道：「不成……」

佝背老人道：「不成也得成了。」

舉手點了劉五成的穴道後，那佝背老人先把劉五成放入榻下一角，又用兩張破木椅，和飯鍋、竹几，把外面堵起，縱然有人向榻下探看，不留心也很難看得出來。

但聞那佝背老人說道：「老夫多則半日，少則一個時辰，就可以回來了。」

轉身出室，關上木門而去。

劉五成身上三處穴道被點，口不能言，身不能動，但卻有目可見物，有耳可聞言，神智亦很清明。那佝背老人似是有意的讓他瞧到室中情形，故意把他放個面孔朝外，堵塞之物也留了兩個空隙，使他視界可及室中大半。

不知過去了多少時間，突聞一陣敲門之聲傳了進來。敲門聲十分零亂，毫無節奏，顯然來人不知聯絡之法。但聞一個清冷的聲音說道：「虎兒，你取出圖來瞧瞧，是不是這地方？」

一個低沉的聲音應道：「不會錯了，就是此地。」

劉五成只覺這聲音十分熟悉，但一時間卻又想不出來人是誰。但聞那清冷的聲音又道：「怎麼會沒有人呢？那位大師說過的，此地主人，整日守在家中，不會離開的。」

另一個聲音應道：「公子說得是啊！也許他睡著了，咱們打開木門，進去看看如何？」

突然砰的一聲大震，那木門竟然被人推開。劉五成看清來人之後，不禁爲之一呆。原來進室中的兩人，竟然是在茅屋中遇到的藍衫人和黑衣少年。

劉五成心中一動，忖道：「看來這兩人也和那慕容長青有關了，那雷化方說得不錯，這一次發動的規模很大，天下英雄分由四面八方而來，而且組織嚴謹，充滿著神秘，縱然露了部分隱密，也不致牽累到全局。」

又見那藍衫書生流目四顧了一眼，道：「室中無人！咱們在這裡等他一下，也許他因事出去了。」

黑衣勁裝少年四下瞧了一陣，行到榻旁，伸手從榻下拖出一張木椅，道：「公子請坐。」

那藍衫人緩緩坐了下去，說道：「虎兒，那位大師給過咱們一封密函，拿給我。」

虎兒探手從懷中摸出一封密函，恭恭敬敬地送到那藍衫人身前。

那藍衫人接過密函，望望天色，道：「咱們等到中午時分，如是這茅室中的主人，還不回來，就拆開這密函瞧瞧。」

突見白影一閃，一位全身著白衣的少女，已悄無聲息地竄入了茅舍中來。劉五成定睛一瞧，只見來人白衣白裙，竟是五日前在慕容長青墓前，遇到的那位慨贈玉簪的白衣姑娘。心中暗道：「這位白衣姑娘，竟然也是此道中人。」

只見那白衣少女目光轉動，四下打量了一陣，兩道目光才轉注那藍衫人和虎兒身上，冷冷問道：「你們來此做甚？」

藍衫人淡淡應道：「找人。」

那白衣少女雙目中神光閃動，冷笑一聲，道：「找什麼人？」

藍衫人緩緩把目光移注那白衣少女的臉上，道：「找這茅舍的主人。」

白衣少女接道：「主人不在，對我說也是一樣。」

藍衫人抬頭望望天色道：「此刻時光還早。」

突見白影閃動，一隻玉手疾伸過來，直向藍衫人手中密函抓去。

那藍衫人右手一縮，迅快絕倫地把密函藏入懷中，人也退後三步。

那白衣少女似是未料到藍衫人身法如此迅快，呆了一呆，疾快地拍出一掌，迎胸擊去。

那藍衫人左手一揚，硬接了那白衣少女一掌。砰然輕震聲中，那白衣少女被震得退了兩步。但聞那藍衫人冷冷說道：「姑娘和此室主人，有何關連？」

那白衣少女似是已知武功難是那藍衫人之敵，突然一晃雙肩，退到室門口處。冷冷說道：

「你們出不出去？」

藍衫人目光轉注到那白衣少女的臉上，緩緩說道：「姑娘，如若我等不肯出去，姑娘要如何對付我等？」

白衣少女冷肅地說道：「再不出去，我只有施展暗器對付你們了。」

藍衫人淡淡一笑，道：「什麼暗器？」

白衣少女眨一下大眼睛，接道：「先告訴你也好，使你知難而退，免得你死不瞑目。」

藍衫人緩緩說道：「有這等事，姑娘就施用一下瞧瞧吧！」

那白衣少女緩緩探入懷中，冷冷說道：「我這暗器，名叫五芒珠，分淬毒和無毒兩種，現在，我用無毒的一種打你。」

藍衫人一聽那暗器的名字，神色突現緊張，舉手一揮，道：「虎兒，站我身後……」目光轉到那白衣少女的身上，道：「好，姑娘出手吧！」

白衣少女慢慢由懷中取出右手，說道：「小心了。」

陡然一揚右手，一片寒芒電射而出，直向那藍衫人飛了過去。

那藍衫人肅然而立，眼看一片寒芒飛來，立時揮揚右手，閃起一片銀光，有如匹練繞體，藍衫人完全隱入那銀光之中。

只聽一陣呼呼啦啦之聲不絕於耳，那一片寒芒盡吃銀光擊落。

銀光乍斂，人影重現，那藍衫人仍是赤手空拳站在茅舍正中。他一瞬之間，用兵刃擊落暗器，又把兵刃歸回原位，劉五成瞪著眼睛瞧著，竟然未瞧出他如何拔出兵刃，用的什麼兵刃。

那擊向藍衫人的五芒珠，不下十粒之多，吃那銀光擊散，四下橫飛，大部嵌入那泥壁之中，有幾顆深入橫樑之中。

那白衣少女想不到那藍衫人竟能把自己一把五芒珠震得四下紛飛，不禁為之一呆。

藍衫人神色肅然地緩緩說道：「姑娘已經施用過暗器了，在下等仍安然無恙，可以留在這茅室中了吧。」

白衣少女似已知難以是此人敵手，猶如受了天大的委屈一般，雙目中淚水盈睫，咬牙說道：「不能留在這裡。」

那藍衫人看上去神情雖然冷漠，但言語卻甚和氣，淡淡一笑，道：「姑娘既非本室主人，和在下等同是做客身分，為什麼非要把在下等逐離此地不可呢？」

那白衣少女冷笑一聲，道：「你們不要迫我過甚，以免我不顧後果將暗器施展出來。」

那白衣少女右手突然向懷中一探，手上已戴上了一個鹿皮手套，緩緩說道：「你可聽說過一種七毒粉的暗器嗎？」

藍衫人看她戴上了鹿皮手套，心知那暗器定然惡毒，不禁臉色一變，冷冷說道：「姑娘，不要迫在下同樣施下毒手還擊。」

那白衣少女緩緩說道：「你已經沒有機會了。」正待揚手打出毒粉，突聞一個低沉的聲音傳了過來，道：「小丫頭……」

三個字說出口，人已到了茅舍門前。劉五成目光轉動，只見來人竟是紫雲宮中見過的雷化方。

白衣少女回目一顧來人，嬌聲說道：「雷叔叔，這人可惡得很，你去打他一頓，給我出出氣吧。」

雷化方緩步入室，目光一掠藍衫少年，立時為之一呆。半晌後才緩緩道：「閣下貴姓？」

藍衫人長長吐一口氣，反問道：「閣下是誰？」

雷化方淡淡一笑，道：「在下雷化方。」

藍衫人先是低聲誦吟道：「雷化方，雷化方……」之後忽然抱拳一禮，道：「在下很少在江湖上走動，不知老前輩的大名，還望多多原宥。」

雷化方微微一笑，道：「不要緊，不過在下既然奉告了姓名，兄台也該見告姓名才是。」

藍衫人又是沉吟不語，片刻才緩緩抬起頭來，道：「老前輩和茅舍主人，是何關係？」

雷化方道：「金蘭之交，生死與共。」

藍衫人道：「這麼說來，在下縱然是相告姓名，那也是理所當然，不過在下身世，自己亦不了然……」

雷化方接道：「自己姓名總該知道吧！」

藍衫人搖搖頭道：「說來老前輩也許不信，在下實是不知自己姓名。」

雷化方道：「令師怎麼叫你？」

藍衫人道：「家師所呼恐怕是在下的小名，老前輩一定要問，在下只好奉告了，家師常呼在下小青……」

雷化方如被人在胸前重重擊了一拳般，全身一顫接道：「叫你小青嗎？」

藍衫人道：「名不登大雅之堂，老前輩見笑了。」

雷化方神色嚴肅，雙目神凝，盯注在那藍衫人的臉上，瞧了一陣，緩緩說道：「兄台可否見告令師的姓名嗎？」

藍衫人搖搖頭，道：「很抱歉，家師的名諱，在下實不便說。」

雷化方道：「你到此地求見茅舍主人，可是受令師指示而來嗎？」

藍衫人道：「不是，是家師一位好友，方外高僧指點而來。」

雷化方道：「那和尙可是生具長眉，穿著一襲灰色袈裟，生得十分清瘦，是嗎？」

藍衫人道：「不錯，老前輩怎生知曉？」

雷化方道：「兄台可知那位和尙的法號稱呼嗎？」

藍衫人道：「那位大師乃家師摯友，每年總要去家師那裡一次，和在下很熟，但他一直未曾告訴過晚輩他的法號。」

雷化方道：「令師也沒有告訴過你那和尙的事情嗎？」

藍衫人道：「沒有，家師除了傳授在下武功之外，很少和我談話。」語聲微微一頓，又道：「在下已經說話太多了，老前輩最好不要再問。」

雷化方沉吟了一陣，道：「好！咱們不談這些事了，兄台來此求見主人，不知有何貴幹？」

藍衫人道：「不是在下有意隱瞞，而是此事太過重大，那位大師再三告訴在下，不可輕易示人……」

雷化方道：「是一封信？」

藍衫人道：「不錯，是一封密函，那位大師再三告誡在下，不親見此室主人，不可輕易取出此函。」

雷化方道：「你見過此室主人嗎？」

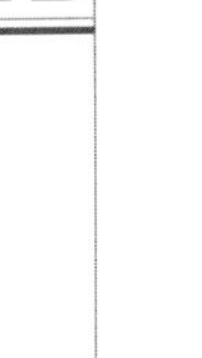

藍衫人道：「沒有見過，不過那位大師給在下說得十分清楚，此室主人的形貌特徵，大異常人，一望即知。」

雷化方緩緩回過頭去，望著那白衣少女，道：「妳那義父呢？」

白衣少女緩緩說道：「我來就沒有看到他，只見他們兩人在此，攆他們出去，他們卻賴在這裡不肯走。」

藍衫人一抱拳，道：「在下不知姑娘乃此室主人之女，適才冒犯，還望恕罪……」

忽聽一陣急促馬蹄聲傳了過來，打斷了藍衫人未完之言。

雷化方回首說道：「雲兒，快些把門關上。」

白衣少女應了一聲，轉身關上木門。

但聞蹄聲得得，由遠而近，片刻之間已到了茅舍前面。蹄聲陡然而住，顯然那騎馬人在室外停了下來。但聞一個粗壯的聲音喝道：「宮老頭，快些出來。」

那白衣少女秀眉聳揚，似要發作，但卻爲雷化方搖手阻止。

但聞步履聲直向門前行來，想是那人不聞有人回應，要進入室中瞧看。

雷化方大跨一步，推上門栓。但聞一聲大震，木門搖動，緊接著響起那個粗壯聲音道：「有人嗎？」

雷化方舉手對藍衫人主僕一招，示意他們並肩站在門後。

劉五成心中忖道：「如若人家破門而入，進來搜查，只怕連我也要被他們搜找出來，站在門後，又有何用？」

白衣少女右手探入懷中，摸出一把五芒珠，握在手中。

五　遺孤之謎

雷化方也是全身戒備，準備出手，看樣子兩人心意一般，務求一擊而斃來人。

但聞室外又傳來那粗壯的聲音，道：「屬下在江州，已有十年之久，這宮老頭子一直是個又醜又聾的老人，除了同那些上墳的人談說幾句話外，一直不見有人和他往來，決不會是武林中人。」

但聞一冷冰冰的聲音，接道：「這話就不對了，慕容長青交遊廣闊，各色人物無不齊全，這看墳的老頭，也是不能忽略。」

說話聲音粗壯的人，一下變得十分輕微，接道：「香主說得是，今晚在下再行來此，帶那宮老兒去見香主。」

但聞蹄聲得得由近而遠，來人又上馬而去。

雷化方道：「此地不宜久留，咱們還是早些離開得好。」

藍衫人道：「在下不能走，非得見到本室中主人不可。」

雷化方道：「爲什麼？」

藍衫人道：「那位大師的指教，如是上午就等到午時，下午就等到日落，仍不見此地主人歸來，在下即可拆閱這封信了。」

雷化方正待相勸，突聞噗噗噗三聲輕響傳了進來。白衣少女急行一步，拉開木門。但見人影一閃，那佝背老人已然進入了室中。

佝背老人目光一轉，掃掠了藍衫人主僕一眼，又轉到雷化方的臉上，道：「這兩位是何許人？」

雷化方道：「他們援手已到，而且又對你動了懷疑。」

佝背老人點點頭，道：「我瞧到他們未破門而入，倒是出我意外。」

雷化方道：「人家找你而來，小弟如何知曉？」

佝背老人臉色冷肅，緩緩說道：「閣下貴姓，找老夫有何貴幹？」

藍衫人右手伸入懷中，摸出一封密函，雙手遞了上去，道：「這裡有一封密函，老前輩瞧過就知道了。」

佝背老人神態鄭重地拆開密函，只見他閱讀了一段之後，神色突然間流現出無比的淒涼，兩行老淚，緩緩滾了下來。

藍衫人目睹此情，臉色一變，緩緩說道：「老前輩，那信上寫的什麼？」

佝背老人緩緩說道：「孩子，你要先答應老夫一件事情，我才能告訴你。」

他容貌醜怪，極自然地給人一種恐怖感覺，喜怒哀樂的表現，也特別顯得鮮明。

藍衫人緩緩應道：「要晚輩答應什麼？」

佝背老人道：「答應我要節哀保重，爲父復仇。」

藍衫人劍眉一聳，道：「這封信中，可是說明了晚輩的身世麼？」

佝背老人道：「孩子，這封信中語詞十分含糊，如若你自己拆閱，決難看得明白，但老夫讀來，卻是字字血淚，句句如刀刺心，那悲慘的往事，隨著那字字句句，展現腦際。」

藍衫人突然抱拳一揖，道：「老前輩可否先把晚輩的姓名見告。」

佝背老人突然伸出手去，摸在藍衫人的頭上，緩緩說道：「孩子，不要急，老夫爲了你們家恨大仇，自改形貌，住此茅舍十餘年……」

雷化方突然向前一步，接道：「二哥，這個，難道是……」

佝背老人搖搖頭，接道：「此地不能談。等一會兒再說不遲。」

那佝背老人突然舉步而行，直到那木榻旁側，探手向床下一抓，生生把劉五成抓了出來。

雷化方、藍衫人和那白衣女都未想到這房中木榻之下，還藏有一個人，都不禁爲之一呆。

這時，白衣女已然認出了劉五成，微微一笑，道：「是你啊！我認識。」

佝背老人道：「妳認識他？」

白衣女道：「不錯，我在慕容大伯的墳墓前，看到過他。」

佝背老人動作迅快，就在那白衣姑娘說話的工夫，已然解開劉五成身上的穴道。

雷化方也已看清楚了劉五成，微微一皺眉頭，道：「如若在下記憶不錯，咱們也是二度相逢，昨宵今日還不過一十二個時辰，當真是有緣得很。」

劉五成正待回話，那白衣女已搶先問道：「我那碧玉簪呢？可以還給我了。」

佝背老人掠過一抹驚愕之色，道：「雲兒，妳把那碧玉簪給他了？」

白衣女點點頭：「是啊，我瞧他甘冒大險，奠拜慕容大伯之墓，也是個英雄人物，如是傷在那馬雄飛的五毒掌下，豈不是太可惜了，所以把玉簪給了他，也好憑那玉簪去找唐叔叔給他療傷啊。」

劉五成突然對白衣女抱拳一揖，道：「姑娘料事如神，在下確然傷在馬雄飛五毒掌下，憑姑娘一支玉簪，救了在下之命。」

白衣女說道：「那玉簪呢？可是被老叫化收去了嗎？」

佝背老人冷冷接道：「雲兒，這事多久了。」

白衣女略一沉吟道：「大概六、七日了。」

佝背老人接道：「妳那唐叔叔在半月之前，已然離開了江州，有事他往，怎會救他之命，收回玉簪。」

白衣女笑容突斂，怒聲說道：「你敢騙我。」揚手一招，迎胸拍去，出手快速異常。

佝背老人右手揮動，化解了白衣女一招攻勢，左手同時伸出，扣住了劉五成的右腕脈穴，冷冷問道：「那玉簪現在何處？」

劉五成心中忖道：「眼下情勢，險惡萬分，人人似是都已經對我動了疑心，必得沉著應付才行。」

白衣女道：「玉簪呢？還給我吧！」

劉五成道：「在下中了馬雄飛的五毒掌，持姑娘所贈玉簪到了那城隍廟中，但卻找不到姑娘說的那位老叫化子，在下毒傷發作不支，倒臥路旁……」

白衣女道：「以後呢？什麼人救了你？」

劉五成道：「也是位叫化子，但卻不是妳說的那位。」

佝背老人道：「什麼人？」

劉五成道：「追風腿王平。」

佝背老人點點頭，放開了劉五成的腕脈，道：「可否仔細地說出你的經過？」

劉五成便一一把療傷避雨等經過之情，說了一遍。

佝背老人道：「如若那玉簪確實是被追風腿王平拿去，還有討回之……」

劉五成道：「他講三月之內歸還。」

雷化方望那佝背老人一眼，沉聲說道：「劉兄也許講的是句句實言，但此刻在下等卻無法全信，眼下之策只有屈駕幾日了。」

劉五成道：「諸位要在下如何？」

佝背老人道：「暫和我等相處一起，待這場風波過去，再放閣下不遲。」

忽見那佝背老人手一揮，道：「有人來了。」

群豪立時分散四周，各自運功戒備。只聽一陣沉重快速的步履之聲傳了過來，緊接著砰然一聲大震，木門被人撞開，一個身著土布褲褂的大漢，踉蹌而入。

佝背老人陡然由屋角躍出，伸手扶著來人，道：「德強，怎麼了？」

雷化方同時舉起右手，輕按在來人背後「命門穴」上。

土布衣著的大漢，舌頭似是已經僵硬，很想說話，但卻說不出來。直待雷化方右掌落在他背後命門穴上，才張嘴吐出一口鮮血，道：「強敵援手已到，弟子……」閉上雙目，向地上坐去。

佝背老人右手探出，按在那人前胸之上，黯然說道：「不行了。」隨即緩緩流下了兩行淚水，道：「你良田千頃，家財萬貫，守在田園有何不好，偏偏來助為師，落得如此下場……」

只見佝背老人轉身對藍衫人說道：「孩子，你可知道他為誰而死嗎？」

藍衫人道：「恕晚輩不知，但在下和他素不相識。」

佝背老人道：「很多人都和你素不相識，但他們卻爲你，犧牲了寶貴的性命……」

雷化方道：「二哥，難道他是慕……」

佝背老人抱起那大漢遺體，接道：「走，咱們到下面談吧。」

目光一掠那白衣女，接道：「雲兒，妳守在外面，如有人來，就傳入警訊。」

佝背老人行到屋角處，伸手移開木榻，揭開一扇石門。只見一道石級，直向地下通去。

雷化方當先而行，那藍衫人帶著書僮虎兒隨在雷化方的身後，劉五成走在虎兒之後，佝背老人抱著那土布大漢遺體，走在最後。

這座地道斜斜向下通去，行約十餘丈，才到盡處。

佝背老人摸出火摺子，燃起一支火燭，道：「你們隨便坐吧！」

劉五成目光轉動，只見停身於一座佈置很雅潔的小室，四面都用白綾幔起，正壁處掛著一個長髯垂胸，頭戴方巾，仙風飄飄的老人畫像。

佝背老人目注那畫像，沉聲對藍衫人，道：「孩子，你仔細瞧瞧那畫像，你能認出這畫中人嗎？」

藍衫人凝目瞧了一陣，道：「晚輩識不出來。」

佝背老人一字一句地說道：「他就是武林中人人愛戴的慕容大俠，也就是你含冤而死的父親慕容長青。」

藍衫人呆了一呆，對著畫像跪下拜了三拜，回首望著佝背老人，道：「老前輩可否仔細告訴晚輩內情？」

佝背老人黯然嘆息一聲，道：「二十年來，武林中從沒有一個人，能像慕容長青一般受人愛戴，他有著絕世武功，和超越常人的才華，武林道中人提起慕容大俠，無不肅然起敬……

「他享譽江湖三十年，替武林同道排解無效紛爭，多少次悲慘的殺劫，都由他出面排解，化干戈爲玉帛，武林同道對他的崇敬愛戴，也逐日加深，只要慕容大俠一句話，天大的事情無不迎刃而解。」

佝背老人長長嘆一口氣，接道：「二十五年前，金陵鏢局走失一趟鏢中，除了十萬兩黃金之外，還有價值連城的珠寶。當時的金陵鏢局乃當代第一大鏢局，總鏢頭金刀鎮八方勝子威，更是當代武林公認的一流高手，他聞得失鏢之訊，親率鏢局中六位武功最強的鏢師，走遍了中原數省，查訪半年之久，仍然無法找出失鏢的線索。

「當時勝子威無法可想，只好來到江州求見慕容大俠，求慕容大俠出手相助一臂之力。」

藍衫人道：「先父答應了嗎？」

佝背老人道：「當時慕容府中，座客甚多，聽得此訊之後，都勸那慕容大俠三思而行，一則失鏢已過了半年之久，那鏢銀早已爲人運藏起來；二則那劫鏢人，有如霧中神龍，來不沾纖塵，去不留痕跡，茫茫天涯，何處可覓。但那慕容大俠豪氣干雲，人所難及，竟然當著滿廳賓客答應下來……只不過……慕容大俠也提出了一個條件。」

藍衫人道：「先父提出的什麼條件？」

佝背老人道：「慕容大俠要那勝總鏢頭答應一件事，就是這趟失鏢追回之後，勝總鏢頭要從此洗手，不再吃鏢行的飯。」

藍衫人道：「先父可曾找回那趟失鏢？」

佝背老人道：「慕容大哥當著廳中群豪之面答應下來，那自是一諾千金了。這承諾固是那勝子威全部的希望所寄，但亦是慕容大哥的聲望考驗。如若慕容大哥尋得這一趟失鏢，固然可轟動江湖，還增加一樁美談；但如尋不到這趟失鏢，對慕容大哥的聲望影響太大了，權衡其事，答應的實是不智極了。是以全廳中人，全都默默不語。」

他望了雷化方一眼，接道：「當時你這位雷五叔也在場，極想出言勸阻，但卻忍了下去。哪知慕容大哥早已成竹在胸，先已料到了勝子威尋不到失去的鏢銀，定然會登門求教，是以早已四出查訪，勝子威登門之時，他已經查出了一點眉目。」

目光一掠雷化方，接道：「以後的事，由你五叔說吧，你那故世的爹爹，當時是帶著你雷五叔一同去討鏢銀的。」

雷化方輕輕嘆息一聲，接道：「慕容大哥不但答應替勝子威尋回鏢銀，還在酒席之間許下豪語，要他三個月後重來江州取回鏢銀。當晚酒宴散後，慕容大哥就吩咐我收拾行李，帶上兵刃，兩騎馬連夜離開了江州。」

雷化方微微一頓，接道：「慕容大哥帶小弟離開江州之後，直奔南嶽衡山而去，直到深入山區後，才把兩匹健馬寄存農家，步行入山……

「我們在那亂山叢中行了一夜，天色微明時分，到了一個山谷，景物十分優美，一望翠碧，茅舍數間，似乎是山居的農家獵戶，哪裡像綠林人居住之地，慕容大哥讓我站在一棵大樹之下，諄諄告誡於我……」雷化方神情默然，突然住口不言。

佝背老人急於了然內情，脫口問道：「大哥告誡你什麼？」

雷化方道：「慕容大哥說，取回鏢銀之前，必將先經過一番惡鬥，不論他是勝是敗，都不許我出手相助，如若他不幸戰死，絕不可替他復仇，只要將遺體運回江州，悄然掩埋，然後去通知勝子威一聲，告訴他未能討還，人已為討鏢而死。」

雷化方語聲微微一頓，接道：「在那等情勢之下，小弟又有何能勸阻慕容大哥呢？只好讓他去了。小弟眼看他進入了一座茅舍中去，等了一頓飯工夫之久，慕容大哥才緩步而出……

「他雖然若無其事，臉上帶著笑容，但我已瞧出他受了很重的內傷，當時我很擔心，但卻未見有人追出茅舍，大哥赤手而入，赤手而出，亦未見帶有鏢銀。」

佝背老人道：「那是怎麼回事？」

雷化方道：「我正想開口詢問，慕容大哥卻搖手不讓我多言，當先向谷外行去，一口氣行出了五六里路，才吐出一口鮮血，嘆了一口氣，告訴小弟說，總算討回了鏢銀。

「當時，我最關心的是大哥傷勢，哪還有心情問他鏢銀的事，我背著大哥行了一日，到了那寄存馬匹的農家。大哥似乎早有準備，隨身攜帶了很多的藥物，就在那農家住了下來，養息三日，才上馬趕路。」

藍衫人道：「那家父到底有沒有取到鏢銀呢？」

雷化方道：「慕容大哥和我回到江州，當天晚上鏢銀就送到慕容府中，一樁轟動武林的神秘失鏢案件，在慕容大哥手中不足一月工夫，就輕輕易易地找了回來。次晨天亮，慕容大哥就派出快馬，直奔金陵鏢局，通知勝子威來江州提回失鏢，這消息轟動了金陵，也轟動了整個江湖……

「那時慕容大哥聲望已到了巔峰，想不到一代才人竟爾遭人暗算……」話至此處，兩行熱

淚奪眶而出。

佝背老人緩緩伸出手去，輕輕按在那藍衫人肩上，臉上是一片悲傷和慈愛混合的表情，說道：「孩子，你可知道老夫是誰嗎？」

藍衫人年歲雖不大，但卻沉著、鎮靜，雖然驚悉大變，但仍然能心神不亂，長長噓一口氣，道：「老前輩和家父……」

佝背老人道：「慕容大俠在世之日，喜愛結交武林朋友，其中有五個最好摯友，結做了金蘭之交，分別是一僧、一道、一書生，還有老朽一人。只是外人並不知道罷了。」目光一掠雷化方道：「那書生就是站在你眼前的雷五叔，江湖上人稱金筆書生的雷化方。我們視慕容大哥爲尊，老夫排行第二，九如大師第三，紫雲宮主第四。」

藍衫人雙目神凝，望了雷化方一眼，口齒啓動，似是想呼叫雷叔叔，但卻又突然忍了下去，緩緩說道：「老前輩可否把那封信，還給晚輩瞧瞧？」

佝背老人道：「孩子，你可是有些不信自己的身分嗎？」

藍衫人道：「事情太突然了……如若晚輩真是那慕容長青之子，何以從未聽家師說過，那位老禪師也從未對晚輩提過此事。」

佝背老人人緩緩從懷中摸出一封信，那藍衫人突然提出的疑問，不但讓雷化方爲之愕然，就是那佝背老人也爲之心神一震，暗道：「這二十年來，我等明查暗訪，那夜大劫，除一對僕婢夫婦未在慕容府中，得免殺身大禍之外，慕容府老幼，再無一人逃出。憑這一封書信，怎可遽爾斷定這位就是慕容大哥遺孤，雖然函上字跡分明是三弟九如大師手筆，但九如三弟何以不肯親自陪同他來，以三弟爲人的細心，怎能放心讓慕容大哥遺孤，千里迢迢遠行來此。」心中

念轉，頓覺疑竇重重。

藍衫人展開書信，凝目望去，只見寫道：

書奉二哥申子軒：大哥家遭慘變，株連男女僕婢數十口，弟適由崑崙朝聖歸來，驚悉凶訊，冒死入慕容府中，但仍是晚到一步，強敵主凶已遁，從凶數十，仍在府中搜查，弟悲憤填胸，殺心頓生，頻施毒手，連斃十餘人，衝入大哥坐息密室，弟原想大哥一向心思縝密，或可於密室中尋得追查凶首線索，哪知室中只有一童熟睡未醒……

斯時敵蹤已至，弟只好身揹此子破圍而出，漸感不支，但想到大哥遺孤豈容強敵傷害，精神突振，連斃三敵，破圍而出，落荒夜走，逃出江州，弟傷勢過重，武功已失，全憑一股悲憤之氣，激發體內的潛能支撐，逃出險境，幸得大哥陰靈相佑，遺孤無恙，二十年如坐針氈，無時能安……

蓮下石花，有書為證，清茶杯中，傳下道統，依序尋得，大哥重生。二哥收悉此書之時，弟已心瘁力盡了。

下面寫著，三弟九如百拜頓。

那藍衫人一口氣看完書信，雙目突然流下淚來，黯然說道：「唉，那位殘廢的大師，竟是小姪的救命恩人……」

藍衫人抬起淚眼，道：「二位叔父在上，請受小姪一拜。」同時撩衣跪下。

雷化方身子一側，道：「不用行此大禮。」

申子軒扶起了那藍衫人，道：「孩子，你起來。」

雷化方突然一伸右手，說道：「書信給在下看看如何？」

那藍衫人站起身子，恭恭敬敬地把書信遞了過去，道：「五叔請看。」

雷化方接過書信，瞧了一遍，道：「二哥可曾仔細瞧過這封信嗎？」

申子軒道：「仔細瞧過了。」

雷化方道：「二哥為人一向細心，如若這封信是他從容之中寫成，豈會連大哥遺孤的名字，也未寫上。」

劉五成聽得心中一動，暗道：「剛才是藍衫人不肯承認是慕容長青的遺孤，如今他倒承認了，但雷化方卻又動了懷疑，這件事看來是有些夾纏不清了。如若這藍衫人，當真是對方派來的奸細，這一次武林中敵對雙方搏鬥，實是江湖上前所未有的驚人之劫，敵對兩方都是第一流的武林高手，而且源遠流長，二十年前，就預伏今日的一步棋，非大智大慧的人，豈能辦到。」

突聞申子軒道：「五弟說得是，這信上確然有些含糊不明之處，不過這信中一些隱語，除了三弟之外，別人決然不會知曉。」

雷化方道：「二哥多久未見過三哥了？」

申子軒道：「咱從大哥家罹慘變之後，就一直未再見過。」

雷化方道：「二十年，這時間不能算短，連四哥都能和二哥取得聯絡，何以三哥不能和我等取得聯絡呢？何況他寫信來此，那是早知二哥在此了……

「大哥遺孤千里來此，是何等重大的事，三哥就算武功失去，也不會放心他一人前來，兄

弟們多年不見，難道他就沒有一點思念之情嗎？」

申子軒望了那藍衫人一眼，道：「孩子，能不能告訴我你從何處來？」

藍衫人一皺眉頭，道：「家師對我雖有傳藝之恩，但他始終不肯承認我是他門下弟子，不准小姪在江湖上說出他的名號，也不許小姪提起他隱居之地。」

雷化方道：「這早在我意料中了……」兩道炯炯眼神，逼注在那藍衫人的身上，道：「究竟是何人遣你來此？用心何在？」

藍衫人說道：「小姪未到此地之前，對身世一直茫無所知，適才聽得兩位叔父解說，看完三叔之信，才知道一些內情……兩位叔叔既然對小姪動疑，小姪該當如何？」

雷化方望了申子軒一眼，道：「二哥有何高見？」

申子軒緩緩說道：「目下真相未明，不能採用過烈的手段，如是判斷有誤，豈不是終身大憾了嗎？」

藍衫人緩緩轉過身子，雙目望著壁間畫像，兩行清淚，由眼角滾了下來，說道：「在下的身世，雖然已有眉目，但還無確切證明，兩位既動疑心，晚輩亦覺茫然了，如若兩位確然有能力證明晚輩的身世，晚輩自將是甘願束手就縛，留待查證。」

雷化方緩緩舉起右手，道：「只要你確是慕容大哥遺孤，決不會受到傷害，在查證期間，只有委屈你了。」

雷化方望了申子軒一眼，疾快地伸出手去，點了那藍衫人右「五里」、「天井」兩穴。這兩處穴道，一是屬於手陽明大腸經，一是屬於手少陰之焦經，都是人身主要經脈，那藍衫人這兩處穴道受制，縱然是武功深博，也無能再行施展。

雷化方看他神態從容，兩處要穴被點，仍然是神情鎭靜，頗有那慕容長青之風，輕輕嘆息一聲，道：「孩子，也許是五叔多慮了。」

藍衫人緩緩垂下右臂，淡淡一笑，道：「叔父這等顧慮，亦是當然之舉……」

突聞噹噹兩聲鐘鳴，傳入耳際。申子軒目中神光一閃，道：「有人來了。」目光轉注到那雷化方的臉上，道：「五弟，幾時發動？」

雷化方道：「原定明宵發動，但小弟今晨得報，有很多不知來路的武林人物，正快馬趕來江州，初試鋒芒，不能挫敗，小弟已決定改作今夜三更發動了。」

申子軒正待答話，突聞鐘聲連鳴，響不絕耳。

雷化方道：「來人甚多，雲兒雖然機警，也難對付群敵，待小弟出去助她一臂之力如何？」

申子軒道：「你留在這裡，我出去瞧瞧。」閃身而去，眨眼間消失不見。

那穴道被點的藍衫人突然說道：「咱們守在這地下密室，萬一敵勢過強，被人封住了出路，對我等大是不利，依小姪之意，既是難免一戰，那就不如早些離開此地，免爲所困，不知叔父意下如何？」

雷化方略一沉吟道：「好！咱們先到那茅舍中去。」舉步向外行去。

群豪魚貫而行，出了地下密室，只見茅舍木門大開，申子軒當門而立。

雷化方輕步行到申子軒的身後，低聲說道：「二哥，局勢如何？」

申子軒道：「如是我料斷不錯，在這茅舍四周，都已布下了死亡的陷阱。」

雷化方道：「二哥之意，可是說他們已在四周布下了人手？」

申子軒道：「不錯，我聽到零亂的步履之聲，接近這茅舍之後，卻突然消失。」

語聲未落，陡聞一個冷厲的聲音，傳了過來，道：「雷化方，你躲了二十年，從此隱姓埋名，也就罷了，想不到你二十年後，竟然又在江湖出現。」

雷化方高聲應道：「什麼人，竟然知我雷某？」

那冷厲的聲音接道：「金筆書生，你連老夫的聲音都聽不出來嗎？」

雷化方高聲說道：「恕我雷某耳拙，聽不出閣下聲音，閣下何不報上名來？」

但聞一聲冷厲的長笑，傳了過來，道：「你如想見老夫，只需出此茅舍三步。」

雷化方回顧了申子軒一眼，道：「二哥，我出去瞧瞧如何？」

申子軒搖搖頭，道：「不要冒險，他們人手眾多，但卻遲遲不肯攻入這茅舍中來，自然是存心誘咱們出這茅舍了。」

但聞那冷厲的聲音，重又傳了過來，道：「姓雷的，你如再不出來，可別怪老夫要施下毒手，毀去那茅舍了。」

雷化方一皺眉頭，道：「此人指名叫陣，小弟出去瞧瞧。」緩步行了出去。

他心知茅舍之外，步步殺機，寸寸死亡，心中亦是不敢大意，運氣戒備，眼觀四面，耳聽八方。

目光轉動，只見四面一片靜寂，雷化方行出一丈多遠，仍然不見有人，正待停下腳步，突聞噗噗兩聲輕響，自身後傳了過來。

轉眼望去，只見兩面黑色旗子破空飛來，插在身後五尺左右的沙地上，兩面黑旗上各繡著

一具白色的骷髏。

雷化方一睹那骷髏旗，心中陡然一驚，倒吸一口涼氣，道：「幽冥谷主。」

只聽一陣冷厲的大笑之聲傳入耳際，三丈外一株大樹後，緩緩行出來一個身著黑袍，胸前繡著白骷髏，面目冷肅的老者。

那老人一現身，大樹上枝葉密茂之處，人影翻飛，落下來四個黑衣童子。四個童子都在十六、七歲，眉目倒還清秀，只是臉色慘白，不見一點血色。

四人手中各執一把摺扇，迅快地奔到那老人身後，分站在他的身側，雷化方暗暗吸一口真氣，納入丹田，鎮靜了一下心神，一拱手，緩緩說道：「谷主別來無恙。」

那幽冥谷主長得並不難看，但全身上下卻有著一股肅冷之氣，使人不寒而慄，緩步逼到雷化方身前七八、尺處，停了下來。

兩道森寒的目光，投注在雷化方的臉上，說道：「雷化方，咱們二十餘年未見，你還能認出老夫。」

雷化方道：「谷主這身裝扮，不但在下認得出來，天下英雄又有誰認不出來呢！只是，谷主一向很少在江湖之上走動，此番到江州來，不知有何貴幹？」

幽冥谷主冷漠一笑，道：「本座爲閣下而來。」

雷化方心頭一震，表面上卻仍然保持著鎮靜，淡淡一笑，道：「區區能勞動谷主大駕，倒是榮寵得很，但不知找在下有何見教？」

幽冥谷主回顧了左面一個黑衣童子一眼，道：「把帶的禮物取出來。」

黑衣童子應聲一禮，探手從懷中摸出一個檀木盒子，雙手捧著，遞了過去。

雷化方一面運氣戒備，雙目卻盯注在那木盒之上。只見那木盒一寸多厚，四寸寬窄，忖思良久，想不出盒內放的何物，緩緩伸手接過木盒，道：「這盒中放的什麼？」

幽冥谷主道：「本座的聲譽，閣下的生死。」

雷化方道：「這等貴重的禮物，只怕雷某人消受不了。」

右手二指微伸，打開木盒，只見木盒中放著一副白色的手銬。

雷化方心中已然明白，但卻故作不知，淡然一笑，道：「好一副精緻的手銬。」

幽冥谷主皮笑肉不笑地一咧嘴巴，道：「閣下的才慧、經驗，無不高人一等，想已知在下一片心了。」

雷化方掂了掂手中木盒，笑道：「谷主胸中玄機，雷某如何能夠猜透，還望說個明白。」

幽冥谷主道：「既然如此，本座就明說了，本座受人之托，想請閣下戴上那副手銬。」

雷化方道：「不知谷主受何人之托，要雷某束手就縛？」

幽冥谷主冷冷說道：「受何人所托，似乎和你雷大俠無關了，雷大俠只要看老夫情面就是，老夫爲人，素不喜討價還價，只因老夫對你雷大俠十分敬重，才這般和你相商，肯不肯賣老夫的面子，全憑你一言而決了。」

雷化方暗暗忖道：「這幽冥谷主，獨居幽冥谷，自成一片天地，絕不會無緣無故地和我等爲敵，他說受人之托，當是自顧顏面的說法，事實上定然爲人脅迫，不得不爾，以此人在武林身分之高，又有什麼人能役使他呢？」

心念一轉，強自忍下氣憤，緩緩說道：「谷主和在下等素無交往，自是談不上恩怨二字，谷主如能說出一番道理，就憑谷主的威名，在下亦當束手就縛，聽憑處置，如若說不出一番道理，這等咄咄逼人的口氣，未免有些欺人過甚了。」

幽冥谷主冷然一笑，道：「看來咱們是很難談得攏了……」突然舉手一揮，四個黑衣童子疾如閃電一般，分由四面奔出，團團把雷化方包圍了起來。

幽冥谷主緩緩接道：「老夫早已料到，此事難以善成，但不得不盡人事，雷大俠既是不肯答應，老夫只有動強一途了。」

這時，四個黑衣童子已然張開了手中摺扇。日光下，只見那摺扇一面血紅，一面墨黑，看上去就使人生出一種恐怖之感。

這四個童子年事雖輕，但震於那幽冥谷主的威名，雷化方亦不敢有絲毫大意，右手一探腰間，摸出一支金筆，哈哈一笑，道：「區區久聞谷主武功獨成一格，變化詭奇，今日能得領教一番，也讓雷某開開眼界。」

幽冥谷主右手一揮，四個黑衣童子齊齊揮動摺扇，全是赤紅的一面攻敵，日光下只見一片紅影閃動。

雷化方金筆揮動，一式「風起雲湧」，閃起一片金芒，護住了身子。

四周黑衣童子正待揮動摺扇攻出，突聞一聲沉喝傳了過來，道：「住手！」

一條人影疾如流矢一般，激射而來，人未到，一股強猛的掌風已先自湧至，逼得正南方位上的一個黑衣童子閃身讓開。

雷化方轉眼望去，只見來人正是那中州一劍申子軒。

申子軒動作奇快，眨眼間已衝入圈中，和雷化方並肩而立。

幽冥谷主揚起左手，阻攔住四個黑衣童子，兩道森寒的目光，投注申子軒的臉上，說道：

「閣下是什麼人？」

申子軒緩緩吸一口氣，道：「谷主不識在下，但在下卻識得谷主，如是我記憶不錯，咱們二十年前，在那慕容長青大俠府中，見過一面。」

幽冥谷主呆了一呆，道：「不錯，老夫確在慕容長青的府中，吃過一餐酒筵，但那日與會之人，大都是武林聲望極高的人，似閣下這等形貌，老夫如若見過一面，決然不會忘去。」

申子軒冷笑一聲，道：「谷主不用多心，區區自會奉告姓名，不過，在這之前，想先請教兩件事。」

幽冥谷主道：「什麼事？」

申子軒道：「谷主在慕容世家的酒筵之上，豪飲薄醉，口出大言，激怒了天山笑叟，要你接他三道飛杯罰酒，谷主可曾記得此事？」

幽冥谷主道：「那又怎樣，天山笑叟的三杯罰酒，老夫不都一一接下。」

申子軒道：「那一、二杯酒，確是你接下，但第三杯酒，谷主卻力難從心，天山笑叟以無相神功，發出強猛絕倫的內勁，眼看谷主就要當場出醜，傷在第三道飛杯之下，卻為一股暗勁所助，化去杯上內力，谷主才得保下顏面，是也不是？」

申子軒冷笑一聲，道：「不論谷主是否承認，但你可知曉那暗中助你之人，是誰嗎？」

幽冥谷主不自覺地說道：「什麼人？」

申子軒道：「慕容長青。」

幽冥谷主道：「慕容大俠……」他似是自知失言，突然住口不言。

申子軒道：「正是那慕容大俠，他和你素無交往，但卻不忍讓你一世英名盡付流水，暗中

助你接下酒杯，用心是何等仁慈。」

幽冥谷主厲聲接道：「你是誰？」

申子軒道：「中州一劍申子軒。」

幽冥谷主道：「那中州一劍申子軒，氣度雍容，名滿天下，哪是你這等形貌！」

舉手一揮，四個黑衣童子齊齊一開摺扇，分向申子軒、雷化方攻了過去。

雷化方金筆揮展，灑出一片金芒，有如千支金筆一齊出動，分向四個黑衣童子攻去。

這是雷化方賴以成名江湖的流星筆法，威勢果非小可，四個黑衣童子本是分面搶攻，但卻被雷化方一招反擊之勢，迫得棄攻爲守，反退兩步。

四個黑衣人退開之後，仍然分站了四個方位，望著兩人。

幽冥谷主冷笑一聲，道：「我倒忘了雷大俠十二招流星筆法，乃武林中奇學絕技，四個尙未出道的小娃兒，自然是接不下來了。」

中州一劍申子軒低聲說道：「五弟小心一些了。」陡然劈出一掌，一股強勁的掌風，直向正北方位擊去。

那守在正北方位的黑衣童子，感覺出一股強大的潛力逼了過來，立時向旁側閃去。

申子軒伺背一伸，疾如電光石火一般，急掠而出，直衝到那幽冥谷主身前，身子站定，手中已多了一把軟劍。

幽冥谷主神態鎮靜，目光一掠申子軒手中軟劍，冷冷說道：「申大俠既然想和本座動手，本座自然奉陪。」

申子軒道：「谷主不用多費口舌，請亮兵刃吧！」

幽冥谷主右手探入懷中，取出一個金色短棒，棒上繫著四個金鈴，金棒一抖，棒上金鈴一陣噹噹亂響。

申子軒道：「攝魂棒。」右手一振，軟劍陡然而起，筆直地刺向幽冥谷主的前胸。

幽冥谷主金棒揮動，金鈴亂響聲中，擋開了軟劍。

申子軒不容幽冥谷主還手，挫腕收回軟劍，腕勢一轉，軟劍平腰斬去。

幽冥谷主金棒橫擊，噹的一聲，又把軟劍隔開。

申子軒大喝一聲，軟劍又收了回來，白芒閃動，一陣快攻，眨眼間連攻八劍。

幽冥谷主金棒揮轉，金鈴不絕聲中，擋開了八劍。

兩方都是武林中第一流的高手，幾招過後，都已知逢上了勁敵。

申子軒心中暗道：「我這一輪快攻，劍劍如電光石火一般，他竟然能夠連續擋開我八劍。」

幽冥谷主亦是暗暗震驚，忖道：「讓他一劍，竟然無法再扳回先機。」心中念轉，人卻一吸真氣，倒退出一丈多遠。

申子軒高聲說道：「五弟，小心他們的暗器。」

喝聲中，人已疾飛而起，白芒閃轉，連人帶劍追了過去。

其實不用申子軒出口招呼，雷化方已知幽冥一流中，最爲惡毒的是化骨毒粉和化血毒針，中人之後必死無疑。是以動上手後，立時施展開流星筆法，金筆幻化出一片金芒，把四個黑衣童子圈入金芒之中，使他們無暇施展暗器。

六　驚濤駭浪

幽冥谷主和申子軒動手數招之後，已明白單憑武功決難勝得過他，立時倒躍而退，準備施展暗器求勝。

但申子軒早已了然他的用心，哪能容他從容施展，長劍疾展「龍形一式」，連人帶劍地追擊過去。

幽冥谷主冷笑一聲，道：「好劍法。」左手一揚，一蓬尺許見方的黑霧，直向申子軒飛了過來。

申子軒心中大震，暗道：「這是什麼暗器？」仰身向後倒臥，藉雙足腳跟之力，一個翻轉，身子橫移六尺。

人在閃避暗器，手中兵刃，並未停下，腕上加勁，微微一招，手中軟劍陡然翻起，刺向幽冥谷主的小腹。這一擊不但變化莫測，而且是大出意外，幽冥谷主警覺到時，已自不及，匆忙間一吸丹田真氣，小腹向後縮退一尺。寒芒過處，劃破了幽冥谷主身上的黑袍，分毫之差，就要傷及肌膚。

幽冥谷主暗叫了一聲好險，疾忙向後退了兩步。

就這一眨眼間，申子軒已然挺身而起，軟劍閃起兩朵劍花，分襲兩處大穴。

幽冥谷主手中金棒揮動，金鈴響震中，擋開申子軒手中軟劍。

申子軒心知此刻險惡萬分，那人遣來幽冥谷主這等高手，必是存心要在一戰之中，先傷雷化方，顯然，對方幾乎已完全了然己方的計劃，而且也找到了策劃這次復仇大計的首腦。

強敵失策的是，未料到自己佝背易容潛伏江州十餘年，暗中主持大局。這一戰自己已暴露了身分，如若傷在幽冥谷主的手中，整個大局將失去領導的人，一敗塗地。就是讓他們逃走，亦將有著嚴重的影響，所以這一戰不但不能敗，而且要把來人全數留下。

申子軒這些年，一直念念不忘爲大哥復仇的事，佝背易容，看守墓園，但他的武功不但沒有放下，反而刻苦求進，十幾年來，內功固是大有進境，劍招上亦創出很多奇學，心中念轉，殺機頓生，手中軟劍，奇招連出，但見寒芒閃閃，劍花錯落，軟劍有如神龍靈蛇，攻勢凌厲無比，而且著著指向了幽冥谷主要害大穴。

幽冥谷主手中金棒揮動，閃動起一片金芒，加上那金鈴叮噹之聲，響不絕耳，混入那閃動的劍花內，凶險萬狀中，極是好看。

站在茅舍中的藍衫人，目睹室外劇烈絕倫的惡鬥，一時間仍然難分勝負，低聲說道：「虎兒，你守在室中不許亂動，我去助兩位叔父一臂之力。」舉步向外行去。

劉五成吃了一驚，道：「閣下臂上穴道被點，運行不便，如何能夠與人動手。」

藍衫人道：「不要緊，我還有左臂可用。劉兄的好意，兄弟心領了。」

此人言詞謙和，但骨子裡卻是高傲無比，竟是不聽劉五成之勸，大步向外行去，直行到雷化方和那四個黑衣童子動手之處，高聲說道：「五叔請恕小姪失禮。」

身子陡然一晃，直衝入扇影筆芒之中。只聞得砰砰數聲大震，夾雜著幾聲悶哼，那交錯的

人影陡然間靜止下來。

凝目望去，只見那四個黑衣童子手中的折扇揚起，靜靜地站在原地。敢情四人都已被點了穴道。

雷化方呆呆地望著那藍衫人，良久之後，才緩緩說道：「孩子，你點了他們的穴道？」

藍衫人道：「小姪失禮，未得五叔允准，擅自出手，還望叔父恕罪。」

雷化方沉吟了一陣，突然舉步而行，拍活了藍衫人右臂的穴道，道：「不能怪你，事實上咱們也不能放走他們。」

只聽金鈴盈耳，幽冥谷主突然間，展開了反攻之勢，由守變攻。

藍衫人心中大急，道：「小姪去助二叔父一臂之力。」

雷化方搖搖頭說道：「不用了，他們正以全力相搏之中，你那二叔父尚有幾招絕技，未曾使用，這幽冥谷主最爲厲害的是惡毒暗器，只要你那二叔父能夠逼得他無暇施展暗器，這一戰就算贏定了。」

這時，申子軒劍招變化，愈見奇厲，又把幽冥谷主圈入了一片劍影之中。

申子軒和幽冥谷主已到了勝負將分之境。只見申子軒軟劍流轉，四面八方、湧起了重重劍影。幽冥谷主手中金棒，已爲那軟劍壓制得全無了還手之力。

突聞申子軒大喝一聲：「著。」兩條糾纏的人影突然分開。

幽冥谷主右肩上鮮血湧出，染濕了整條的右臂，手中金棒跌落在地上。幽冥谷主重傷之後，仍圖反擊，左手一抬，正待打出暗器，哪知申子軒的動作較他尤爲快速，右腕一振，軟劍如靈蛇出穴，唰的一聲，刺破幽冥谷主的衣袖，冷冷喝道：「谷主如若再不收斂，在下只有施

下毒手了。」

幽冥谷主流目四顧了一陣，緩緩說道：「早知你中州一劍也在此地，情況就大不相同了。」

語聲微頓，低聲接道：「咱們到茅舍中談，閣下先點我的穴道。」

申子軒點了幽冥谷主的穴道，左手伸出，抱起幽冥谷主，急步向茅舍中奔去，行過雷化方身側時，低聲說道：「留心四面，敵人尚有後援。」

雷化方回顧了那藍衫人一眼，道：「隨你二叔父回到茅舍。」縱身而起，躍登一株古柏之上。

且說申子軒步入茅舍之後，緩緩放下幽冥谷主，道：「谷主和我等從無過節，此番重入江湖，和我等爲敵，必是受人挑撥而來。」

幽冥谷主道：「倒不如說是受迫而來的恰當。」

申子軒接道：「那人是誰？」

幽冥谷主搖搖頭，道：「不知道。」

申子軒道：「以谷主在武林中的身分，一門宗師之尊，豈肯受一個名不見經傳的人物指命。」

幽冥谷主苦笑一下，道：「說出來只怕你申大俠也不肯相信，認爲在下故弄玄虛。」

申子軒道：「谷主只要據實而言就是。」

幽冥谷主道：「差遣在下來此，是一個年不過十二、三歲的孩童。」

申子軒奇道：「谷主就肯聽他的嗎？」

幽冥谷主道：「本座妻女落在他手中，如若不答應他的要求，嬌妻弱女頃刻間將喪命在他的手中。」

申子軒道：「谷主暗器，天下獨步，何以不肯施展？」

幽冥谷主道：「那童子年紀雖輕，但武功高得出奇，本座曾經出其不意，以『三元聯第』的手法，一舉間打出三枚毒針，縱然武功高強如你申大俠者，要想避開這三枚毒針，亦非易事，但那童子竟然能在間不容髮中，以本座幼女，代他擋住了三枚毒針。」

申子軒道：「因此，谷主就受他之命，和在下等作對了。只是，閣下受命來此，意圖問爲？」

幽冥谷主道：「取回金筆書生項上人頭，交換本座妻女的性命。」

申子軒輕輕嘆息一聲，道：「谷主也是一派宗師之尊，妻女受制，卻不思設法向強敵報復，反來找我等無怨無仇的人。」

幽冥谷主抬頭望了申子軒一眼，道：「此刻，本座已被擒，自是無能再顧到妻兒，那也算盡了人事。」

一直在靜靜聽著的藍衫人，突然插口說道：「二叔父，小姪爲他請命，放了他們。」

申子軒呆了一呆，道：「孩子，你可知縱虎歸山這句話嗎？」

藍衫人道：「小姪明白，但他因妻女受制被迫而來，那也是無可奈何的事。」

申子軒道：「咱們能放了他，但卻無法解救他的妻子、女兒。」

藍衫人道：「叔父說得不錯，不過，咱們殺了他，他妻女的代價更爲減低，對方是決然不會留作後患了。」

申子軒略一沉吟，道：「賢侄果有大哥遺風。」伸手拍活了幽冥谷主的穴道。

幽冥谷主先緩緩轉注到藍衫人的臉上，道：「這位兄台貴姓？」

幽冥谷主仰天打個哈哈，道：「武林同道，都把我幽冥一門，視作洪水猛獸，不屑與我等來往，逼使老夫與世獨立，但我幽冥一門，並非如世人想像的那般惡毒。」

目光一掠藍衫人和申子軒，道：「在下自知當不得正人君子，仁人俠士，但兩位的盛情義風，在下卻是感激不盡，因此要奉告諸位一事。」

申子軒道：「什麼事？」

幽冥谷主道：「據在下所知，對付諸位的武林高手，共分有數路之多，除了區區在下專以對付雷化方外，還有三路高手分別攻擊數處，區區可是無意聽得的隱秘，不能說得詳盡，還望諸位早做準備。兩位保重。」言罷，轉身向外行去。

藍衫人突然轉身一躍，搶在那幽冥谷主前面，出了茅舍，右手揮動，拍活了四個黑衣童子的穴道。

幽冥谷主輕輕嘆息一聲，低聲對那藍衫人說道：「對方對諸位的部署行蹤，均能瞭若指掌，若非有內奸作祟，對方絕難能有如此詳實的消息，還望閣下留心一些。」

藍衫人一抱拳，道：「多承指教，感激不盡，谷主順風，恕在下不送了。」

幽冥谷主帶著四個黑衣童子，急急而去。

這時，申子軒也緩步行出了茅舍，望著幽冥谷主遠去的背影，輕輕嘆息一聲，道：「幽冥一門，在武林中的聲名，確實很壞，但看來並不如傳說一般壞法。」

藍衫人道：「二叔父可曾聽到他臨去的幾句話嗎？或許咱們應該力謀補救才是。」

申子軒道：「二十年來，咱們總是棋差一著，滿盤皆輸，這一番如若再被人搶去先機，今後只怕……」

藍衫人緩緩接道：「二叔、五叔已然用盡了心力，不論能否替先父雪得沉冤，報得大仇，先父在天之靈，一樣會承恩泉下。」

申子軒突然仰天長嘯一聲，大步行出茅舍，舉手一招，道：「五弟回來吧！咱們不用躲躲藏藏了。」

藍衫人緊隨在那申子軒的身後，出了茅舍。

但見五丈外一株高聳的古柏人影閃動，飛落下金筆書生雷化方。

雷化方大步行了過來，道：「二哥放了那個幽冥谷主了？」

申子軒點點頭，道：「他亦是受人脅迫而來，殺了他於事無補。」

語聲微微一頓，道：「五弟，你帶了多少人來？」

雷化方道：「總共三十六位，分成三組。」

申子軒道：「咱們去瞧瞧他們如何？」

雷化方道：「爲什麼？」

申子軒道：「據那幽冥谷主說，對方已然分派出數路高手，對付咱們，那幽冥谷主既然能找到此地，想那另外數路高手，亦不難找到弟兄們的藏身之處了。」

雷化方道：「這個小弟亦有安排，我早已咐他們見機而作，如若情形有變，隨時移動宿住之處，如若那幽冥谷主說的不錯，那只怕咱們也無法找到他們了。」

申子軒道：「五弟之意呢？」

雷化方道：「小弟之意，與其此刻去找他們，不如咱們早作布置，先到慕容大哥的墓前看看再說。」

申子軒略一沉吟，道：「好！就依五弟之意！」

雷化方道：「雲兒迄今未見現身，不知是否已爲敵所暗算。」

只聽一陣格格嬌笑，傳了過來，道：「沒有那麼容易。」

茅舍一側的青草叢中，緩緩站起來頭梳雙辮的白衣少女。只見她白衣上沾滿了污泥，黑亮的雙辮上，也沾了很多青草。

這時，方虎兒和劉五成都已隨在那藍衫人的身後，離開了茅舍。

申子軒隨即轉身對雷化方道：「五弟，咱們先找一處隱密之地，坐息一陣，晚上也好應付大局。」

當先舉步向前行去，雷化方、劉五成和藍衫人、方虎兒魚貫相隨。

申子軒帶著幾人直行入一座濃密的竹林中去，那竹林越來越密，彷彿無路可通，申子軒雙臂分竹而行，群豪魚貫相隨，好在幾人都是身負上乘武功，行來並不困難。

深入了十餘丈，景物忽然一變，只見一片小小的空地上，搭蓋著一座竹屋。那竹屋只不過有兩間房子大小，屋頂、牆壁一色用竹子做成，顯然是就地取材，而壁、頂都漆成了淡墨之色，一望即知，這竹屋年代很久了。

申子軒輕輕在門上敲了兩指，道：「有人在嗎？」

只聽一個蒼老的聲音，道：「什麼人？」

申子軒恭恭敬敬地應道：「申子軒帶著五弟雷化方，一行共六個人。」

蒼老聲音道：「好，你推門進來吧。」

申子軒推開竹門，立時有兩個紅色蛇信，伸了出來。

凝目望去，只見一個身著青衫，髮鬍皆白的老人，仰臥在一張竹子編成的躺椅之上，躺椅左右，各盤著一條大蛇。

左面一條全身墨亮，足足有腕口粗細，盤成一盤，佔地三尺方圓。右面一條粗如手臂，但全身赤紅如火，形狀更為可怖，兩蛇頭頸伸縮，全室都在蛇口可及之下。

久經大敵的雷化方，看到這等場面，亦不禁為之一呆。

申子軒卻是神情鎮靜，任那兩個蛇信，在臉前數寸之處，晃來搖去，一直是肅立不動。直待那兩個蛇頭縮了回去，申子軒才緩緩說道：「打擾老前輩了。」

那仰臥在竹榻上的老人道：「你找我有什麼事？」

申子軒道：「老前輩的神卦，在下早已聞名，而且又極為崇拜，今天打擾，想請老前輩為在下卜上一卦。」

那老人緩緩說道：「你問什麼事？」

申子軒道：「在下想為一個故世的朋友復仇，此去不知是否能得如願，還望老前輩神卦一卜。」

那老人輕輕嘆息一聲，道：「你說的可是那慕容長青嗎？」同時伸手從杯中摸出六個金錢，裝入一個龜殼之中，搖了一陣，把龜殼中的金錢，倒在前胸之上。

只見那老人伸出手去，在前胸之上摸了一陣，嘆息一聲，道：「照卦象而言，此去很難如願，不過，後象有變化，恕老朽不能多言了。」

中子軒道：「多謝指教。但還有另一事斗膽請教老前輩。」

那白髯老人道：「還有什麼事？」

中子軒道：「在下有一位晚輩同來，想請老前輩看看骨格。」

那白髯老人沉吟了一陣，道：「你讓他進來吧！」

中子軒回目望了那藍衫人一眼，道：「孩子，你讓這位老前輩摸摸你的骨格。」

那藍衫人毫不猶豫，似是對那兩條巨蛇視若無睹，大步行到那白髯老人仰臥的躺椅前面，緩緩說道：「老前輩，晚輩恭候教示。」

那白髯老人伸出瘦長的雙手，在藍衫人的頭上、腦後，揣摸了一陣，道：「你叫什麼名字？」

藍衫人道：「晚輩現在還沒有姓名。」

白髯老人道：「那現在你是正在求證你的身世了？」

白髯老人不再多問，雙手在藍衫人全身上下摸索了一陣，道：「好一副傲骨慧質。」

中子軒突然接道：「有關這孩子日後禍福，還望老前輩詳爲指點。」

白髯老人突然由躺椅之上，挺身坐了起來，雙目凝注在那藍衫人的身上。

藍衫人只覺那白髯老人，雙目中神光如電，直似能看穿人的內腑五臟。

良久之後，那白髯老人才緩緩閉上雙目，仰臥在躺椅上，道：「驚濤駭浪一蛟龍。」

言罷，雙手平放在小腹之上，片刻間，鼾聲大作，竟自睡熟了過去。

中子軒輕輕嘆息一聲，道：「孩子，咱們該走了。」

申子軒順手帶上了兩扇木門，群豪魚貫行出竹林。

雷化方道：「這人是誰？好像聽人說過。」

申子軒道：「蛇神湯霖，我毀容、佝背之後，居住於此，當時他已經歸隱於這片竹林之中了。」

雷化方道：「那蛇神湯霖，乃武林中大有地位之人，怎的會息隱於此，自甘淡泊？」

申子軒道：「真實內情如何，小兄亦不太了然，一日小兄無意之間，行入這座竹林之中，爲那黑色巨蟒所纏，被蛇神湯霖所救，那時，他正值練功遇上難關，他飼養的兩條巨蟒雖然凶惡，但究竟是不通人性，無能相助於他，小兄就助他一臂之力，使他渡過難關。」

雷化方接道：「原來如此。」

申子軒輕輕嘆息一聲，道：「這話已經有十幾年了，小兄因爲久聞那蛇神奇卜之名，因此就請他卜上一卦。」

雷化方道：「靈驗嗎？」

申子軒道：「靈驗無比，十年來小兄一共找他三次，每次問他一事，確實是言無不中，這一次是第四次找他了。」

申子軒仰臉望望天色，接道：「此刻時光漸晚，咱們還是趕路吧！」

六條人影，直奔慕容長青墓地而去。

一行六人來到慕容長青墓地時，只聞那高聳的白楊，在一片寂靜的夜風中，響起了一片沙沙之聲，申子軒低聲說道：「諸位各自小心戒備。」

群豪行近墓前三丈左右處，仍不見有人出面攔阻，這出人意外的沉寂，反使人有著一種不安的緊張。突覺一股濃重的血腥氣，隨著夜風傳來。

白衣女低聲說道：「好重的血腥氣！」

語聲未落，突見火光一閃，慕容長青的墓前，突然亮起了一支火燭。火光耀照之下，只見一片人頭，整齊地排在慕容長青的墓地前面。一眼望去，那人頭不下數十個之多。

申子軒、雷化方等，雖然都是久年在江湖上走動之人，經歷了無數的大風大浪，流血凶殺，更是司空見慣，但看到這等殺人的手筆，亦不禁爲之一呆。

雷化方全身顫動，雙目圓睜，眼角裂開，兩行鮮血，順腮而下。

申子軒似已瞧出情形不對，伸手抓住了雷化方道：「五弟，鎮靜一點！」

一掌拍在雷化方背心之上。

雷化方長長吐一口氣，道：「十年心血白費了。」淚水奪眶而出，混入鮮血流下。

申子軒沉聲說道：「你仔細看看是不是咱們的人。」

雷化方點頭應道：「不錯，都是小弟邀約而來的武林高手。」

申子軒暗暗忖道：「能在短短半日時間內，連殺數十個武林高手，實是罕聞罕見之事，那人之能，確是有些可怕，看來，慕容大哥之仇，今生難望報得了。」

心中念轉，口中卻緩緩說道：「事已至此，五弟也不用難過了，振起精神，善後要緊。」

雷化方突然舉步，直向墓前衝去。

申子軒急急喝道：「五弟不可……」右手閃電而出，扣住了雷化方的右腕，同時高聲說道：「朋友這份能耐，申子軒很是佩服，不用躲在暗處了，大丈夫敢作敢當，何不請出一

見。」

語聲甫落，一個全身黑衣的老人，應聲由墓後緩步而出，說道：「申兄還活在世上嗎？」

申子軒雙目神凝，打量了那人一眼，駭然說道：「七步追魂金元坤。」

金元坤仰天打個哈哈，道：「想不到申兄還能認識兄弟……」語聲頓住，臉色一變，接道：「申兄佝背毀容，在江州隱居了二十年，竟未為人發覺，那是不能不叫人佩服了。」

申子軒一時間，不明那金元坤說話之意，沉吟了一陣，道：「金兄到這荒涼的墓地中來，可是懷念故友，到此憑弔的嗎？」

金元坤輕輕咳了一聲，道：「區區雖在那慕容府中住過三日，不過，那也談不到什麼交情……」語聲微微一頓，接道：「區區此番再來，慕容長青已成古人，就是有點交情，那也是早已付諸流水了。」

申子軒冷然一笑，道：「這墓前一片人頭，想來也和金兄有些關連了。」

金元坤道：「哈哈！如非申兄提起，區區也是不便講了，這墓前人頭麼，只有一半是兄弟所殺。」

申子軒道：「另一半呢，不知是哪一位的手筆？」

但聞一聲冷笑，傳了過來，道：「區區在下。」

只見墓地之後，又行出一個黑髯飄垂的中年大漢來，這人穿著一襲長衫，背上插著長劍。

雷化方轉顧了來人一眼，訝然說道：「魔劍岳傑。」

此人乃南天三劍之首，劍上造詣非凡，武林中提起南天三劍之名，無不退避三舍。

雷化方定定神，緩緩說道：「閣下甚少到中原來，不知何故出現江州？」

岳傑望望那一片人頭，道：「這墓前人頭，一半是金兄的傑作，一半是兄弟的手筆，諸位有什麼事，不能把區區忘了。」

雷化方突然仰臉望天，縱聲大笑，久久之後才停了下來，冷冷說道：「兩位都是武林中成名的人物了，想不到竟然也甘心爲人奴役，受人驅使，怎不叫雷某好笑。」

金元坤冷冷說道：「雷化方，你這般污辱老夫，那是自尋死路了。」

雷化方緩緩由懷中摸出一支金筆，道：「今宵既然遇上了，咱們之間，總要有一方死亡……不過，在沒有動手之前，在下想先請教兩位一件事。」

金元坤和魔劍岳傑對望了一眼，道：「那要看閣下問的什麼事了。」

雷化方道：「兩位成名多年，江湖敬仰，對武林人物必守的一個信字，想必還不致棄置不顧，在下鄭重請問，那殺害慕容大俠的兇手是誰？」

金元坤冷冷說道：「不知道。」

雷化方道：「兩位不知那殺害慕容大俠的兇手是誰，難道也不知曉是什麼人派遣你們來此的嗎？」

魔劍岳傑接道：「雷兄死期已至，多問這些話，又有何用？」唰的一聲，抽出長劍。

雷化方緩緩舉起手中金筆，說道：「岳傑，你勝了在下手中金筆，在下死而無怨，如若是在下勝了岳兄，那又該當如何？」

岳傑冷冷說道：「岳某自信手中之劍，不在你雷化方金筆之下，這賭約如何一個打法，閣下儘管請說。」

雷化方道：「我如敗在你的手中，閣下這傑作之中，又可以多上一顆人頭了。但如是你敗

在我手中，只要岳兄說明受何人所遣來此即可。」

魔劍岳傑略一沉吟，道：「好，咱們就此一言爲定。」

長劍一抖，閃起一片劍花，刺了過來。

雷化方金筆疾起，一招「風雲四合」，金鐵大震聲中，擋開了岳傑一劍。

那藍衫人一直靜靜地聽著幾人談話，一語不發，但每一句話，他都已默記心頭，希望能從幾人對話中，聽出一些眉目。

抬頭看去，只見那雷化方和岳傑已然打得難解難分，劍氣縱橫，金筆閃光。

岳傑手中長劍愈來愈見凌厲，雷化方手中金筆相形見絀，已被圈入了一片劍光之中。只聽魔劍岳傑哈哈一笑，道：「江湖上盛傳金筆書生之名，看來也不過如此了，還不給我撒手。」

但聞雷化方厲聲應道：「未必見得。」緊接著火光一閃，響起了一聲金鐵大震。

申子軒暗暗嘆息一聲道：「完了。」

凝目望去，只見那雷化方手中的金筆，直指在魔劍岳傑的前胸要害。

岳傑手中之劍，跌落身左三尺以外。

明明是那岳傑佔盡了優勢，卻不料雷化方竟能在劣勢中，陡出奇招，一舉間擊落岳傑手中兵刃。

但聞雷化方冷冷喝道：「岳兄手中兵刃落地，算不算輸呢？」

岳傑冷冷說道：「在下敗得十分不服。」

雷化方淡淡一笑道：「在下時間不多，不能再給你另一個機會了。」

語聲微微一頓，厲聲接道：「什麼人派遣岳兄來此？」

魔劍岳傑道：「在下答應了，自然要據實而言，派在下來此之人嘛，只是一位十二、三歲的孩子，不知雷兄是否相信？」

雷化方想到那幽冥谷主，亦是受了一個十二、三歲的兒童之命而來，想他此言非虛，怔了一怔，道：「在下相信！」

岳傑原想那金筆書生必會斥其虛妄，料不到他竟然深信不疑，當下說道：「南天三劍，薄有虛名，決不會故作驚人之言。」

雷化方冷冷說道：「在下相信閣下並非虛語，不過，在下不解的是，以南天三劍的威名，怎會受一個十二、三歲童子之命。」

魔劍岳傑道：「咱們相訂之約，似是只限在下告訴閣下，受誰人之命而來，約言之外，岳傑即使知曉，也是歉難奉告了。」

突然雷化方金筆顫動，點了岳傑一處穴道。

魔劍岳傑心中驚覺，要待反擊已自不及，吃雷化方手中的金筆點中了左胸的「庫房」穴。

金元坤似是已瞧出那岳傑穴道受制，雙肩一晃，直撲過來。

突然間白光閃動，申子軒軟劍已出，一道森森寒鋒，劃出了一片劍芒，擋住了金元坤。

金元坤去勢快，回身更快，身子一挺，已然退回了原處。

申子軒緩緩說道：「兩位一舉間，殺了數十位武林高手，償命那也是應該的事了！」

金元坤右手探入懷中，摸出一對金環，分執雙手，道：「申大俠不用把話說得太滿，未動手前，還不知鹿死誰手。」

雙手一振，響起一陣叮叮咚咚之聲。原來，他手中一對金環，母環除外，還各套著一個子

環，子環上布滿著鋼刺。

申子軒暗運內力，一支軟劍，抖得筆直，說道：「在下只問金兄一句話。」

金元坤道：「好！請說吧！」

申子軒道：「人過留名，雁過留聲，金兄恐已過花甲之年，就算沒有意外，那也活不上多久了。」

金元坤若有所悟地嗯了一聲，道：「申兄不用多言了，勝得兄弟追魂金環，咱們再談不遲。」雙腕一振，兩手金環左右襲來。

申子軒軟劍振起，一招「風起雲湧」，幻起了一片劍氣。

只聽啵啵兩聲輕微的金鐵相觸，金環、軟劍一接即分。

申子軒軟劍重起，一招「神龍出雲」，點向金元坤的前腦。

金元坤左手金環陡然翻起，幻起一片金光，封住了申子軒的軟劍，右手金環疾起橫掃，撞向左肋。

申子軒身子一轉，避開金環，長劍如靈蛇出入，連變三招。

金元坤縱聲大笑，道：「好劍法。」

雙手金環齊齊振起，全身都在金環護守之下，叮咚聲中，把三劍一齊封開，藉勢反擊，左環一絞，巧快絕倫地套入申子軒長劍之上，用力一帶，把申子軒軟劍逼到一邊，右手金環乘隙而入，擊向申子軒前胸。

這一招惡毒至極，申子軒手中雖有兵刃，但因長劍為白金環套住，作用頓失，那是等於赤手空拳對付金元坤手中金環。

雷化方眼看申子軒手中兵刃受制，心中大是焦急，正待遞過金筆，突然申子軒大喝一聲，右手振動，身子疾轉，那套入金環的軟劍，在申子軒內力貫注振動之下，有如大蛇掉頭，忽的折轉，冷森的寒芒，掃向了金元坤的右臂。

這一招變出意外，奇幻難測，金元坤急縮右臂，已自不及，吃那軟劍鋒芒劃破了衣袖，傷及肌膚。

金元坤呆了一呆，收回雙環，道：「申兄劍法，果然高明，兄弟認輸了。」

他心中明白，如若申子軒軟劍再多入兩寸，一條手臂就要被生生斬斷。

申子軒收回軟劍，緩緩說道：「承讓了。」

金元坤輕輕咳了一聲，道：「申兄有什麼事，現在可以問了。」

申子軒道：「在下有一件事，思解不透，金兄親身經歷，或可解兄弟之疑……」頓了一頓，又道：「那殺害慕容大俠的兇手，一直隱身在幕後，不肯出面，但他卻能夠隨時奴役江湖上極有名望的高手，為他效命，這一點實叫兄弟想不明白。」

金元坤道：「說穿了，並無什麼稀奇之處，凡是受命而來的武林高手，不是有親人的性命控制於那人之手，就是自身有著危險，情非得已。」

申子軒道：「金兄可是被人先行迫服了毒藥？」

金元坤搖搖頭接道：「那人手段，比用毒更上一層。」

仰臉望望天色，道：「三更時分，在下傷勢即將發作，因此，在下必得在三更之前自絕而死，可惜的是，在下能夠告訴申兄的，只有這些。」

雷化方道：「金兄身手，並非等閒，難道就這般甘心受辱嗎？」

七　功虧一簣

金元坤神色滄然地說道：「勘破生死之關，是何等難能的功夫，兄弟就算不畏死亡，也無法忍受那椎心刺骨的痛苦，只有在傷勢尚未發作之前，自絕而死，免去忍受那無與倫比的痛苦。」

藍衫人仰臉望望天色，接道：「此刻時光還早，閣下身受何物所傷，尚望見告，也許區區可以效力。」

金元坤說道：「諸位一定要問，在下只好奉告了。」四下流顧一眼，接道：「那是一種細如牛毛的小針，刺入了血脈之中，那個針是順著行血流動，最遲十二個時辰，小針便隨行血刺入心臟之上。」

藍衫人道：「閣下現在可知那小針停留何處嗎？」

金元坤搖搖頭，道：「區區只知身上有兩枚小針，一枚行向心臟，一枚行向肝臟，據那下針人告訴在下，這兩枚小針，在今夜三更，隨行血刺上心、肝要害。」

申子軒道：「在下想到一事，不知可否請教金兄？」

金元坤道：「申兄儘管下問。」

申子軒道：「那個在金兄身上下針之人，是何模樣？」

金元坤道：「慚愧得很，兄弟根本未曾瞧到那人。在下不怕兩位見笑，那人一直在我背後，在下只看到他兩隻大手……」

語聲微微一頓，接道：「也許那兩隻大手，可能提供給兩位點線索，那兩隻大手，長滿半寸長的白毛，這是在下唯一可以告訴兩位的事了。

「兄弟所知道的，都已說完了，兩位保重，在下就此別過。」抱拳一揖，轉身大步而去。

申子軒知他不願自絕在眾人面前，想他亦算是武林中大有名望之人，竟然被人擺布得如此狼狽，不覺心頭愴然，長長嘆息一聲。

雷化方目光轉到了魔劍岳傑的身上，道：「那金元坤不惜死亡，說出內情，不失大豪傑的行徑。」

岳傑輕輕嘆息一聲，道：「我和他不同，兩位要殺便殺，別想從我岳傑口中，套出一句話來。」幾句話說的聲音很大，似是故意要說給什麼人聽到一般。

申子軒流目四顧了一眼，沉聲問道：「岳傑，算上金元坤，老夫也不信你們有這份能耐，能夠在很短時間內，連殺了數十名武林高手。」

語聲微微一頓，冷肅地接道：「那人手段毒辣，能迫你們爲他效命，老夫不信就不能使你說出實話。」

申子軒右手疾出，托住岳傑右肘關節，道：「岳兄先嘗嘗分筋錯骨的滋味如何？」雙手一齊加力，但聞格登一聲，岳傑右腕關節登時被錯開來。

但聞岳傑悶哼一聲，出了一頭大汗。

申子軒冷笑一聲，又道：「現在，岳兄再試試五陰絕穴被點的味道。」

魔劍岳傑雖然功力精深，但也無法忍受這等錯骨分筋的痛苦，五陰絕穴如若被點，更是難以忍受，那痛苦有如萬蟻鑽心一般，不論何等高強武功，也是難以忍受，不禁心生寒意，重重咳了一聲，道：「南天三劍，只有岳傑一人被擒……」

申子軒厲聲接道：「老夫點了你五陰絕穴之後，還要挑斷你雙足筋脈，我不信你是鐵打的金剛，銅澆的羅漢。」

舉起的右手正待擊下，突聞一聲冰冷的聲音飄傳過來，道：「住手。」

只見火光閃動，五丈外突然亮起了兩個藍色的火把。深夜無月，孤墓荒涼，那兩支藍色的火把，光線十分暗淡，在夜風中不停的搖顫，若有若無。

火把後聳立著一個高大的人影，不見面目，只覺長髮在夜風之中飄動。

劉五成凝目望去，希望能看到執著火把的人，哪知兩支藍色火把，有如懸空而生一般，獨不見執握之人。

申子軒隨手點了岳傑的穴道，沉聲說道：「五弟，如若事情有變，先殺岳傑。」

探手抖出腰間軟劍，緩緩接道：「閣下也不用故作神秘，報上名來，申子軒敬候教益。」

那人緩緩轉過身來，現出一張奇長的馬臉。幽暗的藍色光焰下，無法看清面貌，只見他一對奇大的眼睛閃閃生光。

雷化方駭然叫道：「馬面閻羅。」

長臉人呵呵大笑，接道：「正是老夫，哈哈……」

笑聲頓住，語氣又轉冷漠，道：「三十年前，在四川峨眉山上，老夫曾受過慕容長青一次救命之恩，大丈夫自不能受恩不報。不過……」

申子軒道：「不過什麼？」

馬面閻羅道：「不過老夫只能幫助諸位一件事情。」

申子軒道：「一件事？」

馬面閻羅道：「不錯，諸位儘管選一件爲難之事。」

申子軒沉吟了一陣，道：「在下只問一件事，哪裡可以找到那殺死慕容長青的兇手，閣下如若能夠說出他的姓名，那是最好不過了！」

馬面閻羅沉吟了良久，道：「老夫也不知他的姓名，也未見過那人，但老夫可以指明一個去處，你們去那裡瞧瞧，能否找出兇手，要看你們的造化機智了。」

長長吁了一口氣後，接道：「江州城外，有一座唐氏茶園，園中有一座品茗閣，兩位知道嗎？」

申子軒點頭應道：「在下知道。」

馬面閻羅道：「唐氏茶園之中，是唯一能夠探得殺死慕容長青兇手的地方。」

申子軒道：「唐氏茶園品茗閣中？」

馬面閻羅道：「不錯，你不用再想多問一句話了。老夫爲探得這一點消息，已費了九牛二虎之力，以後的事要靠你們自己了。」

語聲微微一頓，接道：「南天三劍和老夫素無源淵，但老夫要勸你們一句話，此刻你們不宜隨便殺人結仇；據老夫所知，大部分出面和你們爲敵之人，都非出自心願，情非得已。老夫言盡於此，是否肯聽，那是你們的事了，老夫就此別過。」

也不待申子軒答話，轉身一躍，人蹤頓杳，那兩支藍色火把，也同時熄去隱失。

剎那間，荒涼的墓地中，又恢復了幽暗、寂靜。

雷化方輕輕嘆息一聲，道：「二哥，這究竟是怎麼回事，小弟實在糊塗了。」

申子軒神色嚴肅的低聲應道：「我也無法知曉，不過，他勸咱們不要殺人結仇，那是不會錯的。」

轉身行到魔劍岳傑身側，接上了岳傑的錯骨，解了岳傑穴道，道：「岳兄請去吧！」

岳傑回頭行了數步，突然又轉了回來，低聲說道：「這些人，並非兄弟所殺。」言畢轉身放腿，疾奔而去。

只見藍衫人突然撩起長衫，對那排列整齊的人頭，大拜三拜，豁然淚下。

雷化方望了那藍衫人一眼，道：「二哥，小弟有一事，想不明白。」

申子軒道：「什麼事？」

雷化方道：「看來，咱們早已在那兇手掌握之中，只要把咱們殺了，豈不一了百了，世間再無人敢出面替慕容大哥報仇，不知那人何以不肯如此，卻轉彎抹角地迫使很多武林高手，出面和咱們為敵。」

申子軒道：「他留著咱們，看來是別有作用……」

目光一掠地上人頭，接道：「數數幾個人頭，把他們埋起來吧！」

藍衫人應聲出手，就地挖了起來。他內功精湛，一運氣，雙手有如十根鐵條，片刻間挖了一個數尺的土坑。

申子軒輕輕嘆息一聲，道：「情勢迫人，只好一切從簡，入土為安，先把人頭埋起，日後再為他們修建墓地。」

藍衫人淚水盈睫，把二十三顆人頭一一排放土坑，緩緩塡上沙土。

申子軒首先拜倒地上，雷化方、劉五成以及白衣女、方虎兒，齊齊拜倒。

群豪拜罷起身，申子軒回望著那藍衫人，道：「孩子，這些人既非慕容大俠的親人、弟子，亦未必受過那慕容大俠的恩澤，但他們都爲慕容大俠拋了頭顱，你要牢牢記在心中，日後，出人頭地，別忘記這些一無棺木收殮，二無紙紮錢花，草草埋葬的二十三位義士。」

藍衫人道：「小姪有生之日決不敢忘懷此事。」

申子軒拂拭一下臉上的淚痕，道：「咱們走吧。」

雷化方道：「行向何處？」

申子軒道：「回到慕容府中。」

雷化方道：「慕容府中？」

申子軒追：「不錯，大哥故居那亭台樓閣，只怕此刻都已荒蕪，咱們也該去打掃一下了。」

申子軒當先帶路，離開了慕容長青那荒涼的墓地。

行出林外，幾人奔行迅速，不過片刻工夫，到了一座修竹環繞的高大莊院前面。這是座建築宏偉的莊院，夜色中望去，只見樓閣重疊，門樓前面，一對白玉獅子，依然分踞兩側，黑漆的大門緊緊地關閉著，金色的門環在星光之下閃閃生輝。申子軒黯然一嘆，不勝物是人非之感。

雷化方流目四顧了一陣，低聲說道：「二哥，情形有些不對。」

申子軒道：「什麼不對了？」

雷化方道：「兩月之前，小弟路過江州，乘明月之夜，曾在環莊竹籬中，偷看大哥宅第一眼，那時，門環上銅鏽斑爛，一對白玉獅子上，也滿是積塵，此刻，門環明亮，玉獅上積塵已清，似是有人擦拭清掃過的一般。」

申子軒心中一凜，道：「咱們進去瞧瞧吧。」直向大門行去。

雷化方當先帶路，他舉動十分小心，一面運氣戒備，右手也同時探入懷中摸出金筆，只見金筆一伸，挑起了門上銅環，接著一抬右腳，踢在木門之上。

只聽砰然一聲，木門卻依然緊閉，原來裡面已被人拴上。

雷化方暗加內力，揚起右掌，正待擊毀木門，卻聽申子軒沉聲說道：「五弟，不可毀傷大哥故物，咱們越牆而入！」話未說完，人已騰空而起。

雷化方正待隨身躍起，突聞砰然一聲，申子軒躍起的身子又落了下來，緊接呀然一聲，木門大開。

一個冷漠的聲音，由門裡傳了出來，道：「什麼人這等無禮，放著大門不走，竟敢翻牆越壁？」

另一個滿帶酸氣，聲若吟詩一般的接道：「棄門越壁，非偷即盜也。」

暗淡星光下，只見兩個衣著不同的老叟，並肩而立。左面一人頭戴儒巾，身著青衫，右手執著一柄銀尺，左手捧著羊皮封底的厚書。右面一人，身著深藍色勁服，背上插劍，腰間掛刀。這兩人除了衣服不同，一文一武的裝扮之外，年齡都在五十以上，都留著花白的山羊鬍子。

雷化方打量了兩人一眼，緩緩說道：「兩位何許人，怎會在慕容府中？」

那青衫老叟搖頭晃腦地接道：「咱們路過此地，暫借慕容府小住。」

青衣老叟道：「大好樓閣，任其荒涼，豈不是暴殄天物乎？」

申子軒行前兩步，道：「兩位膽敢宿居慕容府中，定然是大有來歷的人物了。」

青衣老叟點點頭大笑，道：「當之無愧也。」

申子軒心中暗道：「此人酸腐之氣甚重，口氣卻如此托大，來歷十分可疑。」心中念轉，口中卻道：「兩位識得慕容大俠嗎？」

勁裝老叟冷然道：「聞名而已。」

申子軒先是一怔，繼而哈哈大笑，道：「兩位既然不識慕容大俠，自是也不認識區區了。」

青衫老叟道：「你叫什麼名字？」

申子軒心中忖道：「目下情勢，已然明朗，只怕我們的行動，早已在那兇手的監視之中了，那也不用再隱諱姓名。」當下應道：「區區申子軒。」

那青衣老叟重複一句道：「申子軒。」

右手銀尺在左手羊皮書上一挑，低聲唸道：「申子軒，人稱中州一劍，和慕容長青、九如大師、紫雲宮主、金筆書生，有結拜金蘭之義，其人長髯飄逸……」

唸至此處，抬頭打量了申子軒一眼，道：「閣下不像啊！」

申子軒一皺眉頭，暗道：「原來他那本羊皮厚書之上，竟然是記載著武林人物的姓名形貌，這倒是武林中從未有過的事。」口中冷冷說道：「在下確是申子軒，兩位信與不信，那都

無關緊要。不過，這府第乃慕容大俠故居，兩位定是早已知曉了？」

青衣老叟接道：「咱們路過此地，見這座大宅空著無人居住，就借住於斯，住下之後，才知是慕容長青的宅院。」

申子軒望了兩個老人一眼，心中暗道：「這兩人不像是殺害慕容大哥的兇手，內情底細未能全盤了然之前，先行忍耐一些才是。」輕輕咳了一聲，道：「兩位住入此宅，可曾有人來此驚擾嗎？」

青衣老叟道：「諸位是第一批了。」

申子軒突然一抱拳道：「現在，兩位可以請出去了。」

青衣老叟呆了一呆，道：「為什麼？」

申子軒冷冷說道：「兩人既知在下身分是那慕容長青的義弟，慕容長青已死，在下自有權管理這座宅院了。」

青衣老叟晃著腦袋說道：「話雖有些道理，只可惜此事咱倆做不得主。」

申子軒乾咳兩聲，道：「這麼說來，在兩位之上，還有主事之人了？」

青衣老叟道：「正是如此。」

申子軒略一沉吟，道：「貴上何許人，不知是否講理？」

勁裝老叟道：「這個麼？恕在下無法做答。」

申子軒心中暗道：「適才這勁裝老人和我對了一掌，掌力雄渾，似猶在我之上，想不到在他們之上，還有主事人物，那人必然是一位盛名卓著的高人了。」

心中念轉，口中卻沉聲說道：「兩位既是無法做主，那就請帶在下去見貴上，在下直接和他談判就是。」

只見那青衣老叟連連點頭，道：「嗯，也只有如此了。」轉過身子，緩步向前行去。

足足等了一頓飯工夫之久，才見那青衣老叟急步走了回來。

那青衣老叟微微一笑，望著申子軒等說道：「諸位一定要見敝上嗎？」

申子軒道：「當然要見。」

青衣老叟神色肅然地說道：「如真要見，第一，諸位請放下兵刃，寸鐵不帶，赤手空拳去見敝上；第二，去見敝上的人，只能限定三位，餘下之人，要留在此地。」

申子軒暗道：「不知何許人，這麼大的架子。」口中卻應道：「這三人也要閣下指定嗎？」

青衣老叟道：「那倒不用了，去見敝上的三人，由各位自己選定。」

申子軒回顧了雷化方一眼，道：「五弟，放下手中金筆。」

目光轉注到那藍衫人的臉上，道：「孩子，你帶有兵刃嗎？」

藍衫人道：「帶有兩支匕首。」探手從懷中摸出，投擲於地。

申子軒目光一掠白衣少女、方虎兒和劉五成，道：「你等在此等候。」

青衣老叟望望地上的兵刃，道：「老朽帶路。」

穿過了三重庭院，到達了大廳前面。

青衣老叟停下腳步，緩緩說道：「到了，三位請略候片刻。」

過了一盞熱茶工夫，突見大廳中火光一閃，亮起了兩盞白綾幔遮的紗燈。

耳際間傳過來那青衣老叟的聲音，道：「這是百年難求的機緣，敝上即將現身和諸位相見，諸位要小心了。」

申子軒凝目望去，只見兩個身著白衣白裙，襟插紅花，年約十三、四歲的少女，手中各舉一盞白紗燈，緩步走出廳門，分站兩側，高高把紗燈舉起。這時，大廳中反成了一片幽暗。

申子軒神情凝重，舉步向前行去。剛剛登上了三層石級，耳際間立時響起了一個嬌脆的女子聲音，道：「不想死，就快些退回去。」

申子軒怔了一怔，停下腳步。抬頭看去只見一個模糊的人影，出現在大廳。

一個清亮的聲音，由那人影處緩緩飄了出來，道：「你們要見我？」

那聲音美妙動人，聽得人心神欲醉。

申子軒運足目力望去，只見那人影十分嬌小，長髮披垂，在幽暗的大廳中，又穿著一身深色的衣服，看上去更顯得模糊不清。

忽然間，一陣清幽的花香，飄了過來。

申子軒輕輕咳了一聲道：「在下申子軒，乃慕容大俠的故友。」

那清脆聲音道：「我不管你是誰，也不管你是何身分，只要你告訴我，你是要我們搬走嗎？」

申子軒呆了一呆，道：「正是如此。」

那大廳模糊的人影，突然轉過身去，一眨眼消失不見。兩個襟插紅花的白衣女婢，也突然熄去了手中的紗燈，轉身行入大廳。

燈光、玉人，片刻間盡都隱失，只有那高聳的大廳，仍然屹立在夜色之中。

中子軒心知此刻這江州城中，雲集著無數的高手，這神秘的女子，決非等閒人物，是以亦不敢輕率地衝入廳中。

足足等候有半炷香的工夫，仍不見任何動靜，也不聞有絲毫回應之聲。

中子軒重重地咳了一聲，道：「姑娘意下如何？還望見覆在下。」

他一連喝問了數聲，始終不聞有人回應，舉步向廳中行去。

雷化方和藍衫人，緊隨在中子軒的身後，暗中運功，蓄勢待敵。

哪知事情竟大出了幾人的意料之外，三人行入廳中，除了聞到一股襲人的花氣之外，別無異狀。

雷化方右手一揮，晃然了火摺子，直向正東行去。

慕容長青在世之日，他們經常在這大廳之中聚會飲宴，這廳中的擺設布置，雷化方無不熟悉。

果然，在大廳一角仍擺著那張高可及人的燭台，燭台上還餘有剩殘的半支蠟燭。雷化方一揚手中的火摺子，燃起了蠟燭。幽暗大廳中，立時爲燭火照亮。

轉頭看去，只見拳頭大小的一朵紅花，端放在廳中一張八仙桌上。

中子軒伸手取過紅花，只見紅花之下，壓著一張素箋，展箋瞧去，只見上面寫道，「壁還宅院，司花令主。」除此之外，再也瞧不出可疑之處。

雷化方道：「這司花令主，行動雖然詭秘，但還是一個講理的人。」

中子軒似是突然想起了一件重大之事，啊了一聲，手中紅花，突然跌落在地上。

雷化方吃了一驚，道：「什麼事，花上有毒嗎？」

申子軒搖搖頭，道：「五弟，爲兄的想起慕容大哥在世之日說過的兩句話，『花令現，江湖變。』當時，爲兄的還曾經追問此事，何謂『花令』？大哥卻裝醉不答。」

申子軒突然舉步向前行去，雷化方亦心生警覺，三人依序穿過大廳，繞入了後院。

這是一座廣大的花園，足足有二畝大小，夜色中，隱隱可見那聳立的樓閣，一座廣大的荷池，佔了庭園的一半，但這廣大的庭園，已荒廢很久，野草叢生，高及腰際。

夜闌人靜，荒蕪庭院，三個人面對荷池，默然不言，內心中的感受雖不盡同，但悲痛傷感則一。

良久之後，申子軒突然低聲吟道：「蓮下石花，有書爲證，清茶杯中，傳下道統，依序尋得，大哥重生。」

沉默延續了一盞熱茶工夫，申子軒突然說道：「五弟，你可記得二十年前有一日，咱們五兄弟同在這荷池金蘭廳上飲酒垂釣，大哥突然取出一座白玉雕成的仙女石像，那仙女石像不是坐在蓮花座上嗎？」

雷化方點點頭，道：「當然記得！大哥後來還把仙女石像投入了荷池之中，說是咱們兄弟供奉的蓮花仙子！」

申子軒道：「五弟，你可記得慕容大哥把那蓮花仙子投入這荷花池何處嗎？」

雷化方凝目思索了一陣，道：「小弟記不清楚了。」

申子軒目光流動，四顧了一眼，道：「記得大哥那天還說過『龍口含珠』，你明白那是什麼意思嗎？」

雷化方沉思了一陣，道：「在那金蘭廳西北角上，有一座石龍，龍口雕有一顆珠子。不過，那石頭雕刻之物，難道還會有什麼含意不成？」

申子軒道：「那金蘭廳四個角的支柱，分別雕成龍、鳳、鶴、龜，咱們到金蘭廳上瞧瞧吧！」三人魚貫而行，進入了金蘭廳中。

廳中的件件物品，申子軒、雷化方都有著熟悉親切的感覺，二十年來物是人非，廳中的玉案木椅，仍然是完好無損。

申子軒心中雖然驚異，但口中卻隱忍不言，輕輕咳了一聲，行向西北角處。

石龍無恙，仍然張著大口，對著那廣大的荷池。

申子軒伸手探入龍口，抓住了龍口石珠，向左一旋，果然石珠竟是活的，急轉了幾把，石珠脫落，一股強烈的噴泉，由龍口中激射而出。

只見那噴泉高達兩丈有餘，飛珠濺玉，擊打著水中荷葉，響起一陣滴滴答答之聲，同時一陣啵啵之聲傳了過來，水面上突然浮起了一個形似竹籃之物。

只見那形似竹籃之物，緩緩晃動，直向金蘭廳畔游來。

雷化方伸手一抄，抓了起來，凝目望去，只見那竹籃中端放著一個白玉雕刻的仙女像，端坐在一座蓮台之上，不禁呆了一呆。

申子軒道：「快些取過石像，放下竹籃。」

雷化方依言取過石像，輕輕嘆息一聲，道：「咱們兄弟在這金蘭廳上，聚會了不下數十次，小弟竟不知這荷池中，還有機關。」

申子軒取過石像，微微用力一旋，果然，那石像和蓮台的結合之處，也是用螺旋結合在一起。

在那石像下的蓮座中，放著一塊緊緊折疊的白絹。只見那白絹之上，寫著很多小字，顯是在說明一件很重要的事情。

夜色幽暗，申子軒雖然有著過人的目力，也無法瞧得那白絹上的文字，當下說道：「五弟，咱們換一個地方。」拉起那藍衫人，離開了金蘭廳。

直奔到假山旁邊一塊大岩之下，用手一推，一扇石門，應手而開，說道：「五弟，還記得此處嗎？」

雷化方道：「醒心洞，昔年大哥每遇上爲難之事，就入此洞之中，靜思幾日，然後才作決定。」

雷化方身子一側，搶在前面，道：「小弟帶路。」手執金筆，當先開道。

這條石道深通在假山之內，三人轉過了兩個彎，到了一座石室門外。

雷化方推開石門，當先而入。

慕容長青當年修此室之時，設計十分周到，這石室雖在假山腹中，但空氣卻十分流通，身在石室，並無不適之感。

雷化方晃燃了手中的火摺子，只見二十年來石室依舊，靠西首壁處，仍放著一具石榻，石榻上虎皮宛然，尚未損壞。

申子軒輕輕嘆息一聲，伸手從燈架之上，取下一盞琉璃燈來，雷化方燃起燈火，室中頓時大亮。

申子軒展開手中白箋看去，只見上面寫道：「二弟機謀過人，如若小兄的料斷無錯，此書可入二弟之手……」

雷化方輕輕嘆息一聲，道：「大哥早已算定了這封信要握在你的手中了。」

申子軒凝目向下望去，只見寫道：「為兄死因，早已播種，由來樹大招風，諸位賢弟目睹此書之時，萬望能強忍悲痛，不可自亂方寸……」

雷化方當下說道：「二哥，大哥似是在很早以前，就已經知曉此事了，所以他才把咱們全都遣走，離開江州，免得和他同時遇難，大哥啊，大哥，這又是何苦？」

申子軒強忍心中悲痛，繼續向下看去：「如若小犬隨我遇難，諸位賢弟千萬不要興動為我報仇之念，但為兄看小犬並不似早夭之相，萬一他能逃出毒手，為人所救，只怕也難明白自己身世，小犬左足足心之處，有著一塊黃豆大小的黑痣……」

看到此處，申子軒、雷化方都不禁為之一呆，兩人相互望了一眼，內心中同時有一種急於了解的衝動。

申子軒輕輕嘆息一聲，道：「咱們先證明他的身分，看他是否是慕容大哥的骨血。」

伸手脫去了那藍衫人腳上靴子，凝目望去，只見藍衫人左腳腳心之上，果然有一顆黃豆大小的黑痣。

藍衫人說道：「兩位老前輩可證實了晚輩的身分麼？」

申子軒神情激動，緩緩說道：「委屈你了。」

藍衫人神情肅穆，緩緩說道：「兩位老前輩，可否明示晚輩，是不是慕容長青之子？」

申子軒道：「令尊留下的遺書，證明了你的身分。」

藍衫人突然流淚說道：「兩位叔父在上，請受小姪一拜。」撩起長衫，拜伏於地，放聲而哭。

他忍在心中的悲苦、委屈，在這一哭之中，全部發洩了出來，歷久不絕。

申子軒舉手一掌，拍在那藍衫人背心之上，說道：「孩子，你既明身世，當知這為父復仇的擔子，是多麼沉重，理該發奮而起，別讓這憂苦、悲傷，侵蝕了你的雄心大志。」

藍衫人停下大哭之聲，站起身子，道：「二叔父教訓的是。」語聲微微一頓，又道：「小姪此刻還不知道名字，不知先父遺書上是否提到？」

申子軒道：「應該是有。」

就燈閱讀，繼續向下看去，只見寫道：「小犬之名，為兒已取定雲笙二字，諸位賢弟如能遇得到他，還望能代我管教，笙兒如見此字，那就如見父面，此後要好好的聽從你諸位叔父之命。慕容長青留上。」

看完了絹上留書，申子軒和雷化方也不禁黯然淚下。

八　仁義寬大

慕容雲笙舉手拭去臉上的淚痕，緩緩說道：「小姪身世既明，兩位叔父心中的疑慮盡去，就此刻江州形勢而言，我們已處下風，敵暗我明，我們隨時可能受人暗算。」

申子軒道：「正因如此，咱們才應該小心應付，強敵不但行動神秘，而且手段惡毒……」

看了雷化方一眼，接道：「如若咱們未遇上慕容賢侄，亦可孤注一擲，不計成敗生死，找強敵一拚，但此刻情形不同了，咱們都不能輕易言死，而且要振起精神，全力求生。」

雷化方道：「石下蓮花之秘已解，但那清茶杯中，傳下道統，卻似另指一事。」

申子軒道：「清茶杯中，傳下道統，以小兄推斷，必然是慕容大哥畢生心血所聚的武功、拳劍，此事關係重大，日後能否為大哥報仇，就在咱們能否尋得那傳下的道統了。」

語聲微微一頓，道：「走！咱們再回金蘭廳去，也許遼闊的荷池，可以幫咱們憶起往事，有助咱們想起大哥的話。」

雷化方道：「小弟帶路。」

三人出得醒心洞，穿過草叢，又回到金蘭廳上。

雷化方、申子軒都在用心搜索記憶，希望能想出一句話來，啓發那清茶杯中的隱語，苦思

不言。

慕容雲笙一向不喜多言，而且申子軒、雷化方又都是談得二十年前的事，更是接不上口，只好默然相隨，一語不發。

足足有一頓飯工夫之久，驀地，一陣急促的步履聲，傳了過來。

申子軒霍然站起，暗道：「忘了雲兒等人，只怕是他們找來了。」

雷化方、慕容雲笙也隨著站了起來，暗自運功戒備，三人隱入金蘭廳暗影之中，凝目向外看去。

但聞一個尖厲的女子聲音，說道：「他們走了，不信你們自己搜查。」

申子軒心頭一震，暗道：「這不是雲兒的口音嗎？難道他們已經被生擒了不成，這孩子猶未成年，但卻聰明得很，這幾句話聲音甚高，那是有意傳警了。」

忖思之間，突聞一個冷厲的聲音，說道：「臭丫頭年紀最小，花樣卻是最多，這等傳警之法，也敢在老夫面前賣弄。」

但聞另一個冷冷的聲音說道：「咱們先讓這丫頭吃些苦頭，我不信她是鐵打的人，只有她尖叫呼疼之聲，可以逼使那雷化方現出身來。」

但聞雲兒罵道：「你們三個老不死，施用詭計擒住我們，讓人心中好不服氣。」

只聽另一個沙啞嗓門聲音接道：「兵不厭詐，妳這小丫頭懂得什麼。」

緊接著，傳來砰然一聲輕震，和雲兒輕微嬌吟，這聲音低沉異常，顯然是雲兒已用了最大的忍耐，仍無法忍受得住，才發出這聲低沉呼叫。

一陣呵呵大笑之聲，劃破了靜夜，道：「看不出這小丫頭，竟是很有骨氣，三弟那一掌，

怕不已拍斷她的左肘關節。」

雷化方只覺胸中熱血沸騰，再也無法忍耐，正待開口，慕容雲笙已搶先說道：「兩位叔父，咱們不能讓一個小姑娘代咱們受苦，小姪去會會他們。」

也不待申子軒答話，人已縱身而起，一式燕子抄水，從金蘭廳上越過荷池，直飛到荷池岸畔，才落著實地。

雷化方估計這一段距離，大約有三丈左右，不禁為之一呆，低聲對申子軒道：「二哥，慕容賢侄的武功不知跟何人學成，其成就似是已經不在我們之下。」

說話之間，瞥見火光一閃，亮起了兩支火把。

雷化方目光一轉，只見三個著灰色長衫，一般枯瘦的中年人，分別抓著方虎兒、雲兒和劉五成。在三人兩側六、七尺處，各自站著一個勁裝大漢，每人手中高舉著一支火把。

申子軒冷冷喝道：「我道是什麼人，原來是湘西三位活殭屍。」

那居中而立的男子似是三人之首，仰臉打個哈哈，道：「閣下什麼人？」

申子軒冷冷說道：「中州一劍申子軒。」

緩步向前行去，一面冷冷接道：「久聞你們湘西三位活殭屍，武功別走蹊徑，練成了殭屍奇功，今宵在下很想見識一下。」

但聞慕容雲笙插口說道：「不敢有勞二叔父，由小姪對付他們吧。」

喝聲中人影一閃，疾逾飄風一般，直向三人衝去，右手一抬拍出一掌，擊向那居中人的前胸。

那居中的灰衣人眼看慕容雲笙出手的快速身法，已知遇上勁敵，突然一帶手中的雲兒，迎

向慕容雲笙的掌勢。

雲兒被點了穴道，無能反抗，只有任由別人擺布。

慕容雲笙似早已料到了此著，右手一縮，收回掌勢，身子突然一個急旋，有如蝴蝶穿花，一個大轉身，竟然繞過了雲兒，直欺近那居中灰衣人的身側，左手同時伸出，扣向那灰衣人的脈門。

這一著身法奇奧，手足配合得恰當無比，而且行動快速，有如電光石火，一閃而至。

那居中灰衣人似是未曾料到這少年身法如此奇奧，眼睛一花之下，對方左手五指已然扣向脈門，他如不棄去手中抓住的雲兒，右手脈門非被慕容雲笙的左手搭上不可，情勢迫人，自救要緊，只好鬆開雲兒，一吸丹田之氣，陡然退後五尺。

慕容雲笙右手一回，抱起雲兒，暗加勁力。猛然一推，雲兒身不由主地離地而起，直向申子軒飛了過去。

慕容雲笙救了雲兒之後，並不稍停，轉身一躍，撲向右首灰衣人，左手抬起，疾向那灰衣人點了過去。

右首灰衣人手中拉著劉五成，他眼看慕容雲笙救人的身法，奇快驚人，早有了戒備，眼看慕容雲笙撲來，立時揚手拍出一掌。

兩人幾乎同時出手，那灰衣人掌力擊來的同時，慕容雲笙的指力亦點了出去。

那灰衣人感覺到一股尖厲的暗勁，迎著掌力擊來，心中大吃一駭，暗道：「這人好強猛的掌力。」急急向旁側閃去。

慕容雲笙身子突然兩個急轉，又巧又快地欺到那灰衣人的身前，大喝一聲，放手呼的劈他一掌。

右首灰衣人手中拖著劉五成，運轉大感不靈，在慕容雲笙的快速攻勢之下，只好鬆手放開了劉五成。

慕容雲笙旨在救人，飛起一腳，踢向那灰衣人，左手一探，已把劉五成抓了過來。待那灰衣人提聚真氣想回手反擊時，慕容雲笙已抱起劉五成飄身而退。

回頭看去，只見雷化方拳掌齊施，迫得那左首灰衣人應接不暇，鬆手放開了方虎兒。雷化方用心也在救人，抱起方虎兒，倒躍而退。

湘西三位活殭屍，在武林中亦是大有名望之人，但卻在片刻中被人救去了手中之人，心中既是憤怒，又是驚駭。

那居中的灰衣人較為持重，生恐兩位兄弟在激怒之下，躍攻出手，急急一舉雙手，互擊了一掌，左右兩側的灰衣人聽得掌聲之後，立時向中間會聚，三人合在一起。

申子軒眼看人已救回，不用急切動手，緩聲說道：「在下與三位素無來往，更談不上恩怨二字，三位聯手相犯，不知是何原因？」

仍是那居中之人回道：「咱們久聞金筆書生和中州一劍之名，今宵如不能好好領教一番，那可是終身大憾了。」

申子軒已知三人惱羞成怒，準備出手，心中暗作盤算道：「如是他們沒有後援，單是這湘西三位活殭屍，那倒好對付了；只怕這三人是開道先鋒，隨後即有高手趕來，動上手萬一被三人纏住，那可是大大麻煩的事，但如就此退出慕容府，實又心有未甘。」

目光轉處，只見湘西三位活殭屍身子筆直，一蹦一蹦地向三人逼了過來。

雷化方低聲說道：「二哥和賢侄，可要兵刃嗎？」

說話之間，已將四支金筆齊齊摸出，分遞向申子軒、慕容雲笙。

申子軒接過一支金筆，說道：「五弟帶虎兒和這位劉兄等先退出去，在老柳樹下相會。」

雷化方道：「小弟遵命。」

申子軒揚手劈出一掌，低聲對慕容雲笙道：「咱們先替他們阻擋追兵。」

但見那居中灰衣人橫裡一跳，避開了申子軒一記劈空掌力。

申子軒一揚手中金筆，道：「看來我們勢必一戰不可了，但不知三位是一齊上呢？還是一個個來？」

這時仍由那居中人應道：「你們一個人，咱們是三個人一齊上，你們千軍萬馬，也是我等三人。」

但聞那居中灰衣人冷笑一聲道：「說完了嗎？」突然平平地舉起右臂，一跳而起，身子筆直，直向申子軒衝了過來。

武功一道，講究的是靈活、快速，出手一擊中，半蘊防敵之勢，所謂拳不發老，招不用盡，像這湘西三位活殭屍的攻勢，直挺挺地衝了過來，那是聞所未聞，見所未見了。

申子軒看那衝來之勢，有如一根鐵樁直撞過來一般，倒也不敢硬接，身子一閃，避了開去。

但聞颯然風去，又是一條人影，直撞過來。

申子軒心中暗道：「想不到他們這直撞直擊的來勢，竟然也是如此之快。」心中念轉，人卻又向一側避開。

腳步尙未站穩，呼的一股勁風，又撞了過來，湘西三位活殭屍，似是集中全力攻向申子軒一人，反而把慕容雲笙丟在一側。

突然聽得砰然一聲輕響，傳入耳際。顯然，三人攻勢愈來愈快，那申子軒閃避不及，只好硬接了三人一招。

慕容雲笙霍然警覺，暗道：「他們三人合攻二叔一人，我怎麼不出手？」

凝目思索了一陣，突然想到了一個辦法，看準一人落地時，陡然出手，抓了過去。

就在他伸出的右手將要觸及那人的衣服之時，那灰衣人突然離地而起，向前直衝過去，頓覺一股勁風，襲了過來。

匆急之間，慕容雲笙只好舉手一擋，只聽砰然一聲，慕容雲笙硬接下襲來的一擊，那擊來之勢並不沉重，但慕容雲笙卻感覺到右手之上，一陣輕微的疼痛，心中大奇，不覺間抬起手來，看了一眼，但見右手完好如初，毫無半點傷痕。

但聞申子軒的聲音，傳了過來，道：「賢侄，受了傷嗎？」

慕容雲笙道：「右手微微作疼，但卻不見有何損傷。」

說話之間，又是一條人影撞了過來。

這一次慕容雲笙早已有備，身子微微一側，左手陡然劈出，正中那撞來人影的右後肩上。

但聞啪的一聲，那人被打得身子一沉，摔落在草地上。

慕容雲笙動作奇快，一掌擊倒那灰衣人後，立時縱身過去，飛起一腳，踢在那灰衣人腰間的「維道」穴上。

另一個摔在草地的灰衣人，亦被那申子軒點了穴道，這時，湘西三位活殭屍，已然有兩

個被點中了穴道，失去了抗拒之能，只餘下一個人，心知再打下去也難是人敵手，索性停下手來。

申子軒回顧那灰衣人一眼，道：「湘西三位活殭屍的奇功，也不過如此而已，閣下還有什麼能耐，可以用出來了。」

灰衣人道：「我們兩位兄弟雖然被兩位點中了穴道，但兩位亦都受了重傷，敢問閣下掌心或手指之上，是否有微微痛疼的感覺？」

申子軒道：「是又怎樣，兄弟並未感到有何特異之處？難道這會要人命嗎？」

灰衣人道：「不錯，如閣下不服咱們殭屍門的獨門解藥，三日內將毒發而亡。」

申子軒心中吃了一驚，但表面之上，仍然保持平靜，突然大邁一步，探手抱起一個灰衣人，低聲說道：「賢侄，帶著那灰衣人，咱們走了。」

申子軒目光一轉，望著那灰衣人，道：「如閣下說得不錯，我相信你這兩位兄弟身上，必有解藥。」縱身而起，直向園外行去。

慕容雲笙緊隨在申子軒的身後，飛躍而起，直向園外奔去。

那灰衣人眼看兩位兄弟被那申子軒和慕容雲笙帶走，只好跟在兩人身後行去。

申子軒似早已胸有成竹，奔出園外，直行正西，大約有六、七里路，到了一座小小的土地廟前，停了下來。

慕容雲笙原想申子軒定然會和雷化方等會合，卻不料他會跑到這等荒涼的地方來，心中大感奇怪，正待開口相詢，申子軒已搶先說道：「原來你們湘西三位活殭屍的手上，都戴著特

製的手套，在那手套中，藏了幾枚很微小的毒針，和你們對掌之人，在不知不覺中，爲那毒針所傷，而那毒針十分微小，中人之後，不見傷痕，亦不見血跡，待毒發而死，那人還不如何死去，你們湘西殭屍門的奇功，原來是如此的一個奇法。」

那灰衣人緩緩說道：「申大俠很細心。」

申子軒淡淡一笑，接道：「湘西三位活殭屍，那是大名鼎鼎了，但姓名卻還未曾聽人說起，兄台如何稱呼？」

那灰衣人道：「兄弟冷奇。」

申子軒道：「原是冷兄，在下失敬了。」

驀地，冷奇忽然探手從懷中摸出一個玉瓶，道：「這瓶中的丹丸，就是解毒之藥，申大俠拿去服用吧！」

申子軒微微一笑，先給了慕容雲笙一粒丹丸，讓他服下，然後自己也服下一粒，說道：「冷兄，兄弟還有一個不當之求，不知冷兄是否答允。」

冷奇道：「申大俠有何吩咐？先請說出，讓兄弟斟酌一下再作決定。」

申子軒道：「當年慕容大俠在世之日，對人寬厚異常，不料慕容大俠故世而去，那些受過他恩澤之人，竟然出面和他作對……」

申子軒仰天長嘆了一口氣，又緩緩說道：「但兄弟並不怪那些人，因爲他們生命受到威脅，那也是無可奈何的事了。」

冷奇點點頭，道：「說得是也。」

申子軒續道：「不過，大部分的人，在和申某見過面之後，都想到慕容大俠在世之日的恩

情，因而，都已化敵爲友，明裡助敵，暗中卻幫我申某的忙。」

伸手拍活了兩個灰衣人的穴道，接道：「兄弟追隨慕容大俠多年，武功未曾學到，仁義二字卻是不敢忘懷，冷兄請帶兩位兄弟去吧，此後爲敵爲友，那是任憑你冷兄了。」

冷奇一抱拳，道：「申兄大仁大義，冷某記在心中就是。」

目光一掠兩個灰衣人，道：「咱們走了。」轉身而去。

兩個灰衣人緊隨在冷奇身後，片刻間消失在夜色之中不見。

申子軒目注慕容雲笙，道：「孩子，眼下有兩件最重要的事，必得先給你說個明白。」

慕容雲笙道：「二叔父多多指教。」

申子軒道：「當今江湖之上，甚少有人知曉慕容大哥還有骨肉在世，因此，你的身分愈是隱秘愈好，最好不讓別人知曉。」

慕容雲笙道：「小姪記下了。」

申子軒道：「第二件事是要盡早設法，找出你父親留下的武功。」

慕容雲笙道：「二叔父之意，可是說要咱們潛伏在府中，慢慢尋找？」

申子軒道：「湘西三位活殭屍回去之後，對方即可知曉那司花令主已離開了慕容府，對方勢必派人去慕容府中搜索，咱們目下實力自是不能和人明鬥，只有隱在暗處，見機行事了。」

慕容雲笙點點頭道：「小姪聽候命令。」

申子軒道：「見著你五叔父時，暫時別提此事，我要設法先把雲兒等三人遣走。」

言畢，申子軒隨即緩步向前行去，而且舉動之間，十分小心，不住地四面探顧。

只見他繞入小廟之後，折向西北行去，腳步逐漸加快，片刻工夫，到了一座大水塘邊，一株高大的垂柳，生長在水塘旁邊。

中子軒一提真氣，飛入那垂柳樹茂密的枝葉之中。

慕容雲笙緊隨著一提真氣，飛躍而上，只見那雷化方、雲兒、劉五成、方虎兒，分別坐在老柳分叉的主幹之上。

雷化方低聲問道：「湘西三位活殭屍呢？」

中子軒道：「還留在慕容府中。」

語聲微微一頓，又道：「雲兒，妳還記得那蛇神湯霖的住處嗎？」

白衣女道：「自然記得。」

中子軒目光一掠劉五成、方虎兒道：「好，妳帶他們兩位到蛇神湯霖那裡去吧。」

白衣女道：「你和雷叔叔呢？」

中子軒道：「我和你雷叔叔還有一點事情，你帶他們兩位在那裡等我們就是。」

白衣女道：「現在就去嗎？」

中子軒道：「你們在天亮之前，當可到達蛇神湯霖的竹舍外面了。」

白衣女目光一掃方虎兒和劉五成，道：「你們跟我來吧。」跳下柳樹而去。

雷化方直待三人去遠，才低聲說道：「二哥遣走雲兒，想必有什麼行動了？」

中子軒道：「咱們要設法重回慕容府中，尋著大哥留下的道統。」

長長嘆息一聲，接道：「就目下情勢而言，如若無法尋著大哥傳下之武功，那是永無報仇之望了，因此咱們必得先想出那清茶杯中，所指爲何，再冒險進入慕容府中，尋出大哥留於世間的道統，使慕容賢侄能夠子承父業。」

雷化方低聲說道：「二哥卓見甚是，咱們就從此處推想。」

申子軒微一點頭，閉目思索起來。雷化方、慕容雲笙亦同時閉目苦思，不知東方之既白。

突然間，一陣木槳打水之聲，傳入耳中，驚醒了幾人，睜眼看時，已經是東方發白時分。

這時，老柳下水塘上，白霧迷茫中，一艘小舟，盪漾在水波之上，只見那舟之上坐著一男一女，兩人似是在低聲交談。

申子軒對那舟中男女瞧了一陣，低聲說道：「這一對男女很可疑，咱們先看清他們的來路再說。」

只見那小舟愈來愈近，片刻之間，行到了那老柳樹下。這時，太陽已漸漸升起，東方天際，泛起了一片絢燦的雲霞，水上白霧，愈來愈淡，已然清楚地可見那男女形貌。

只見那男的約二十四、五，一身深藍勁衣，白淨面頰，背上斜斜揹著一支寶劍。

那女的身著一身淡紅勁裝，身上披著一件淡紫色的斗篷，黃色的劍穗，隱隱透出了斗篷。

只見那男的縱身而起，跳上池岸，道：「咱們就此一言爲定，明日早晨，在下再至此地和姑娘相會。」

那紅衣少女舉手搖了一會兒，道：「好，明日還在此地相會，不見不散。」

日光照在那紅衣少女的臉上，只見她眼似秋水，面泛桃紅，年約二十左右，揮手微笑中，露出來一排排整齊的貝齒。這女人生得並不算美，只是顧盼間，別有著一股妖媚之氣，充滿著誘惑。

紅衣少女望著那藍衣少年背影消失之後，突然冷笑一聲，收斂了臉上的笑意，代之而起的是一臉肅殺之氣。

慕容雲笙暗暗忖道：「這女人不知是何許人物，笑起來動人心弦，但一變臉卻又是一副陰險惡毒的模樣，當真是叫人難以猜測。」

只見那紅衣少女緩緩把她乘坐的小舟，牽到一處水草密集之處放好，才縱身飛奔而去。

直待那紅衣少女去後良久，慕容雲笙才輕輕嘆息一聲，道：「兩位叔父，可知道這女子的來路嗎？」

雷化方接道：「看那女子的衣著裝束，使小弟想起一件事來。」

語聲微微一頓，接道：「據說有一個神秘幫會，名叫女兒幫，近兩年才在江湖之上出現，舉止神秘，幫中人物，全是美艷的少女，每人都佩著一朵紅花，局外人看不出來，但她們卻以那一朵紅花，分出在幫中的地位身分。」

申子軒沉吟了一陣，道：「有這等事？」

雷化方道：「小弟只是聽聞傳言，亦未曾見過那女兒幫中人物，那少女是與不是，小弟就沒法預斷了。」

申子軒目光凝注在雷化方的臉上，接道：「不論那姑娘是否是女兒幫的人物，但卻是一個極厲害的角色，看她年齡，不過二十上下，但她的舉止神情，卻是老練無比，實非她年齡所能相稱，其心機的深沉，的確是可怕得很。」

雷化方突然轉口問道：「二哥可曾想出了拒敵之策麼？」

申子軒淡淡一笑道：「五弟，要設法引敵人現出身來，以便找出他們在江州的巢穴所在。」

雷化方道：「二哥之意，可是以小弟作餌，引誘強敵現身追蹤，二哥和慕容賢侄再在強敵

之後追蹤，是嗎？」

申子軒道：「五弟對了一半，不過我想他們在江州必然有著極爲眾多的耳目，我們在他們之後追蹤，必極易爲人發現，因此，五弟要先想好行經的路線，我和慕容賢侄改裝停在要津，只要五弟行過，就可發覺追蹤你的人了。」

雷化方似是突然間想到了另一件重大的事，接道：「咱們追蹤強敵，豈不無法再進慕容府中，尋找大哥傳下的道統嗎？」

申子軒道：「五弟說得不錯，但小兄再三思考之後，覺著最好先行發覺強敵在江湖的巢穴、首腦，然後再回慕容府中。何況我們藉此時間，也可用心推想那清茶杯中隱語的奧秘，一旦能夠解得，即可趕回慕容府中，取出大哥留下之物。」

雷化方雙目盯注在申子軒和慕容雲笙的臉上，瞧了一陣，道：「二哥和慕容賢侄也該改裝一下才是。」

申子軒道：「咱們叔侄二人，扮作推車的，賢侄牽索，爲叔掌把，車上放些青菜，那就無處不能去了。」

雷化方道：「二哥和賢侄可以在此改裝了。我去替你們找車子來。」言罷轉身而去。

申子軒和慕容雲笙改扮完成，雷化方已找來了一輛木車和一車青菜，笑道：「小弟截到了一個賣菜的車夫，二兩銀子，連菜帶車一齊買了來。」

三人又仔細地研商了一陣，大步向前行去。

申子軒、慕容雲笙進入了江州城中之後，只見行人擦肩接踵，十分熱鬧。

三人早已計議妥當，雷化方先行入城，緩步而行，瀏覽街頭景物。

申子軒卻帶著慕容雲笙在一大酒樓旁停了下來，慕容雲笙靠在牆上，目光轉動，打量來往行人。

只見雷化方步履從容地行了過來，登上了兩人停車旁邊的大酒樓。

慕容雲笙目光一轉，只見一塊橫著的招牌，寫著「聽濤樓」三個大字。

申子軒順手從車把上取過一個圓竹做成的旱菸筒，裝上一鍋菸葉子，抽了起來，一面低聲對慕容雲笙道：「孩子，沉住氣，不論發現了什麼可疑的事物，都不要形諸神色，記著，你此刻不過是一個賣青菜的小販，最好能把目中神色，也斂收起來，別讓人瞧出破綻。」

說話之間，瞥見兩個身著武士裝，腰中佩刀的大漢，並肩而來，快步登上了聽濤樓。

慕容雲笙心中暗道：「這兩人勁服佩刀，那定是武林中的人物了，而且神色匆急，分明是有著很緊急的事了……」

心念未息，又瞥見一個身著白衣，頭戴黑色方巾帽，手搖摺扇，面色蒼白不見血色的少年，一步三搖地登上了聽濤樓。

申子軒道：「瞧到那白衣人沒有?覺得他有何不同嗎?」

慕容雲笙道：「小姪覺得他衣著很不調和，黑帽白衣，很鮮明也很刺目。他臉色很蒼白，不見一點血色，似乎是終年躲在房中，不見陽光。」

申子軒點點頭，道：「他那蒼白的臉色，並非是少見陽光之故。那是練一種很惡毒、很特殊的武功所致……」仰臉噴一口濃煙，接道：「江湖上有一個很奇特的門派，名叫白骨門，他們專練一種奇毒的武功，名叫白骨神功。

「凡是白骨門中人，一個個都是臉色蒼白，不見血色，而且愈是蒼白，內功也愈深，那黑帽白衣，正是他們白骨門中特有的標幟；他手中搖著的一把摺扇，就是他們的兵刃。

「這一門中人，習練的武功，十分詭異、惡毒，爲人行事，也和他們習練的武功一般。」

突然低下頭去，伸手理著車上青菜，道：「孩子，看看誰來了？」

九　仗義解毒

慕容雲笙抬頭看去，只見一個高大的漢子，內著勁裝，外罩黑色披風，短鬚如戟，肩頭上隱隱透出刀把。

緊隨在那人身後，一個面目姣好，個子瘦小，身著銀色披風的人，似男非男，似女非女，兩人前腳錯後腳，登上了聽濤樓。

慕容雲笙道：「這兩人小姪認識，他們是陰陽二怪。」

申子軒目光轉望了聽濤樓一眼，道：「這些人不可能這般湊巧地全都趕往聽濤樓吃飯，也許咱們來對了，這裡或將要發生什麼大事……」

忽見一位高大漢子向聽濤樓上行去。

慕容雲笙輕輕咳了一聲，道：「此人好生魁梧，其人必然臂力驚人。」

申子軒道：「何止臂力驚人，而且武功高強，掌力能碎石開碑。此人人稱破山掌曹大同，天生神力，加上一番苦功，練成曠古絕今的鐵砂掌力。不過，此人一向在陝甘邊區活動，此刻突然在江州出現，決然事非尋常了。」

慕容雲笙道：「二叔之意，可是說他也是受了指使而來嗎？」

申子軒道：「不錯，為叔的對此十分擔心，此人有些渾氣，如是受命而來，和咱們為敵，

你五叔的處境，確有些危險了。」

慕容雲笙道：「雷五叔認識他嗎？」

申子軒道：「如若他認識，心知警惕，那就好了，但為叔所知，他恐怕不認識此人。」

慕容雲笙道：「這麼說來，非得去通知五叔一聲不可了。」

申子軒沉吟了一陣，道：「孩子，這麼辦吧，你去換身衣服，上聽濤樓去，見機而作，暗中告訴你雷五叔，特別小心那曹大同和那白骨門下人物。」

慕容雲笙應了一聲，繞過兩條大街，到了一處僻靜的小巷中，匆匆換過衣服，重又回到了聽濤樓，緩步登樓而去。

只見雷化方坐在一處靠窗的位置上自斟自飲，那白骨門中的少年坐在靠窗樓梯口處一個桌位上，陰陽二怪坐在西首一張桌上，那破山掌曹大同獨霸一桌，居中而坐。

慕容雲笙換過衣服之後，恢復原先俊美形貌，四顧了一眼，緩步行在雷化方身後一張桌位之旁坐下。

雷化方目光轉動，望了慕容雲笙一眼，自斟了一杯酒，一飲而盡。

這聽濤樓上一向是座上客常滿，杯中酒不空，但此刻形勢卻大異往常，客人稀稀落落，想是樓上酒客，看到這些三山五嶽凶神一般的人物，都匆匆而去，不敢多留。

慕容雲笙心中暗暗想道：「這些人決不會這般碰巧地全集於此，定然是別有所圖了。」

忖思之間，突聞一聲悶雷般的大吼，道：「老子的酒菜怎麼還不上來，惹我動了火，拆了你這座鳥店。」他吼聲奇大，如雷轟般，滿樓回音激蕩，震得人耳際嗡嗡作響。

只見一個店小二慌慌張張跑了過來，打躬作揖說道：「你老息怒，酒菜馬上就到。」

曹大同又待發作，兩個店小二已然匆匆送上了酒菜，曹大同怒火頓消，立時吃喝起來。

慕容雲笙舉手一招，道：「店夥計。」

大約是店夥計已然瞧出了今日情勢有些不對，哈著腰跑了回來，道：「公子爺，要什麼，吩咐小人就是。」

慕容雲笙這舉手一招，立時引動了全樓人的注意，所有的目光，都投注了過來。

但聞陰怪尖聲尖氣地說道：「這人好面善，不知在哪裡見過。」

慕容雲笙望了陰陽二怪一眼，沉聲對店小二道：「我要一壺上好的茅台，四樣下酒的好菜，愈快愈好。」店小二應了一聲，急急而去。

陽怪重重地咳了一聲，道：「兄弟說的不錯，這人小兄也曾見過。」

雷化方心中暗道：「糟糕，慕容賢侄剛剛出道江湖，怎會有這樣多人認識他？」

忖思之間，突然步履聲響，一個又瘦又矮，臉色枯黃，留著稀疏花白山羊鬍的老人，緩步行了上來，四顧一眼，逕自行到慕容雲笙對面坐下。

慕容雲笙一皺眉頭，暗道：「樓上明明有甚多空位，他偏偏不坐，卻跑來和我坐在一起，看來此人實要留心一些才成。」

那留著山羊鬍子的老人，卻偏偏生著一對和形貌極不相稱的大眼睛，黑白分明，亮如寒星，瞪著一雙眼睛，不停地打量著慕容雲笙。

慕容雲笙被他看得心中冒火，但為了想一看究竟，強自忍了下去。

片刻之後，幾個店小二輪番送上了酒菜，那矮瘦老人也不叫菜，只低聲吩咐店小二道：「添雙杯筷。」

店小二不明內情，諾諾連聲地送上了杯筷。

慕容雲笙為人沉著，心中雖然不滿，口中卻是未言，自行斟了一杯酒，正待舉杯而盡，突聽那老人叫道：「年紀輕輕的，不懂一點禮數，哼，沒有教養。」

慕容雲笙霍然放下杯子，欲待發作，但卻又強自忍了下去，緩緩提起酒壺，替那老人斟了一杯，那矮瘦老人展顏一笑，道：「嗯，這還不錯，請啊！請啊！」端起酒杯一飲而盡。

慕容雲笙一杯酒還未沾唇，那老人已喝乾了杯中之酒，右手一伸，道：「再來一杯。」

慕容雲笙難再忍耐，但忽然想起了小不忍則亂大謀，只好又強行忍了下去，提起酒壺，替那老者斟滿一杯酒，放下酒壺說道：「老丈能吃多少，自管飲用就是。」

矮瘦老人倒是聽話得很，手不離壺，杯不離口，片刻之間，竟把一壺酒飲個點滴不剩。

慕容雲笙看得眉頭直皺，但卻不便出口阻止。

那矮瘦老人喝完了一壺酒，又舉筷吃菜，只見他不停地揮筷，片刻之間，把慕容雲笙叫的四盤菜吃個點滴不剩。

慕容雲笙菜未入口，酒未沾唇，坐在旁邊，直看得發楞。

那矮瘦老者吃完了四盤菜，伸個懶腰，道：「酒足飯飽，也該睡他一覺了。」說睡就睡，伏在桌子上閉目睡去，一轉眼鼻息可聞，竟自睡熟了過去。

慕容雲笙輕輕嘆息一聲，暗道：「這人行動怪異，也不知是何身分。」一面留心戒備，一面流目四顧，默查樓上諸人的神情。

這些人在同一時刻，由四面八方集會聽濤樓上，決非巧合，但這般人彼此之間，又似是並不相識，各行其是，看不出一點彼此有所關連的模樣。

但這些人神色間，都似有著一種渴望，似是等待著什麼？一個人，或是一件物品。

慕容雲笙正感奇怪之間，突聞一陣步履之聲傳了過來，樓梯口處緩步走上來一個賣藥的郎中，一身黑色長衫，左手提著一藥箱，右手提著一串銅鈴。

這賣藥郎中登上樓之後，流目四顧了一眼，緩步走向中間一個座位，舉起手中銅鈴一陣搖動，叮叮之聲，不絕於耳，他這怪異的舉動，立時引起了所有之人的注意。

那賣藥郎中搖過銅鈴之後，緩緩說道：「妙手起生死，靈丹療病疾，在下專治世間疑難雜症。」

突見那黑帽白衣的少年站了起來，大步行到那賣藥郎中座位之前，欠身說道：「在下腹中疼痛，先生可有治腹疼之藥？」

那賣藥郎中緩緩打開藥箱，取出一個藥瓶，倒出一粒丹丸，遞向那白衣人道：「這粒丹丸，專治肚疼，不過需得和人胸中鮮血飲下，才能藥到病除。」

只聽那白衣少年緩緩說道：「這樓上之人，哪一位鮮血最好？」

那賣藥郎中伸手指指靠窗而坐的雷化方，道：「區區之見，那人的鮮血最好。」

白衣人一揮手中摺扇，舉手將藥丸吞下，緩步對雷化方行了過去。

賣藥郎中又舉起手中銅鈴，叮叮咚咚，又搖了一陣。

慕容雲笙細聽那銅鈴之聲，竟是緩慢有序，似是有著一定的節奏。

鈴聲停下，那破山掌曹大同突然站起了身子，大步行到那賣藥郎中身前，說道：「在下腦袋很疼，不知先生是否有藥可醫？」

那賣藥郎中又倒一粒藥丸，道：「此藥專醫頭疼，不過，要人心作引。」

曹大同接過藥丸，粗聲粗氣地喝道：「先生看看，哪一個人的心最好作引。」

賣藥郎中哈哈一笑，指著雷化方道：「那人最好了。」

慕容雲笙霍然警覺，暗道：「我還道那郎中生性惡毒，要以人血作引，原來竟是一場有計劃的圍殺，好在我及時趕到，還可助五叔一臂之力。」

轉眼望去，只見那雷化方氣定神閒，舉杯而飲，對眼下的險惡情勢，似是根本未放在心上。

突聽一個尖厲的聲音叫道：「小心啊，那人摺扇之中，暗藏毒計。」

那賣藥郎中轉眼一看，只見矮瘦老者鼻息大作，又睡熟了過去，敢情他是在說夢話。

但見那黑帽白衣人，神情冷峻地緩步行到雷化方身前，停身說道：「你叫什麼名字？」

雷化方放下酒杯，淡淡一笑，道：「金筆書生雷化方，閣下怎麼稱呼，有何見教？」

白衣人啪的一聲，張開摺扇，略一揮動，又合了起來。道：「在下駱玉彪，至於在下的來歷，已在這摺扇之上，想來雷大俠必然識得。」

雷化方道：「白骨門中人物。」

駱玉彪道：「不錯，區區正是白骨門中人。」

重重咳了兩聲，道：「在下想借雷大俠胸中一點鮮血，不知肯否見賜？」

雷化方哈哈一笑，推杯而起，道：「雷某人在此地，血在胸中，駱兄有本領自管來取就是。」

駱玉彪輕輕咳了一聲，道：「當真嗎？」

右腕一沉，手中摺扇突然點向雷化方的前胸。

雷化方早已有備，身子一側，疾快絕倫地避開摺扇，右手一翻，腕底中一道金芒射出，直向駱玉彪右腕脈門之上點去，金筆已自袖中出手。

駱玉彪腕勢一沉，避開金芒，啪的一聲，張開了摺扇，橫裡削來。

突聞一聲悶雷般的大吼，道：「住手。」

原來是破山掌曹大同已然疾快地行了過來，冷冷說道：「在下破山掌曹大同，想借閣下之心，用作藥引，以療頭疼之疾，不知你朋友意下如何？」

雷化方淡淡一笑，道：「閣下想借人心作藥引嗎？在下倒可指示你一條明路。」

曹大同本帶三分渾氣，聞言一呆，道：「什麼明路？」

雷化方伸手指著那賣藥郎中，道：「那位穿黑衣的心肝最好。」

曹大同回頭看去，只見雷化方手指所指，正是那賣藥郎中，不禁怒火大起，道：「好小子，那明明是看病先生，你敢戲耍曹大爺。」右手一伸，疾抓了過來。

雷化方心中暗道：「這賣藥郎中，目下雖是指揮全局的人物，但看樣子卻未必是真正首腦，也許還有重要人物趕來，能拖延一些時間最好。」

心中念轉，人卻閃身避開，道：「且慢動手。」

曹大同道：「什麼事？」

雷化方哈哈一笑，道：「在下乃是大大有名的神醫，那位看病先生麼，乃是在下最不成材的一個徒弟，論醫術是最壞的一個，但他的心肝用作藥引，卻是最好不過。」

慕容雲笙心中暗暗讚道：「對付這等帶有三分渾氣的人，這倒是很好的辦法。」

曹大同怔了一怔，道：「這話當真嗎？」

雷化方神情嚴肅地說道：「在下是一向不說謊言……就區區看，兄台的頭疼之病，如用我徒弟心肝爲藥引，一個時辰之內，保你頭疼症永不再發。」

曹大同半信半疑地說道：「你如說了謊言，曹大爺非把你碎屍萬段不可！」

雷化方接道：「不信你去問問他。」

這曹大同當真是渾得厲害，竟然真的轉過身去，行到賣藥郎中身前，欠身一禮道：「看病的先生，那人說你是他最不成材的徒弟，不知是真是假？」

那賣藥郎中氣得全身直抖，冷冷地說道：「你當真渾得厲害！」

曹大同接道：「那人說的，怎能怪我。」

這人並非太渾，只是自以爲是的觀念很重，那賣藥郎中硬是被他鬧得有口難辯。

雷化方原來是想藉故拖延時刻，以查敵情，卻不料碰上曹大同這個渾渾噩噩的人物，竟然十分當真，不禁心中一動，暗道：「這些人既是不擇手段，迫使很多莫不相干的武林人物，和我等爲敵，難得遇上這麼一個渾人，何不借此機會使他們窩裡反，自相殘殺一場。」

心念一轉，高聲說道：「你這忘恩負義之徒，爲師的傳你醫術，是希望你濟世活人，料不到你竟憑仗醫術，用以害人，施下毒物，使這位患上頭疼之症……」

曹大同聽到此處，早已忍耐不住，大吼一聲，道：「原來是你搗的鬼。」

右手一探，直向那賣藥郎中抓了過去。

只見賣藥郎中身子一閃，快迅無倫地避開一擊，怒聲喝道：「好渾的人。」右手一揮，反擊一掌。

曹大同右手一揚，硬接那賣藥郎中的掌勢，雙掌接實，響起了一聲砰然大震，那賣藥郎中吃曹大同雄渾掌力，震得倒退了三步。

那賣藥郎中和曹大同之間，隔著一張木桌，曹大同嫌那木桌礙事，左手一揮，擊在木桌之上，但聞砰然一聲大震，碎裂的木塊，四下紛飛，那賣藥郎中的藥箱，也被曹大同一掌震得飛了起來，直向那伏案熟睡的矮瘦老人落下。

慕容雲笙看那矮瘦老人仍然沉睡不理，渾如不覺，正待伸手撥開藥箱，忽見那矮瘦老人一個翻身，左臂伸出，剛剛避開藥箱，左手落下，又正好按在藥箱之上。輕描淡寫，看似巧合，其實全憑著聽音辨位之術，巧妙異常，接下藥箱。

慕容雲笙霍然一驚，暗道：「這人武功精湛，分明已達爐火純青之境，不知是何許人物？」

那賣藥郎中對那飛起的藥箱子，似是特別關心，左手一揚，點出一指，迫得曹大同攻勢一挫，人卻隻身而走，躍落在慕容雲笙的桌子前面，伸手向那藥箱抓去。

那矮瘦老人左手按在藥箱之上，絲毫未見用力之狀，但那賣藥郎中抓到藥箱之後，用力一提，竟是未能提起。

那賣藥郎中臉色一變，左手抓住藥箱不放，右手一掌拍向矮瘦老人後腦「玉枕」穴上。這玉枕穴乃人身最爲重要穴道之一，不論何等高強武功之人，也無法承受一擊。

忽見那矮瘦老者一個翻身，巧妙異常地避開一擊，仍然伏案而睡。

賣藥郎中閱歷豐富，心中已知曉遇上了武林高人，但那藥箱對他十分重要，勢非取回不可，一擊未中，正待再行出手，那曹大同已然疾奔而到，呼的一掌，擊了過來。

這時，陰陽二怪和那駱玉彪，都各停原位未動。他們對這意外的變化，有些茫然不知所

措，只好坐以觀變。

那賣藥郎中處於生死交關之下，已無法再顧及藥箱，只好橫跨兩步，避開一掌，反身還擊，兩人就在慕容雲笙身前，展開了一場激烈絕倫的惡鬥。

曹大同雄渾惡猛，招招如巨斧開山一般，帶起了呼呼風聲，那賣藥郎中似是不敢硬接他的掌勢，只以巧快的招術，封擋曹大同猛烈的攻勢，突穴斬脈，門戶封閉得十分嚴緊。

兩人惡鬥了十餘回合，仍然是個不勝不敗之局，一個天生神力，一個招術巧妙，兩下扯平，看來再打個百來招，也難分出勝敗。

忽見那賣藥郎中疾快地向後躍退數尺，右手一探，從懷中摸出一把短刀。那短刀上套著綠色刀鞘，刀鞘退下，露出了藍光耀目的刀鋒，一望之下，即知這柄短刀是經過劇毒淬煉而成之物。

那賣藥郎中拔出短刀之後，臉上登時湧現出一片殺機，冷笑一聲，說道：「渾小子，要你嘗嘗這五毒化血刀的滋味。」

縱身一躍，飛落到曹大同的身側，舉起了手中五毒化血刀。

只聽那矮瘦老者夢囈般地說道：「還不快去救他。」

慕容雲笙來不及思索，縱身而起，直撲過去，高聲說道：「住手。」

話出掌發，呼的一掌，直劈過去。

賣藥郎中手中的毒刀正待劈下，慕容雲笙的掌風已然劈到，只好一閃避開。

慕容雲笙發出一掌之後，人也同時向前衝去，一掠之間，人已衝到了那賣藥郎中身前。

賣藥郎中回顧了慕容雲笙一眼，道：「你是什麼人？」

慕容雲笙緩緩說道：「江湖上一個無名小卒，名不見經傳，說出來，閣下也不知道。」

賣藥郎中冷笑一聲，道：「不論你是誰，但你敢出面干預此事，可見是頗有膽氣了。」

慕容雲笙淡淡一笑道：「在下只想勸阻閣下，不要傷害此人，並沒有和閣下爲敵之心。」

那賣藥郎中仰天大笑三聲，道：「就憑你嗎？武林中一個無名小卒……」突然一揮手中五毒化血刀，直向曹大同刺了過去。

慕容雲笙早已暗作戒備，就在毒刀刺出的同時，舉手一掌，按向那賣藥郎中後背的「命門」穴，這一掌出得無聲無息，不帶一點風聲，但卻快速無比。

慕容雲笙冷冷說道：「只要在下掌力一發，立時可以震斷閣下的心脈。」

那賣藥郎中原已想到這位武功可能很高，但卻未料到他出手如此之快，不禁爲之一呆，手中毒刀登時停了下來。

慕容雲笙右手按在那賣藥郎中的背心命門穴上不動，左手卻迅快地一探，奪下了那賣藥郎中手中的毒刀，冷冷說道：「閣下如有解毒之藥，最好快些取出來。」

賣藥郎中略一沉吟，恢復了鎮靜，說道：「什麼藥物？」

但聞那伏案而睡的矮瘦老人夢囈般地說道：「你用毒刀刺他一下，他才肯聽你的話。」

慕容雲笙怔了一怔，果然揮動毒刀，輕輕在那賣藥郎中左手上劃了一刀，這短刀鋒利無比，雖然是輕輕一劃，亦是皮破血流。

賣藥郎中登時臉色大變，駭然說道：「這刀奇毒無倫。」

慕容雲笙冷冷接道：「如若你不肯拿出解藥，我就再刺你五刀。」

那賣藥郎中對短刀上的奇毒，似是有著無比畏懼，頓時說道：「我必得自己先服藥物，阻

止這傷口奇毒才行。」

慕容雲笙心中好生奇怪，暗道：「這刀上之毒，難道果真有如此厲害麼？」不禁轉眼望了那賣藥郎中的左手一眼，一望之下，不禁爲之一呆。

就這一陣工夫，那賣藥郎中的左手已腫大數倍，五根手指粗如兒臂，但見那賣藥郎中發狂般地，直向那矮瘦老人跑去，伸手去取那藥箱。

但見那賣藥郎中打開藥箱，取出了一個奇小的翠玉瓶來，拔開瓶塞，張口把瓶中藥物，全都倒入了口中，右手一探，從懷中又摸出一把匕首一揮，把左臂齊肘斬下，凝目望去，只見那肘間血色，已呈深紫，只看得在場之人個個驚訝不已。

賣藥郎中一咬牙，又斬斷一截左臂下來，看到鮮血流出，才又從藥箱中取出一些藥物，敷在傷處，包紮起來。

慕容雲笙緩緩行到那賣藥郎中身前，冷冷說道：「那藥在何處，快拿出來。別忘了你還有一條右臂。」

那賣藥郎中伸手從藥箱中，取出一個白瓷瓶來，遞給慕容雲笙道：「這瓶藥物，讓他服下三粒，頭疼立止。」

慕容雲笙依言倒出三粒藥物，讓那破山掌曹大同服下，果然藥到疼除。

曹大同望了慕容雲笙一眼，道：「多謝相救。」

驀地，慕容雲笙回手一把，又抓住了那賣藥郎中的右腕，冷冷說道：「我想在場之人，大都爲你預先施下毒藥所傷，你既然解救一個人，已然犯了禁，何不全都拿出了解藥，救了所有中毒之人。」

那賣藥郎中似是已知今日之局，難有抗拒之能，不再作無謂掙扎，伸手從藥箱之中取出一個藥瓶，道：「此藥可解救駱玉彪身中之毒。」

慕容雲笙高聲說道：「接住了！」右手一抖，把玉瓶疾向駱玉彪投了過去。

慕容雲笙望了陰陽二怪一眼，道：「還有解救那二位兄台的藥物呢？」

只見那賣藥郎中又伸手取過一個藥瓶，交到慕容雲笙手中，道：「這是解救陰陽二怪身中之毒的藥物。」

慕容雲笙把藥瓶投給陰陽二怪，道：「兩位請服用解藥吧。」

慕容雲笙回顧了賣藥郎中一眼，高聲說道：「諸位服用過藥物之後，請運氣相試，是否是解毒藥物？」

陰陽二怪、曹大同和那白骨門中人，聞言運氣相試，果然身上之毒，全都消除。

駱玉彪輕輕咳了一聲，道：「多謝兄台，不知可否見告大名，日後在江湖之上相遇，也好報今日之恩。」

慕容雲笙微微一笑，道：「江湖上偶遇不平，拔刀相助，算不得什麼，怎敢當報答二字。」

駱玉彪道：「既是如此，在下也不勉強了。」突然轉身大步下樓而去。

陰陽雙怪也緊接著站起身子，道：「多謝相救。」抱拳一揖，下樓而去。

慕容雲笙目光轉注到曹大同的身上，道：「閣下也可以去了。」

慕容雲笙微微一笑，道：「冤家宜解不宜結，這位兄台害你數日頭疼，但他已嘗到斷臂之苦，得饒人處且饒人，請看在兄弟份上，不用追究此事了。」

曹大同道：「你對我有賜藥救命之恩，曹大同闖蕩江湖，講究的是恩怨分明，看在你朋友的份上，在下饒他一命就是。」說完，大步回到原座之上，又大吃大喝起來。

慕容雲笙回顧了那賣藥郎中一眼，道：「閣下可以走了，不過，你這毒刀太過惡毒，帶在你身上必要害人，在下替你收存起來。」

那賣藥郎中不再多言，伸手提起藥箱，大步下樓而去。

雷化方一直冷眼旁觀，看著慕容雲笙處理這一場混亂複雜之局，大度雍容，頗有慕容長青生前之概，心中大是歡樂，縱聲而笑，自斟一杯，一飲而盡。

但聞那矮瘦老人，高聲說道：「無毒不丈夫，你們這等寬大之量，對付正人君子，也還罷了，對付惡毒之人，那是白費心機了，不要只管指示別人逃命，自己也該逃命去了。」

這幾句話，說得十分明顯，那是明明在告訴慕容雲笙和雷化方，強敵立刻就到，你們要走得快些走了。

經驗廣博的雷化方，緩步行到那矮瘦老者桌位前，欠身一禮，道：「區區雷化方。」

那矮瘦老人微微一笑，道：「雷化方，我也不認識啊！」

雷化方面孔一紅，十分尷尬地說道：「在下打擾閣下了。」轉身向前行去。

那矮瘦老人突然自言自語地說道：「不論你是雷化方也好，申子軒也好，最好的辦法，就是趕快離開此地。」

雷化方本已轉過身子，行了數步，聽得那矮瘦老人之言，又停下了腳步。

這當兒，突聽得一陣嗡嗡之聲，傳入耳際，那矮瘦老人急道：「要你們走，偏不聽話，現在走不了啦。」

慕容雲笙流目四顧，並不見有人登樓。

突聞雷化方低聲說道：「慕容賢侄，這位老人是一位高明的隱士！」

但聞那矮瘦老人冷哼一聲，道：「什麼高明不高明，不聽我的話早些離開，現在只好沉著應變了，還不快回原位坐好，站那裡發什麼呆？」

雷化方微微一怔，緩步到原位之上，坐了下去。

慕容雲笙一皺眉頭，也退回原位坐下。

突聞衣袂飄風之聲，四個勁裝大漢，魚貫躍上了聽濤樓。

矮瘦老人低聲說道：「沉著應付，千萬別慌，必要時，我會出手助你。」言罷，重又伏案睡去。

慕容雲笙抬頭看去，只見四人穿著一色的天藍滾紅邊長衫，年齡亦都在三旬左右，神色冷峻，滿臉殺氣。

這四人不但年齡相若，衣著一般，而且用的兵刃也是一樣，四個人各自佩著一柄長劍。這四人雖然穿著長衫，但那長衫緊裹身軀，驟看之下，有如短裝勁服一般。

雷化方目睹四人奇怪的衣著，江湖上從未見過，心中突然一震，暗道：「強敵施用各種惡毒的手段，一直逼迫那些從不相干的武林人物和我們爲敵，但看這四人奇怪的衣著，大約是他們真正的屬下了。」

心中念轉，那四個長衫人已然緩步通行過來，左首一人冷冷說道：「你是雷化方嗎？」

雷化方看眼前形勢，知今日之局已然難免一戰，一探手，摸出兩支金筆，道：「不錯，區區正是雷某，四位怎麼稱呼？」

那左首藍衫人冷冷說道：「咱們不是和閣下攀交而來，用不著通名報姓了。只要你是雷化方，那就夠了，你是動手抗拒呢，還是束手就縛？」

雷化方心中突然一動，暗道：「這四人不像首腦，如若我能夠設法見得那位害死慕容大哥的真兇主犯，那是死也甘心了。」

當下輕輕咳了一聲道：「在下如若束手就縛，後果如何？」

左首青衫人冷冷說道：「那要看你的造化了。雖然是死亡的機會很大，但還有一線生機，敝上一高興，也許會留下你的性命。如若是動起手來，那你是必死無疑了。」

雷化方道：「貴上現在何處？」

最右一個道：「他並無束手就縛誠意，老大也不用和他多費唇舌了。」

寒芒一閃，長劍出鞘，唰的一劍刺了過來，劍勢快速，有如閃電一般。

雷化方一閃避開，金筆疾出，直點那出劍人右腕脈穴。

最右一位執劍長衫人，吃他出手一筆，逼住了右腕穴道，不得不向後躍退。

但聞那左首長劍人，道：「不要傷了他的性命。」長劍一閃，刺向咽喉。

雷化方身似陀螺一轉，左手金筆反點對方的曲池穴，由於他出手一擊，都是攻向敵人執兵刃的肘腕要脈，迫使敵人無法變招，那左首青衫人，不得不向後倒退一步。

慕容雲笙手中執著那賣藥郎中的毒刀，凝神戒備，只要一發覺雷化方稍有不支，立時出手相助，哪知雷化方筆法奇奧，隨手兩筆，迫得強敵連連後退。

雷化方迫退左首青衫人，正待揮筆還擊，忽見眼前劍花閃動，一片劍花，分由四個方位刺來。原來四個青衫人，眼看雷化方出手一擊的威勢驚人，立時布成四個方向，分由四面各刺一劍。

雷化方金筆疾展，一陣金鐵交鳴之聲，擋開一片劍花。

左首青衣人冷笑一聲，道：「金筆書生，果然是名不虛傳。」長劍一抖，又是一劍攻來，緊接著三劍並到，分取四個穴位。

金筆書生雷化方大喝一聲，金筆「劃分陰陽」，擋開兩劍，人卻疾向後退了三步，避開另外兩柄長劍。

那青衫人出劍太快，雷化方應變雖已夠快，仍是險象環生，左臂衣服吃那長劍劃破了一道三寸長短的口子。

慕容雲笙怒聲喝道：「倚多為勝，算得什麼英雄人物。」喝聲中躍飛而起，撲向正南方位一個青衣人，左手駢指點向正北方位的青衣人，右手毒刀卻刺向正南方位的青衣人。

兩個青衣人突然間各自向後躍退四尺，避開了一擊，同時讓開了一條路。

慕容雲笙毫無江湖閱歷，見自己一出手，兩個青衫人就紛紛讓開，心中正待盤算如何對付四人，哪知腳落實地，主意未想出，劍光打閃，兩個向後躍退的青衣人突然又合圍而上，雙劍並出，攻向要害，兩人劍勢來得十分平衡，不早不晚的一齊攻到。

慕容雲笙只好退了兩步，先避開敵人銳鋒，正想設法還擊，四個青衫人已然交換移動方位，四柄長劍連綿而出。

原來，那兩個青衣人讓開一條路的用心，只是想把慕容雲笙逼入劍陣之中。

雷化方見多識廣，看四人連綿數劍，已知是一個極為利害的劍陣，當下說道：「咱們貼背迎敵，不可輕率躁進。」

慕容雲笙應了一聲，和雷化方貼背而立，右手毒刀揮動，迎接長劍。

雷化方得慕容雲笙之助，少了後顧之優，金筆突穴截脈，全力出手，合兩人之力，硬把四個青衫人凌厲的劍陣擋住。

四個青衫人越轉越急，劍招也愈來愈快，飄花落英一般攻向兩人，遠遠看去，只見一團寒芒，裹著兩人流轉。

纏鬥了一盞熱茶工夫之久，仍是不勝不敗之局，四個青衫人和慕容雲笙同時感到不耐，慕容雲笙低聲對雷化方道：「這等纏鬥下去，對咱們大是不利，叔叔小心自保，我要行險求勝了。」

就在慕容雲笙準備行險求勝，試破對方劍陣的同時，那青衫人同時也改變了打法，只聽一聲長嘯，四人停下了疾快的輪轉之勢，四柄長劍分由四個方位，連人帶劍直欺上來。

慕容雲笙低喝一聲：「來得好！」右手毒刀一揮，逼住了一支長劍，左手緊隨著疾向那人右手之上扣去，左腳飛起，踢向另一人丹田要穴，他以攻對攻，一舉間分向兩人還擊。

只聽兩聲輕微的悶哼傳來，緊接著砰然一聲大震，慕容雲笙飛起一腳，正踢中那青衫人丹田要穴之上，身子飛了起來，撞在一張飯桌之上，直撞得桌椅亂飛。

同時，左手也輕輕易易地抓住了另一個青衫人的握劍右腕，慕容雲笙飛起一腳，只望能夠一阻那人的攻勢，料不到一腳竟踢中了那人要害，同時，也輕輕易易地扣住了另一人的腕穴，這情景，反使慕容雲笙有些迷惑不解，不禁呆了一呆。

遲疑之間，又是兩聲砰砰大震，另外兩個青衫人同時摔在了地上。

雷化方心中大感奇怪，回顧了慕容雲笙一眼，道：「賢侄如何傷了他們？」

只聽一陣哈哈大笑，破山掌曹大同緩步行過來，一抱拳，道：「兄台武功高強，在下正想出手助拳，四個兔崽子已經傷在了閣下的手中。」

慕容雲笙搖搖頭，道：「不是我傷了他們。」

慕容雲笙還待分辯，突聽那矮瘦老人說道：「快些走了，如若等強敵第二批援手趕到，連我也走不成了。」

雷化方究竟是見多識廣的人，略一沉吟，已然了解內情，分明是那矮瘦老人暗中相助，使出「豆粒打穴」神功，一舉間打中四個青衫人的穴道。

當下低聲對慕容雲笙說道：「賢侄，那老人是一位非常人物，分明在暗中相助我們，此等高人，多具怪癖，不能以常情測度，我瞧他對你不錯，他既然再三要我們走，看來是不能久停了，快去說幾句感謝之言，最好能和他約下後會之期。」

慕容雲笙當下緩步行到那矮瘦老人桌位之前，欠身一禮，道：「多謝老前輩賜助。」

那矮瘦老人突然嗤的一笑，道：「你說話很客氣呀！誰是你的老前輩了？」

慕容雲笙一皺眉頭，口中卻是不敢有絲毫不敬之處，肅然說道：「此番相助之情，晚輩自是感激不盡，但不知此番別過，是否還有見面的機會？」

矮瘦老人道：「來日方長，我又不會死，為什麼沒有見面機會？」

慕容雲笙道：「晚輩之意，是說老前輩，可否肯賜告後會之約？」

矮瘦老人道：「怎麼？你一定要見我？」

慕容雲笙道：「晚輩心慕手儀，感戴恩情，希圖後晤，何況，晚輩還有向老前輩討教之處。」

矮瘦老人雙目中突然閃起一抹光亮神采，道：「好吧，今夜三更時分，咱們在仙女廟中相見。」

慕容雲笙道：「仙女廟……」

矮瘦老人道：「你如不知道，問問你兩位叔父吧，他們定然知曉。」言罷，起身下樓而去。

那矮瘦老人的行動，看上去並不見很快，但一轉眼間，他已走得蹤影全無。

慕容雲笙低聲說道：「五叔父，咱們該當如何？」

雷化方道：「就爲叔之見，咱們聽從他的吩咐。不過，最好還是先請示你二叔父一聲……」

但聞申子軒的聲音，接道：「不用了，咱們沒有選擇，必得聽他之言不可。」

轉頭看去，只見申子軒站在樓梯口處，不知何時，他已登上了聽濤樓。

雷化方目光一掠四個青衫人，道：「咱們如何處置這四個人？」

申子軒道：「至少帶上一人，也好逼問口供。」

曹大同立時步行了過來，道：「在下替幾位效勞。」

申子軒接口說道：「那就有勞曹兄了。」

曹大同一探手，抱起了一個青衣人，扛在肩上。

雷化方道：「二哥，咱們哪裡會面？」

申子軒道：「白沙渡口。」當先下樓而去。

雷化方低聲對曹大同，道：「閣下請隨在下身後而下。」

慕容雲笙道：「小姪斷後。」

三人魚貫而行，下得聽濤樓，雷化方立時加快了腳步，三人一陣急趕，出了江州城，直奔白沙渡口。

這是一處荒涼的渡口，早已棄置不用，但卻有一艘很大的帆船，停在渡口之處。

只見艙門啓動，申子軒出現在甲板上，道：「快些上來。」

雷化方下身一躍，當先登船，曹大同、慕容雲笙隨著上了甲板，帆船立即錨起櫓動，直向江心駛去。

雷化方、曹大同、慕容雲笙魚貫行入艙中，兩個身著漁服的大漢，正在船尾忙碌，一個搖櫓，一個正在掛帆。

申子軒緩步行入艙中，隨手關上艙門，道：「強敵耳目遍布，防不勝防，哪裡都不安全，只好躲在船上了，咱們放舟江心，隨風張帆，不用擔心再爲敵人耳目聽去了。」

緩緩站起身子，伸手抓起那青衣人，輕輕在那人背上一拍，一粒黃豆大小、純鋼製成的菩提子，跌脫在艙板之上。

慕容雲笙看那菩提子擊中之位，正是人身十二暈穴之一。

申子軒拍落那青衫人穴道中的菩提子，隨手又點了那人的雙臂、雙腿上四處穴道。

青衫人緩緩睜開雙目，望了幾人一眼，閉目不語。

申子軒緩緩放下那青衫人，冷冷說道：「閣下看清楚了你處身何處嗎？」

青衫人冷笑一聲，仍不言語。

申子軒沉聲說道：「這是一艘巨舟，正行駛於江心之中，決不會有你們耳目監視，在下希望朋友能回答幾個問題。」

青衫人閉上雙目轉過臉去，一臉倨傲之氣。

雷化方霍然站起，道：「二哥，不用對他這等客氣，我不信他是鐵打鋼鑄的人，先讓他吃點苦頭再說。」

申子軒伸手攔住了雷化方，道：「不教而殺謂之虐，咱們先把話說明白。」

語聲微微一頓，接道：「區區申子軒，人稱中州一劍，在武林薄有虛名，出口之言，向無更改，只要你朋友回答了在下問話，咱們決不加害，立刻釋放。」

青衫人似是被申子軒坦誠感動，睜開雙目道：「我如不肯回答呢？」

申子軒雙目凝注那青衫人的臉上，緩緩說道：「你如相信貴上，能夠這時來此救你，那也是沒有法子的事，在下只好先給你一點苦頭吃吃再說了。」

言罷，突然站起身子，行到那青衫人的身側，提手一掌，拍在那青衫人的左肩之上。這一掌暗蓄內力，那青衫人左肩關節之處，應手脫斷。

青衫人冷哼一聲，強自忍著，未發出痛苦的呻吟之聲。

申子軒冷笑一聲，又是一掌，拍在那青衫人的右肩之上，卸了那青衫人的右肩關節。

那青衫人雖然在極力忍受著痛苦，但這雙肩被卸之苦，實是難以忍受，登時痛得臉色大變，牙齒咬得格格作響。

申子軒緩緩說道：「五陰絕穴被點之後，行血返回內腑，有如萬蛇在體內行走，這時，不論何人都將難以自持，揮手投足，呼號呻吟，閣下雙肩關節脫臼，難以伸展，那就更增加內腑

的痛苦。」

青衫人頭上汗水淋漓而下，道：「別說我不知道任何秘密，縱然知曉，也不會說出來。」

申子軒道：「好，那咱們就試試看吧。」

那青衫人突然冷冷說道：「住手。」

申子軒道：「武林中能夠受得此番痛苦之人，只怕很難找出凡人。不知朋友可是改變了心意。」

青衫人道：「解開我『帶脈』、『維道』二穴，我告訴你所知內情，但我只怕很難使諸位滿意。」

十 蛛絲馬跡

申子軒道：「領導閣下的首腦，是何許人物，姓名如何稱呼，現居何處？」

青衫人搖搖頭，道：「在下確實不知。」

申子軒緩緩說道：「申某相信朋友你的話，就貴上爲人的嚴謹神秘，朋友你縱然是身分極高，但怕也難以知曉內情。不過，那是就實際上主持人物而言，但朋友你之上，總該是還有個領導人物，那人的姓名，想閣下必可見告了。」

青衫人沉吟了一陣，道：「那人叫八臂哪吒李宗琪，他是我青衫劍手中的領隊，我們一切行動，都聽命於他。」

申子軒道：「朋友你怎麼稱呼？」

青衫人道：「區區姓許，單名一個元字。」

申子軒道：「原來是許兄。」

許元忽然仰天大笑三聲，道：「人之將死，其言也善，在下已經是將死的人了，那也不用再以謊言相欺了。」

申子軒輕輕嘆息一聲，道：「許兄來此之前，可是已服下了致命的藥物？」

許元抬頭望望天色，神情間流現出一股死亡的悲苦，道：「不錯，我等每次出動之前，都

先行服下一種致命的藥物，失手被擒，那也是死路一條。」

申子軒輕輕嘆息一聲，道：「每次召集諸位，下令之人，只有那八臂哪吒李宗琪一個人嗎？那李宗琪生相如何，閣下是否可以見告？」

許元道：「儒巾藍衫，十分文雅，外形看去，不似會武之人，其實卻身負絕技，能在一揚手間，打出八種不同的暗器，故有八臂哪吒之稱。」

申子軒沉吟了一陣，暗道：「武林中雙手能同時發出八種暗器的，只有一位千手羅漢李豪，那他之外，江湖上再也沒有第二個人有此能耐，難道那李宗琪會是李豪的後人不成。」

目光轉到許元的臉上，接道：「那八臂哪吒李宗琪受何人指揮，不知許兄可否見告？」

許元沉吟了一陣，道：「我們青衫劍手之中，只有二、三人知曉此事。」

申子軒倒了一杯茶，雙手捧到許元面前，拍活他兩臂穴道，道：「許兄先請喝一杯茶，慢慢說吧。」

許元接過茶杯，喝了一口，長長吁一口氣，道：「只有在這等平靜的死亡之前，我才想到了善惡是非。」

目光緩緩由申子軒、雷化方等人臉上掃過，道：「說起來這似乎是一件令人難信的事情，在下不知八臂哪吒李宗琪是否也和我等一樣茫然，但在下卻親自經歷了一次。」

申子軒道：「那經過內情如何？」

許元道：「大約是兩個月前吧！一個細雨濛濛的深夜，李宗琪帶了我和另一個青衫劍手，我們行向一片荒涼的郊野，在一處四無人家，荒涼的小店中，停了下來……

「當我們趕到的時候，那荒涼的小店之外，已經坐了八、九個人，在下約略一瞧，八、九個人中有三個似是與敝上李宗琪一樣的身分，另外幾人，大約都是和區區一般的僕從人員。

「我看到了敝上和另外三人微一點頭，盤膝坐在草地上。自然，我們隨行之人，只好依樣畫葫蘆，也跟著盤膝在草地坐下。」

許元又喝了一口茶，接道：「大約過了一刻功夫，那小廟之中，突然傳出來三聲清脆的鐘鳴，敝上和另外三個人，一齊進入那小廟中去。」

申子軒道：「廟中有何許人物？」

許元道：「在下知道的就是這些了，那廟中是何許人，是何情形，就非在下所知了。」

申子軒道：「以後呢？」

許元道：「以後，敝上由小廟出來，就帶著在下等離開了那裡，如是那小店中有一個人是敝上的上司，也許那人才是主腦人物之一。」

雷化方目光凝視著許元，道：「那李宗琪現在何處？」

許元道：「就在江州城附近。」

忽見許元身子開始抖動，一個跟頭栽倒在船艙板上，眼皮漸漸垂下閉上。

申子軒伸手在許元鼻息之上一按，早已氣絕而逝，不禁黯然一嘆，道：「好惡毒的藥物，一發作立刻死去，一點不留挽救的機會。」

雷化方突然抱起許元的屍體，道：「如若小弟料斷不錯，片刻之後，他的屍體就要開始變化，咱們先把他水葬了吧。」

申子軒急急說道：「脫下他的衣服。」

雷化方若有所覺，急急脫下了許元的外衣，凝目望去，就這一陣功夫，許元整個的臉色，

已然變得鐵青。

雷化方雙手抓起許元的身體，用力一抖，投出艙外，沉入滾滾的江流之中。

慕容雲笙望著那沉入江中的屍體，長長吁一口氣，道：「如若咱們早些問他李宗琪的下落就好了。」

申子軒道：「二十年來，咱們一直在黑暗之中摸索，倒是今日還算找出了一點頭緒，也許我們在短時之內找不到那李宗琪，但我們至少有了一個線索可尋。」

慕容雲笙突然想起了那矮瘦老人之約，低聲說道：「咱們在聽濤樓上遇上的矮瘦老人，他約小姪今夜在仙女廟中相會。」

申子軒凝目思索了一陣，道：「咱們行舟江心，漂泊不定，強敵縱然耳目靈敏，也不易監視到咱們行動，到三更時分，再行靠岸，到仙女廟中會見那神秘老人。」

吁一口氣，道：「咱們都該好好的養息一下精神，準備對付強敵。」

言罷，閉上雙目，靠在木椅上養神。

慕容雲笙正待運氣調息，突然一個沉重的聲音傳了進來，道：「師父，有兩艘快艇，似是在追蹤咱們。」

申子軒霍然站起身子，大步向艙外行去。

慕容雲笙抬頭看去，只見那報事大漢，年約二十五、六，紫臉濃眉，腰中一條四指寬的皮帶上，掛著四把尺許的短刀。

雷化方急隨在申子軒身後，行出了艙門。

慕容雲笙行近艙門口處望去，果見兩艘快艇，破浪而來，緊隨帆船之後。

申子軒沉聲說道：「不錯，果然是追蹤我們而來，想不到他們在水面上也有耳目，看來只怕難免在江心一戰了。」

申子軒回顧艙中慕容雲笙一眼，道：「賢侄習過水中功夫嗎？」

目光一掠那紫臉大漢和掌舵人，道：「你們準備好水衣兵刃和救生之物，以備萬一。」

慕容雲笙道：「小姪慚愧，不知水性。」

申子軒道：「你五叔和我，亦未習過水中工夫，如若動上手，要快速求勝。」

話未說完，那兩艘快艇已經打了一個轉，重向帆船馳來。

只見左面快艇之上，站著一個儒巾青衣，年不過三十，顎下無鬚的文士，小艇將要接近帆船時，忽見他縱身躍起，直向帆船之上躍飛過來。

雷化方冷哼一聲，道：「好大的膽子。」揚手一掌，劈了過去。

那儒巾青衫文士身懸半空，突然一收雙腿，懸空翻了一個跟頭，避開了雷化方遙發的一記劈空掌力，直落在帆船甲板之上。

雷化方一擊未中，立時欺身直逼過來，準備再次出手。

這時，那紫臉大漢和那掌舵人，以及慕容雲笙等都包了上來，團團把那儒巾青衫人圍在中間。

申子軒搖搖手，阻擋住群豪，緩緩說道：「朋友貴姓？」

青衫文士神態冷靜，目光緩緩掃掠了申子軒等一眼，道：「在下姓李。」

申子軒道：「八臂哪吒李宗琪？」

儒巾青衫人點點頭，道：「不錯，我那遭爾等生擒的屬下，已經告訴你們了？」

但聞申子軒冷冷說道：「李朋友追蹤咱們而來，不知有何見教？」

李宗琪目光流動，不停地向艙內瞧著，一面緩緩說道：「在下來找那位被各位生擒來此的屬下。」

雷化方冷笑一聲，道：「閣下是真的不知呢，還是明知故問？」

李宗琪道：「我知道他死了，但他屍體呢？」

申子軒緩緩說道：「那位許兄預先服下的藥物，十分惡毒，死後片刻，屍體已變，咱們只好把它水葬江心了。」

李宗琪點點頭，冷肅地說道：「那很好，殺人償命，欠債還錢，諸位殺了我一個屬下，不知準備如何向在下交代？」

慕容雲笙突然接道：「你想怎麼討呢？」

李宗琪目光在慕容雲笙身上打量了一陣，道：「我這屬下，非同尋常，每個人都花費了我甚多時間，而且人數也不能減少，諸位殺我一個屬下，在下必得補充一位新人才成。」

慕容雲笙道：「那是你的事，與我等何干？」

李宗琪冷笑一聲，道：「在下屬下被殺之後，補充之人，一向是那動手殺死咱們屬下的人，所以，我青衫劍手一人比一人武功高強。」

這時，那兩艘快艇，已然停了下來，緊靠在帆船旁邊而停。

慕容雲笙回顧了雷化方和申子軒一眼，說道：「兩位叔父，這一陣讓給小姪吧！我如不是敵手，兩位叔父再替下小姪就是。」

這時，曹大同也從艙中行了出來，站在艙門口處。

李宗琪打量了曹大同半天，才把目光投注到慕容雲笙的臉上，道：「在下幾位屬下，可是傷在你的手中嗎？」

慕容雲笙道：「是又怎樣？」

李宗琪重重咳了一聲，接道：「閣下傷了我一個屬下，依例應由閣下補充。」一揚手，一股強勁的掌風，迎胸直撞過來。

慕容雲笙吃了一驚，暗道：「這人隨手一擊，就含有如許強大的暗勁，實非小可。」心念轉動，備加小心，一閃避開，還了一擊。

只見兩人掌來指往，鬥得十分激烈，每一招都是充滿著殺機的致命招數。

李宗琪施出的武功很雜，忽而是少林的金剛掌，忽而是武當的內家綿掌，對敵不過二十回合，連變了五種拳法。

中子軒、雷化方，對那李宗琪武功的淵源，大爲震駭，想那許元說的不錯，這李宗琪果是有非常之能。

慕容雲笙只用出一種武功對敵，但因其變化精奇，那李宗琪雖然連變了數種武功，均爲慕容雲笙奇奧的掌法破去。

片刻間，兩人已然搏鬥了五十餘回合，李宗琪似感不耐，大聲喝道：「閣下武功不錯。」喝聲中掌法一變，突然一招穿心掌，直向慕容雲笙前胸拍去。

這是青城派掌法中極爲惡毒的一招，來勢猛銳，極難抵擋。

慕容雲笙眼看李宗琪掌勢一翻，巧快無比地逼近了前胸，心中大爲震駭，閃避已自不及，只好揚手一把，反向李宗琪脈門之上扣去。

李宗琪似是未料到慕容雲笙的武功如此高強，竟能在間不容髮中扣向了自己的脈穴，心中震駭，五指疾縱，反向慕容雲笙的腕上扣去。

兩人同時扣住了對方脈穴，但卻又同時轉腕避開要穴，緊緊抓住了對方的手腕。這時，兩人右手互握，各自餘下了一隻左手。

慕容雲笙左手揮起，硬接下一掌。

李宗琪首先發難，左手一起橫裡拍來。

但聞一聲砰然大震，兩人左手又接實了一掌。

申子軒一皺眉頭，突然向前欺進了兩步，右手疾出，點了李宗琪兩臂的會臑穴。

八臂哪吒李宗琪自負藝高，孤身登上帆舟，這時右手和慕容雲笙右手相握，左手又和慕容雲笙硬拚了一掌，一時間哪裡還有餘力對付申子軒的突襲，兩臂會臑穴全被點中。

申子軒低聲說道：「笙兒，拖他入艙。」

慕容雲笙右手加力，把李宗琪拖入了船艙之中。

申子軒沉聲說道：「掛帆起舟，準備拒敵。」

雷化方、曹大同同時踏前兩步，蓄勢戒備，準備對付那快艇上的來人。

這時，左面一艘快艇，突然轉向，急馳而去。

右面一艘快舟，卻仍疾追帆船而行，大出意外的是，快艇上竟再無人出戰，躍登帆舟。

申子軒待帆船行出了數十丈後，才緩步進入艙中。

這當兒，慕容雲笙已另外點了李宗琪身上三處穴道，把他放在一張木椅之上。

李宗琪閉目而坐，有如老僧入定一般，望也不望幾人一眼。

申子軒輕輕咳了一聲，道：「李世兄青出於藍，在下昔年曾和令尊千手羅漢李豪，有過幾面之緣。」

李宗琪緩緩睜開雙目，冷冷說道：「家父的故交很多，但都和在下無涉，閣下如若妄想藉和先父相識交情，套我頭上，那是白費心機了。」

申子軒說道：「李世兄多心了，區區和令尊只是相識而已，談不上交情二字。不過，在下覺著奇怪的是，你李世兄這身武功，並非是得自家傳。」

李宗琪冷冷說道：「閣下管的事情太多了，我李宗琪見識廣博，如若會被你套出一點內情，那豈不是白在江湖上走動了。」

雷化方再也忍耐不住，目注申子軒道：「二哥，這人如此狂傲，看來實難問出什麼，對付這等惡毒敵人，似是不用再存什麼仁慈心腸。」

目光轉到慕容雲笙的臉上，接道：「賢侄，適才你在聽濤樓上，奪得那賣藥郎中的毒刀，拿給我。」

慕容雲笙拿出毒刀，恭恭敬敬遞到雷化方的手中，雷化方接過毒刀，在李宗琪眼前晃了一晃，道：「閣下識得這把毒刀嗎？」

李宗琪那等狂傲的人物，目睹毒刀之後，也不禁臉色一變，但他仍然強自鎮定，冷笑一聲，道：「不認識。」

雷化方道：「在下先告訴你這刀上奇毒，厲害無比，中人之後，肌肉收縮，我現在先告訴了你，那是教之而後誅了。」刀鋒一閃，挑破了李宗琪左臂上的衣袖。

慕容雲笙輕輕咳了一聲，道：「五叔父，這刀太過惡毒，如若用以殺人，未免太過殘酷

了。」

雷化方冷笑一聲道：「你爹爹被殺之時，他們的手段，還不夠殘酷嗎？」

李宗琪突然轉過臉來，目光凝注慕容雲笙的臉上，道：「閣下是慕容長青之子？」

慕容雲笙道：「不錯。」

李宗琪冷峻的目光，緩緩由幾人臉上掠過，道：「那慕容長青確爲江湖上做了不少好事，你如真的是慕容長青之子，聽在下良言相勸，早些離開江州，找一處人跡罕到之地，隱居起來，不要再在江湖之上走動了。」

慕容雲笙道：「照閣下這等說法，在下全家被殺之仇，不用報了？」

李宗琪嘆道：「你報不了。」

慕容雲笙道：「承蒙好意相勸，在下亦想勸閣下幾句，你們高手眾多，實力強大，那是不錯，不過此刻，在下等卻控制了閣下的生命。」

李宗琪哈哈一笑，道：「你們誠然可以殺死在下，但諸位自會爲我償命。」

雷化方冷笑一聲，道：「不管咱們是否償命，先讓你吃些苦頭再說。」

一揚毒刀，緩緩向李宗琪臉上劃去。

李宗琪圓睜著雙目，盯注在那毒刀之上，直待藍色的刀鋒快要觸在臉上時，迅快地垂下頭去。

一點寒芒突然間從背後飛了過來，正擊在那毒刀之上。那寒芒力道十分強勁，擊在那毒刀之上，竟然把雷化方手中的毒刀震得脫手落地。

李宗琪疾躍而起，飛起一腳，踢在那毒刀之上，他認位奇準，毒刀直向艙外飛去。

這不過是一剎那間工夫，雷化方毒刀脫手後右手一沉，疾向李宗琪腕上抓去。

李宗琪身子微微一閃，避開了雷化方一掌，飛起一腳，反踢過來，腳尖帶風，力道十分強猛。

慕容雲笙看他們雙腳彼此起落，片刻之間，已踢出了十二腳，但卻都被雷化方閃躲開去。

忽然間，室中的打鬥靜了下來，李宗琪不知何時，也退回了原位之上。

慕容雲笙突然舉步而行，走到申子軒的身前，低聲說了數語。

申子軒微一點頭，大步行出了艙外，緊接雷化方、曹大同一齊被申子軒喚出艙去，艙中只餘下了慕容雲笙和李宗琪。

慕容雲笙緩步行到一扇窗子前面，一伸手取下了刺入板壁中的毒刀，收入懷中。原來，那毒刀本被李宗琪一腳踢向艙外飛去，慕容雲笙卻發出一股暗勁，及時把毒刀向上一托，刺入了艙板之上。

一向沉著的李宗琪眼看艙中之人，一個個出艙而去，只餘下了慕容雲笙一人，心中大感奇怪，忍不住叫道：「你們鬧什麼鬼？」

慕容雲笙微微一笑，卻不理他，伸手關上了兩扇窗子。

李宗琪更加奇怪，接道：「你們在耍什麼花樣？」

慕容雲笙緩緩轉過身子，行到了李宗琪的身前，突然伸出一指，點中了李宗琪右腿穴道。

李宗琪未料到他有此一著，竟然防避不及，被他一指點中。

慕容雲笙淡淡一笑，道：「閣下武功實在高強，雖然雙臂上數處穴道被點，但仍然能利用雙腳攻敵。」起身向艙外行去。

李宗琪大聲喝道：「站住！你們都離開船艙，留我一人在此艙中作甚？」

慕容雲笙道：「咱們還要下船他去，把此舟一併奉還閣下。」

李宗琪一皺眉頭，道：「你們這是何用心？」

慕容雲笙道：「你雖是青衫劍手的領隊，但在下確信你還不算身分很高的人，只怕也難參與機密。目下這江州城中，至少還有一、兩位，比你身分高上一層的人。」

李宗琪冷然一笑，道：「閣下未免太過小視在下了，青衫劍手人數眾多，那領隊一職的地位，決不是你們推想的那般低能、無權。」

慕容雲笙沉吟了一陣，道：「那很好。」

李宗琪怒道：「什麼很好，你們究竟在鬧的什麼把戲？」

慕容雲笙道：「閣下的武功高強，又博學多才，似閣下這等人物，區區雖身負血海深仇，但也不願出手殺害。」

李宗琪道：「儘管出手，李某並無畏懼。」

慕容雲笙道：「我要殺的，只是謀害我父母的幾個元凶，如若在下血洗血債，不分主從，那是和你們全無不同了……

「而且區區相信，你們那神秘集團之中，必然有很多有識之士，不忍坐視那一股邪惡勢力，達到他霸主武林之願。」

語聲微微一頓，接道：「就在下的看法，你李兄就是其中之一，在下相信李兄為他效勞，必有苦衷。」

這幾句話，有如利刃一般，直刺入李宗琪的心中，一向鎮靜的李宗琪，亦不禁神情激動不已。

慕容雲笙微微一笑，拱手說道：「咱們倚多爲勝，制服了你李兄，那是勝之不武了，但形勢逼人，李兄武功過高，那也是無可奈何的事，屈駕在舟中留上片刻，在下相信，我等走後不久，就有人救你李兄出險。」

慕容雲笙向前行了兩步，重又停了下來，回頭說道：「李兄，咱們青山不改，綠水長流，異日後會有期。」言罷，大步向艙外行去。

李宗琪輕輕嘆息一聲，道：「你真是慕容長青之子嗎？」

慕容雲笙已將走出艙門，聞言重又轉回頭來，道：「李兄可是不相信嗎？」

李宗琪道：「令尊一代俠人，滿門被戮，你心中應該充滿著激憤仇恨才是，何以竟然對在下這般仁慈，不肯施下辣手？」

慕容雲笙道：「不錯，在下心中充滿著激忿、仇恨，但我只是找幾個元兇、主腦報仇。」

李宗琪嘆息道：「如若閣下換成是我，在下就沒有你閣下的度量了。」

慕容雲笙突然舉步而行，又走回李宗琪的身邊，道：「我等留李兄在這帆舟之上，可有人趕來援救？」

李宗琪淡然一笑，道：「如若你能把我殺死此地，那就更好一些。」

慕容雲笙突然揚手，拍活了李宗琪身上穴道，道：「放了李兄呢？」

李宗琪凝目在慕容雲笙臉上瞧了一陣，低聲說道：「你想見主腦人物，只有一策，就是設法混入我青衫劍手中去。」語聲甫落，突然一振雙臂，破窗而出。

慕容雲笙追到窗口看去，只見那八臂哪吒李宗琪，人如掠波海燕一般，正從帆舟上躍入小

艇，但見那小艇轉過頭，快櫓破浪而去。

雷化方急步奔入艙中，看到慕容雲笙，才長吁一口氣，道：「是你放了他？」

慕容雲笙回頭望去，只見申子軒也緩步行入艙中，當下抱拳一揖，道：「小姪擅自做主，願領兩位叔父責罰。」

雷化方一跺足道：「孩子，你放他而去，難道你不知縱虎爲患嗎？」

申子軒突然插口接道：「五弟，不要責怪慕容賢侄，他放李宗琪，放得大有道理。」

雷化方奇道：「放了李宗琪，咱們在江州城中多了一個強敵，道理安在？」

申子軒道：「咱們殺一個李宗琪，也許可一洩心中之憤，但對方可設法再派十個以上李宗琪來，因此，放了他或許比殺了他好，其人十分自負，但對咱們的敵意，卻是並非很深。」

雷化方沉吟了一陣，道：「也許二哥和慕容賢侄的高見正確。」

語聲微微一頓，道：「此刻，咱們要到何處？」

申子軒道：「他們在江中亦有耳目，且有快艇，倒是出乎我意料之外。此刻咱們要棄舟登陸，找一處秘密的藏身所在，最好暫時別和他們接觸。」

雷化方道：「連這江心之中，都有他們的耳目，咱們想避過對方的監視，只怕不是容易的事。」

申子軒低聲說道：「只要咱們上岸之後，不被他們追蹤，小兄就有辦法找到一處秘密所在，使他們無法尋到。」談話之間，已然靠近了江岸。

申子軒棄舟登陸，回顧了兩個弟子一眼，道：「你們放棄這艘帆船，設法隱蔽起來，一月

之後，再去取我手令。」

兩人齊齊抱拳一揖，道：「弟子遵命。」齊齊轉身躍入江中，順流而去。

申子軒神色鄭重地說道：「從此刻後，諸位要特別留心了，如若發現有可疑人物，立時追蹤搏殺。」

雷化方道：「二哥全神注意前面，小弟留心後方，這位曹兄和雲笙賢侄，分顧左右兩面。」

申子軒道：「爲兄帶路。」當先向前行去。

群豪各按方位，兼顧四面，但腳下速度，卻未減慢。

行約十餘里路，到了一座高嶺之上，申子軒突然加快腳步，直向一座茅舍之中奔去。

群豪緊相追隨，奔入茅舍。

申子軒掩上茅舍木門，說道：「咱們在此坐息一陣吧！」

雷化方道：「慕容賢侄今晚有約，二哥是否還記得？」

申子軒道：「記得，因此小兄想暫時留在此地，等到三更過後，咱們再作決定。」

突然壓低了聲音，道：「有人來了，未得我命令之前，諸位都不許擅自出手。」

雷化方、曹大同等凝神聽去，果然可聞得一陣輕微的步履之聲傳了過來，由遠而近，直向幾人停身的茅舍行來。

這時落日西沉，茅舍外一片蒼茫夜色，那步履聲到了茅舍外面，突然停了下來。

申子軒緩緩站起身子，悄無聲息地直向茅舍門口行去。

就在申子軒將要行近門口之時，瞥見一條高舉的左腿，直向門內跨來。

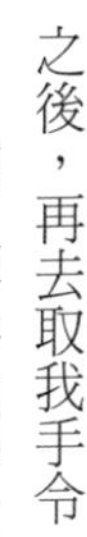

中子軒江湖經驗豐富，十分沉得住氣，凝神而立，不再移動，蓄勢戒備，但卻不肯輕易出手。

只聽一陣嘿嘿冷笑，傳了進來，道：「諸位很沉得住氣啊！」

隨著這句話，那伸入茅舍的左腿，突然又收了回去。

對方之言，分明是已然知曉茅舍之中有人，但申子軒卻給他個不理不睬。

雙方相持了片刻工夫，室外突又傳來一聲冷笑，道：「諸位既沉得住氣，又不肯出來，在下只好進來了。」

申子軒暗把功力運集於右掌之上，口中仍不答話，凝神而立，以不變應萬變。

突然間，人影一閃，茅舍門口處出現了一個頭戴氈帽，身著土布褲褂，顎下留著山羊鬍子的老人。

那老人雖然出現在門口，但仍十分小心，並未立刻衝入室中，兩道炯炯的眼神，投入室中搜尋。

雷化方、曹大同、慕容雲笙，都已無法隱蔽自己，曝現於那老人目光之下，倒是申子軒藏在茅舍門後，無法瞧到。

那老人突然一側身子，半身欺入門內。

這時，申子軒不但已警覺到遇上了強敵，而且其人還是一位經驗豐富的老江湖，待那人半身欺入茅舍，立時劈出一掌，口中同時喝道：「將相本無種。」

那土布衣著的老人揮手接下一擊，砰然大震中，飄身而退，接道：「男兒當自強。」

申子軒低聲說道：「閣下何人？」

那土布衣著老者，道：「區區乃是這茅舍主人。」

申子軒冷笑一聲，道：「這茅舍主人，不是閣下。」

那土布衣著老者緩步行入室中，道：「你是問那位陳敬兄嗎？」

申子軒道：「不錯。」

那土布老者緩緩說道：「茅舍三丈外，有一座荒草掩蔽的新墳，那就是陳敬兄的安息之處，那位陳兄，今日剛過三七。」

申子軒黯然說道：「他怎麼死的？」

土布老者兩道目光盯注在申子軒臉上瞧了一陣，道：「閣下怎麼稱呼？」

申子軒伸出右手按在頂門之上，道：「區區申子軒。」

土布老者道：「在下程南山。」

申子軒、雷化方同時驚呼一聲，道：「虎王程南山。」

程南山道：「不敢當，江湖上朋友門的贈號，當不得真。」

申子軒抱拳一禮，道：「兄弟慕名久矣！今日幸會。」

程南山還了一禮，道：「諸位心中是否有些懷疑，區區怎會在此，是嗎？」

申子軒道：「程兄在武林中身分，是何等崇高，能爲我等助力，在下等自是感激不盡，不過……」

程南山淡淡一笑，道：「慕容大俠遇害之時，在下正在衡山養傷，傷勢復元之後，又在那裡習練幾種武功，山中無甲子，竟然不知不覺中住了十幾年；出山之後，才知曉慕容大俠被害的事，在下走遍了大江南北，查訪兇手，匆匆又是數年，那兇手有如入海泥牛，找不出一點消

息……」

雷化方突然插口說道：「程兄一代奇人，咱們是仰慕已久，但不知為何和在下那慕容大哥，有這等深厚的交情？」

程南山道：「問得好，在下應該先解說諸位心中之疑，然後，再說經過才是……」

語聲微微一頓，接道：「在下說過，二十年前在衡山養傷的事，如若不是慕容大俠仗義相救，區區早已死在二十年前了，諸位難道沒有聽那慕容大俠說過嗎？」

雷化方望了申子軒一眼，道：「二哥聽過嗎？」

申子軒搖搖頭，道：「從未聽慕容大哥談過。」

程南山道：「慕容大俠，真君子也，似這等大恩大惠，竟然未對你們兄弟談過……」目光轉到雷化方的臉上，接道：「如若我猜得不錯，閣下是金筆書生雷化方吧！」

雷化方道：「正是雷某。」

程南山點點頭，接道：「唉，當年在下所受之傷，十分沉重，除了慕容大俠那等身分武功人物，只怕再也沒有第二個人能夠救我了……

「我全身上下，受了七處創傷，又中了四川唐家的毒藥暗器子午針，慕容大俠給在下服了一粒續命丹，使我隨時可以熄去的生命火焰，得以延續三日，慕容大俠卻盡三日之力，奔波千里，到四川唐家，替我討到了獨門解藥，又替我請到當代第一神醫，續命丹士石家洛，使在下必死之命，得獲重生，這恩澤豈不如同再造父母嗎？」

申子軒嘆息一聲道：「程兄和慕容大哥還有這麼一段經過，慕容大哥的確是從未對我等提過。」

語聲微微一頓，接道：「程兄又怎會到了此地呢？」

程南山道：「兄弟到處打聽殺害慕容大俠的兇手，但卻始終找不出一點頭緒，一聽到慕容大俠的敵人，就在江州，又匆匆趕來了江州，在慕容府外徘徊，希望能找到一點蛛絲馬跡。」

長長吁一口氣，接道：「一天晚上，兄弟在慕容府外，碰到了這位陳敬兄，他受傷很重，仍然想支持掙扎而行；看此人傷勢奇重，心中忽然動了仁慈之念，點了他幾處穴道，止了他的流血，負他而起，到了一處農舍之中，餵了他兩粒丹藥……

「這位陳兄清醒之後，第一句話就說，人一個，命一條，在下和慕容大俠毫無瓜葛……」

長長嘆一口氣，接道：「兄弟苦苦尋找那慕容大俠的下落，始終探不到一點消息，今日聽到，自然是心中高興萬分，但仔細查看過陳兄傷勢，才知他傷勢過重，已然難有復元之望，兄弟不惜用身懷靈丹，加以本身功力施為，才使陳兄從暈迷中清醒，兄弟再三解說了自己身分，那陳兄仍是不相信。」

申子軒黯然說道：「陳兄的為人很可敬。」

程南山苦笑一下，道：「兄弟費盡了唇舌，才說得這位陳兄對兄弟有了幾分信任，但是仍然不肯吐露內情，只要兄弟把他送入了這座茅舍之中……

「直到第三日，他自知難再活得下去時，才告訴了兄弟他的姓名，囑我代他守這茅舍，直到今日才算遇得申兄。」

語聲微微一頓，接道：「申兄在這二十年中，想必已找出那真正兇手了。」

申子軒搖搖頭道：「沒有，我們也和程兄一樣，找不出兇手是誰，直到今日才算找到一點點頭緒，但真凶主謀仍然如霧裡神龍，不見首尾。」

程南山道：「究竟是怎麼回事呢？既然有了頭緒，何以仍無跡可尋？」

申子軒道：「武林中從沒有一個神秘的集團，能夠比那些人更爲神秘，我們常常和他手下人接觸動手，卻無法找到主腦人物。」

程南山道：「爲什麼不抓一個活的，嚴刑逼供？」

申子軒道：「他們真的不知，逼供也是無用。」

十一　臥虎藏龍

程南山沉吟了一陣，道：「在下相信，如若那些人不是神秘過人，兄弟自信也該找到一些眉目了。」

申子軒道：「不過，此刻在下等已經不用再設法去找他們了。」

程南山道：「爲什麼？」

申子軒目光轉注到雷化方的臉上，道：「此刻我等行蹤、身分均已暴露，而且還數度和他們接觸動手，想來他們已不能再容我等了。」

程南山略一沉思，道：「不過，當今武林中，可能有一人會知曉內情。」

申子軒道：「什麼人？」

程南山道：「衡山梅花谷，蒔梅叟楊統，又號半尙老人。兄弟養傷衡山之時，無意中闖入他梅花谷中，犯他禁地，被他生擒，本要廢我武功，但因聽到兄弟善於馴虎，立時改顏相向，要我替他馴服兩隻猛虎，以做巡山之用，並以自製的梅花露待客……

「我在那梅花谷中，住了兩月之久，和他逐漸混熟，才知曉那位楊老人，雖具怪僻，卻是位胸羅萬有，博古通今的老人，他的號，就有自比古人姜尙之意。」

申子軒道：「那楊統武功高強，胸博古今，但也未必就知曉慕容大俠被害內情！」

雷化方突然接口，說道：「此刻時光不早，慕容賢侄和那人之約，也該準備動身了。」

程南山目光一掠慕容雲笙和曹大同，道：「這兩位是……」

申子軒指著曹大同道：「這位乃西北道上大有名望的人物，破山掌曹大同。」

程南山抱拳道：「久仰！久仰！」

目光卻轉到慕容雲笙的臉上，道：「這位是……」

申子軒道：「這個慕容雲笙，乃是慕容大俠遺裔。」

程南山嘆息一聲，道：「總算皇天有眼，使公子未遭毒手。」

語聲微微一頓，道：「公子今宵和人有約，那地方很遠嗎？」

慕容雲笙茫然應道：「這個晚輩還不知道。」

申子軒道：「距此總在十里以上。」

程南山道：「在下用大黃送公子赴約如何？」

突然撮唇一聲長嘯，只聞一陣腥風，撲入鼻中，一隻健壯的巨虎，出現在茅舍門外，夜色中，只見那巨虎昂首、豎尾，威猛驚人，曹大同失聲叫道：「好大的老虎！」

程南山望了那巨虎一眼，緩緩說道：「此虎乃泰山群虎中的虎王，奔行如飛，有日行千里的腳程，我想縱然是當代第一位輕功高手，也難和這巨虎相比，兄弟一人勢單力孤，只有召來兩隻猛虎做我助手了。」

雷化方心中暗道：「他有虎王之譽，果是名不虛傳，以虎做爲助手，在江湖之上行走，古往今來，恐也算得第一人了。」

程南山舉手對慕容雲笙一招，道：「世兄請過來。」

慕容雲笙緩步行了過去，道：「老前輩有何指教。」

程南山道：「世有千里馬，伯樂識之，弟不識馬，但卻善馴虎，此虎追隨我程某，已有數年之久，從此刻起，在下把大黃送給慕容世兄……」

慕容雲笙急急搖頭，道：「不成，老前輩的好意，在下心領，畢竟君子不奪人所好，我只能答應今晚由大黃送我一程，決不能算我所有。」

程南山也不堅持，傳授了慕容雲笙簡單的馭虎之法。

申子軒看看天色，道：「時光已經不早，賢侄也該動身了。」

慕容雲笙道：「小姪不知去路。」

申子軒道：「我送你去。」

慕容雲笙回顧了程南山一眼，只見程南山微微一笑道：「不要緊，大黃健壯，你叔侄兩人騎牠，一樣奔行。」

慕容雲笙心中忖道：「他既如此堅持，看來非得騎上虎背不可了。」

當下說道：「既是如此，晚輩恭敬不如從命了。」

慕容雲笙一提氣，躍上虎背，回頭對申子軒抱拳一揖，道：「二叔父請。」

申子軒雖然武功卓絕，但從未有過騎虎的經驗，暗中運氣戒備，跨上虎身。

程南山道：「兩位坐好了。」突然舉手一揮。

但聞大黃低吼一聲，騰躍而起，去如疾風，眨眼不見。

雷化方看得呆在當地，道：「兄弟一生之中，還是第一次見人騎虎，今宵算大大開了一次眼界。」

程南山轉口接道：「兩位請在此稍候，兄弟去取風乾的野味下酒。」轉身一躍，行蹤頓杳。

片刻之後，果然拿著一隻風乾的野兔，兩隻山雞，左肘挾著一罈酒，右肘中夾著一綑乾枯的樹枝，大步行入茅舍，說道：「兄弟在衡山養傷，一住十幾年，學會了風製野味，咱們燃起木枝，一面烤食，一面飲酒，但不知兩位是否有此興致。」

雷化方輕輕咳了一聲道：「程兄，咱們在茅舍內引火烤肉，固是雅興宜人，但只怕要招來強敵暗算……」

程南山道：「雷兄放心，只要有人接近這茅舍百丈之內，咱們就可先得消息，暗算之舉，他們決難如願，至於招來強敵，倒正是合兄弟之意，程某正想會會那些謀害慕容大俠的兇手。」

程南山燃起枯枝，打開酒罈，一邊烤食山雞、野兔，一面飲酒。

雷化方雖打精神奉陪，但心中一直是坐立難安。

且說申子軒和慕容雲笙一虎雙跨，直奔仙女廟而去，大黃奔行迅速，兩人感覺有如騰雲駕霧一般，不大工夫，已到了仙女廟。

申子軒躍下虎背，道：「到了，我跟你一起去吧，也好有個照應，只是這頭巨虎，如何處理？」

慕容雲笙道：「小姪試試看。」雙手互搓三下，突然一揮右手。

巨虎大黃見狀縱身而起，轉頭奔去。

慕容雲笙低聲道：「這大黃果然已至通靈之境了。」

兩人前行幾步，已然走到仙女廟外，抬頭看去，只見那虛掩的黑漆大門之上，貼著一張便箋。

中子軒順手扯下，二人凝目望去，只見上面寫著：「應約只有一人，何以兩人同來？」

中子軒隨手把便箋收入胸中，低聲說道：「孩子，他約你一人見面，爲叔不便相強，我在廟外等你，萬一有變，你可長嘯爲號，爲叔自會趕來接應，千萬不可太過逞強。」

慕容雲笙應了一聲，緩步向廟中行去。

中子軒直待慕容雲笙進入了廟內，才轉過身子，急奔而去。

慕容雲笙緩步行入了廟內，經過了一段碎石鋪成的小徑，已到了大殿前面。

這是一座沒落的荒廟，規模不大，除了一座大殿之外，只有東西兩座廂房。

慕容雲笙停在大殿外面，凝神傾聽了片刻，不聞一點聲息，心中暗道：「不知他在何處等我，先到大殿中看看吧。」

正待舉步行入大殿，突見火光一閃，西廂中燃起了一盞燈火。

慕容雲笙暗中提聚真氣，緩步向西廂行去。

只見兩扇房門，緊緊關著，舉手一推，房門應手而開，敢情那木門竟是虛掩著。

凝目望去，只見一張木桌，放在廂房正中，一支紅色的火燭，放在木桌一角。

聽濤樓上見過那矮瘦老人，端坐在主位之上，雙目盯注慕容雲笙，但卻不發一言。

慕容雲笙又向前行了兩步，抱拳一禮，道：「見過老前輩。」

矮瘦老人一伸手，道：「請坐。」

慕容雲笙應聲在那矮瘦老人對面坐下。

那矮瘦老人待慕容雲笙坐好，立時接口說道：「申子軒哪裡去了？」

慕容雲笙聽得微微一怔，暗道：「好啊，我們似一直在他監視之下。」心中念轉，口中卻說道：「申前輩沒有進來。」

欠身一禮，接道：「老前輩召在下來此，不知有何指教？」

那矮瘦老人先是一怔，繼而淡淡一笑，道：「你知道我是誰嗎？」

慕容雲笙奇道：「不知道，老前輩怎麼稱呼？」

那矮瘦老人淡淡一笑，道：「你想不想見識一下我真正面目？」

慕容雲笙愈聽愈奇，道：「閣下語含玄機，實叫在下聽不明白。」

矮瘦老人道：「好！現在我讓你明白。」伸手在臉上一抹，擄下了人皮面具。

慕容雲笙凝目望去，只見一張宜嗔宜喜的粉臉，兩條彎彎長長的秀眉，配著櫻唇、瑤鼻，不禁為之一呆。

只見她展顏一笑，露出來一對深深的酒窩，道：「你現在還叫我老前輩嗎？」

舉手在頭上一推，脫下了黃色的氈帽，鬆開頭髮，披在肩上，原來是一個十六、七歲的少女。

慕容雲笙輕輕嘆息一聲，道：「姑娘扮做男裝，戴上面具，在下自是無法辨認了。」

那少女臉色一整，說道：「你是不是很信任我？」

慕容雲笙沉吟了一陣，道：「姑娘有何吩咐，只管請說，只要所知，在下無不奉告。」

那少女道：「好，你如果信任我，就答覆我幾件事，第一，你是慕容長青的兒子？」

慕容雲笙神色肅穆地說道：「不錯，先父正是慕容長青。」

那少女點點頭道：「你很想替父報仇，是嗎？」

慕容雲笙道：「父仇不共戴天。在下身爲人子，豈可不爲父母報仇。」

那少女緩緩說道：「我要勸你的就是這件事情，算上申子軒、雷化方，他們也幫不上你的忙，此刻，你們實已處在危機四伏的境遇之中，如是我的推想不錯，你們如不離開江州，只怕很難活過三日。」

慕容雲笙一皺眉頭道：「姑娘之意，是勸在下離開江州了？」

那少女緩緩說道：「我只是告訴你，你們處境十分凶險，此刻，至少有四十位以上武林高手，在搜尋你們的行蹤。」

慕容雲笙略一沉吟，道：「姑娘對我等十分了然外，似是也知曉對方很多隱密，在下有幾句不當之言，想問問姑娘。」

長髮少女道：「所以你對我也動了懷疑，是嗎？」

慕容雲笙道：「懷疑倒是不敢，只是想了解姑娘身分，不知肯否見告？」

長髮少女沉思了良久，道：「我和你非敵非友，也不能在江州多停，告訴你，又有何用？」

慕容雲笙原想能從她口中，聽到一些有關強敵的消息，未料到竟是這樣一個結果，不禁黯然一嘆，道：「在下很感激姑娘相助，但卻想不到只這麼匆匆一晤。」

長髮少女微微一笑，接道：「怎麼？你好像很希望和我論交。」

慕容雲笙正待答話，長髮少女卻神色黯然地搶先接道：「唉！你如了解到我的身分來歷，只怕就不理我了。」

慕容雲笙看她說得認真，又是一呆，道：「除非你是我殺父仇人的女兒，除此之外，不論妳是何身分，在下都一樣願和姑娘論交。」

長髮少女搖搖頭，道：「我倒不是你殺父仇人的女兒，但如說到我的身世來歷，只怕比你殺父仇人的女兒更爲可怕，他不過爲你和有限幾人所恨，我卻是武林中人人指罵的人。」

慕容雲笙一皺眉頭，道：「當真嗎？」

長髮少女道：「你聽過『小妖女』嗎？誰又肯和一個被人指罵的小妖女做朋友呢？」言來神態黯然，雙目中熱淚盈眶。

慕容雲笙沉吟了一陣，道：「在下看姑娘容色艷麗，舉止端莊，毫無妖女之氣。」

長髮少女眨動了一下圓圓的大眼睛，熱淚奪眶而出，道：「你真不嫌棄我的壞名聲嗎？」

慕容雲笙道：「在下確無此感。」

長髮少女神色凝重，思索了良久，道：「你那兩位叔父，申子軒和雷化方呢？他們如若不贊成咱們交往，那你要怎麼辦？」

慕容雲笙心中暗道：「她盡談和我論交之事，實叫人難作答覆。」

長髮少女緩緩站起身子，道：「我娘說得不錯，這世界絕不會有人和我交往了。」

慕容雲笙凝目望去，只見她神色幽怨，滿臉幽苦，緩步向外行去，心中大爲不安，急急說道：「姑娘要到何處去？」

長髮少女道：「回我娘的身邊去。」

慕容雲笙心中感慨萬端，長長嘆一口氣，道：「看姑娘的武功成就，在下難及萬一，令堂

必然是一位武功絕世的高人，不知她怎麼稱呼？」

長髮少女淒涼一笑，道：「小妖女的母親，自然是老妖女了。」

慕容雲笙道：「姑娘不願見告，在下自然不便勉強。」

長髮少女正容說道：「我沒有騙你，我說的都是真話。武林中人，都稱我母女兩人爲妖女，避之惟恐不及。」

慕容雲笙看她說得聲色俱凝，不似謊言，當下接道：「那倒未必，在下就無此感。」

長髮少女舉起右手，按在頂門上緩緩說道：「難道我娘騙我的嗎？」

慕容雲笙心中一動，忖道：「疏不間親，我怎能離間她們母女之情。」

當下說道：「那也不會，也許她用心在警惕於你，要你慎防壞人。」

長髮少女緩緩走了回來，道：「你當真不怕和我交往嗎？」

慕容雲笙道：「在下一向不說謊言，不論世人對妳的看法如何，在下決不計較。」

長髮少女展顏一笑，緩緩坐了下來，道：「這麼看來，我娘說的必未是實話了。」

慕容雲笙緩緩說道：「難道姑娘除了母親之外，就未再和他人接觸過嗎？」

長髮少女搖頭說道：「沒有，我母親告訴我說，世上所有的人，知道我身分之後，都不會和我來往，所以我就處處小心，不敢和生人交往。」

她舉手理了一下頭上散髮，接道：「不過，我漸漸長大了，對母親說的話，發生了懷疑。」

慕容雲笙接道：「所以，妳就離開了母親，獨自在江湖之上闖蕩。」

長髮少女道：「不錯，所以我一個人跑出來，闖蕩幾日試試，看是否真如我母親所說，世

上之人都視我們母女有如蛇蠍。」

慕容雲笙凝目望去，只見她嬌稚的臉上，泛現出一股無比的妖媚，充滿著誘惑，心中暗暗忖道：「這丫頭說的話，果然不錯，當真是妖媚橫生，動人心魄，看來，她自稱小妖女，並非是有意的自污了。」

心中念轉，緩緩說道：「姑娘如若端莊一些，更像名門淑女。」

小妖女突然收斂去臉上笑意，道：「唉！我長了十八歲，從沒有和人交過朋友，你是第一個和我交往的人，唉！我如有什麼不對之處，還望多指教。」

慕容雲笙說道：「姑娘折節下交，在下自是極感榮寵，但在下要如何稱呼姑娘呢？」

小妖女凝目沉思了一陣，道：「娘叫我小蓮，你以後叫我小蓮就是。」

慕容雲笙淡淡一笑，道：「小蓮姑娘，在下有一事不解，不知可否請教？」

小蓮舉手理了一下秀髮，道：「自然可以問了。」

慕容雲笙道：「聽姑娘口氣，似是一直追隨母親身側，很少在江湖之上走動，不知何以對武林中事，這般了然，連在下的身世和兩位叔父，姑娘似都瞭如指掌？」

小蓮微微一笑，道：「我如不告訴你，只怕你想破了腦袋也想不出來，但我說給你聽了，那就平淡無奇啦。」

慕容雲笙道：「在下正要領教。」

小蓮道：「我偷聽人家說的啊，你們的一舉一動，都有人轉告給一個跛了腿的老頭子。」

慕容雲笙道：「那人現在何處？」

小蓮道：「江州城隍廟中，不過，你不能去找他。」

慕容雲笙道：「爲什麼？」

小蓮道：「他住在一間廂房中，燒著毒香，別人聞到那毒香味道，就要暈倒，哪裡還能凝聽他們說話。」

慕容雲笙道：「姑娘爲何不怕？」

小蓮道：「我有解他毒香之藥，自然不怕了。」

慕容雲笙道：「那裡防範很疏忽嗎？」

小蓮道：「他們自恃毒香厲害，別人無法接近，防範自然不嚴了。」

慕容雲笙略一沉思，道：「在下有一事相求姑娘，不知姑娘肯否相賜一些解那毒香的藥物。」

小蓮道：「怎麼？你要到那城隍廟去嗎？」

慕容雲笙道：「正是，姑娘不能在江州久留，在下也不便請姑娘同往。」

小蓮微微一笑，道：「現在麼？我已決心不去金陵了。」

慕容雲笙接道：「令堂在金陵等候於妳，姑娘如若不去，令堂放得下心嗎？」

小蓮道：「我娘把我留在終南山絕頂之上，冰天雪地之中，一年零三天，都沒有去看過我，那時我才九歲，她就放得下心，如今我不去找她，打什麼緊。」

慕容雲笙心中好奇，口中問道：「在冰天雪地中，姑娘如何去尋找食用之物？」

小蓮道：「我娘在山洞中，替我留了很多食用之物，風乾的瘦肉，和足夠我一年食用的米麵，才下山而去；她告訴我多則三月，少則一月就回來，可是，她一去就是一年。」

慕容雲笙道：「姑娘在山上守了一年。」

小蓮道：「是啊！我娘臨去之際，傳了我很多武功，我在山上無聊，就習武爲樂。」

小蓮突然撿起桌上的人皮面具，套在臉上，挽起長髮，戴上氈帽道：「咱們走吧！」

慕容雲笙道：「哪裡去？」

小蓮道：「去城隍廟啊，我昨夜聽到他們說，今日有一位法王要來，不知是何樣人物，咱們一起去見識一下。」

慕容雲笙發覺她戴上了人皮面具之後，人也似老練了很多，心中暗暗忖道：「此等重大之事，不可一意孤行，必得先行和二叔父商量一下才行。」

心念一動，口中緩緩說道：「在下那位申二叔尚在左近，此等大事在下一人留作主意，不知可否找他來商量一下？」

小蓮微微一笑，道：「那就請他來吧！」

慕容雲笙緩步行入院中，仰臉一聲長嘯。

這是他和申子軒約好的信號，果然片刻之後，申子軒已疾奔而至。

申子軒急急接道：「發生了什麼變故？那位老前輩呢？」

慕容雲笙低聲說道：「她不是老前輩，其實她年紀很輕，不過十幾歲的年紀，加上又是個女孩，不便在江湖之上走動，所以才故意改扮成老人模樣，二叔父以後和她交談時，不用太過拘謹了。」

慕容雲笙附耳於申子軒跟前，道：「她告訴小姪一件十分重大的事，因此請叔父來商量。」

申子軒道：「什麼事？」

慕容雲笙道：「小姪知道了強敵在江州發號施令的主腦所在，就在江州城隍廟中，小姪想去查看一下。」

申子軒道：「好，咱們先去查看一下敵勢，盡量不和他們動手就是。」

慕容雲笙看看天色，道：「要去，咱們就該立刻動身才是。」

小蓮道：「我替兩位帶路。」慕容雲笙和申子軒魚貫相隨而出。

小蓮似是對地形十分熟悉，奔行快迅，不大工夫，已然行近了城隍廟。

此刻，四更時分，正是夜闌人靜時，平時熱鬧非凡的城隍廟，此刻一片靜寂。

小蓮回頭低聲說道：「兩位請隨我身後，多加小心。」繞向後面行去。

行約十餘丈，小蓮突一扭柳腰，飄然而起，躍上屋面。

慕容雲笙、申子軒隨著飛上屋面。

凝目望去，只見數丈外一間瓦屋中，燈光明亮。

小蓮低聲說道：「那間有燈火的房子就是了，他們戒備不嚴，但室中人的武功，都很高強，咱們如是不想和他們動手，舉步落足之間，不能發出一點聲息。」

小蓮隨即飛身而下，腳落實地，果然是不聞一點聲息。

慕容雲笙、申子軒亦緊隨在小蓮身後，飄落實地。

小蓮輕步向前行去，右手低揮，示意兩人在原地等候，一直行到那燈火明亮的後窗之處，停留了一陣，才舉手招呼兩人。

慕容雲笙叔姪二人，立時舉步向前行去。

小蓮嬌軀微側，讓開身子，慕容雲笙伸首望去，只見室中白煙繚繞，一個身著灰衣，滿頭白髮的老人，盤膝而坐，下半身都爲灰袍掩遮，無法看清楚是否殘廢。

在那灰衣老人左側，席地坐著一個禿頭青衫，面目嚴肅的老人，右側坐著八臂哪吒李宗琪。

室中除了一片稻草之外，只有一個香爐大小的石鼎，白煙從鼎中冒出。

幾人停身之處，正是那廂房後窗，但可以看見室內景物的，只有慕容雲笙站的那個位置，那是木窗年月過久，自然的裂痕，因爲屋內都是武林中第一流的高手，幾人也不敢破窗瞧看。

但聞那禿頭青衫，面目嚴肅的老者，緩緩說道：「對方不過三、五人，我們在江州的高手，卻不下百位，十個拚一個，我們都還有一半多的活人，因此三聖對此極是不滿，特派我來查明內情。」

慕容雲笙心中暗忖道：「聽此人口氣，似是強敵的核心中人，他口中的三聖，想來定然是強敵的首腦人物了。」

但見那身著灰衣，滿頭白髮的老者，目光轉到李宗琪的臉上，道：「此刻我們雲集在江州的人手，以你青衫劍手最多，爲我江州地區的主力，你倒說說看，爲什麼卻讓強敵兔脫……

「想那數日前紅衣劍手，在老夫指揮之下，曾經一舉間，消滅了雷化方邀請助拳的數十位高手，相信老夫調度之處，絕無錯誤。」

這位老人一番話中，把錯失全推在李宗琪的頭上，顯然那禿頂老者，掌握了很高的權威。

十二　深入虎穴

李宗琪目光轉動，望了那禿頂老者和白髮老人一眼，緩緩說道：「屬下無能，自應領受責罰，不過，屬下亦有苦衷，不知可否奉陳上聞。」

禿頂青袍老者點點頭，道：「好，你說吧。」

李宗琪目光轉注那白髮老人臉上，道：「在下要反駁張老幾句話，還望張老不要見怪。」

白髮老人道：「好，你說吧。」

李宗琪道：「張老說那申子軒在江州只有三、五人，此言不對，據屬下所知，申子軒在江州附近，水面旱地，都有著很多耳目布置，到處是眼線接應。屬下率領青衫劍手，雖然多達數十人，但他們因受藥物控制了神智，只能用以搏殺對敵，要他們追蹤布樁，監視敵情，卻是無能爲力了……」

白髮老人接道：「我把那雷化方、慕容雲笙等誘上了聽濤樓，飛鴿傳訊，要你派出精銳劍手，一舉殲滅，而且又怕時間上趕不及，又派出老夫在江湖收羅的高手曹大同、駱玉彪等趕往相助，但仍然讓他們逃脫，難道這也是老夫之過嗎？」

李宗琪道：「張老飛鴿傳訊時，適巧在下亦在追查申子軒等下落，由屬下副手，派出四個青衫劍手，趕往聽濤樓，但因曹大同臨敵反戈，張老派出的主事人惡郎中又應變不當，致把局

勢鬧亂，駱玉彪等竟都獲得解藥，毒解遠走，而且申子軒早已在樓中埋下了強援，四名青衣劍手，盡爲人傷，待屬下聞訊趕到時，申子軒已離開了聽濤樓……」

白髮老人怒聲喝道：「老夫派人爲你助陣，難道還助錯了嗎？」

李宗琪微微一笑，道：「張老不要動怒，在法王之前，在下是不得不據實而言。」

白髮老人冷笑一聲，道：「老夫奉聖諭而來，主持大局，凡是江州地面上的我方人物，都要聽老夫之命，你雖身爲青衫隊的領隊，但你既在江州地面，那也得聽從老夫之命。」

李宗琪道：「不錯，對張老，在下一直是以屬下自稱，如若不是當著法王之面，在下也不敢和張老辯論了，」

慕容雲笙心中暗道：「看來那禿頂老人，身分甚高，這白髮老人和李宗琪互相諉過，顯然這禿頂老人到此的用心，是來調查江州情勢，強敵組織如此嚴密，實是極難對付了。」

只聽那禿頂老人說道：「話不是這麼說，在下奉命來此，只是希望了解全部內情，張兄可以說話，李領隊也可以說話，李領隊說得不錯，在本座面前，兩位都必須提出對自己有利的辯護，此乃三聖立下的規則，我等自應一體遵守。」

那白髮老人對待李宗琪，脾氣十分暴躁，但對待那禿頂老人，卻是和氣異常，回過臉去，說道：「法王說得是。」

禿頂老人緩緩掃掠了李宗琪和那白髮老人一眼，接道：「不論是誰的錯誤，事情已經過去，眼下重要的是，要設法善後。本座來時，曾經奉有聖諭，七日之內，必須把申子軒、雷化方的人頭送入聖堂，應是那時三聖尙不知曉慕容雲笙也在江州。」

白髮老人接道：「在下昨日已經放出信鴿，把慕容雲笙出現江州一事，呈報聖堂。」

禿頂老人道：「那麼今天黎明時分，必有聖諭到此，至少也不過中午時分。」

李宗琪接道：「上告法王，屬下還有下情上陳。」

禿頂老人道：「好，你說吧。」

李宗琪道：「申子軒、雷化方雖然狡猾多智，但尚不足畏，那慕容雲笙武功卻十分高強，但最爲可怕的，還是他們有一位不知姓名來歷的強援，在暗中作梗……」

禿頂老人打斷李宗琪的話，道：「那人是何模樣？」

李宗琪道：「據屬下得到消息，那人既矮又瘦，貌不驚人，但武功卻高強難測……」

白髮老人插口接道：「那人可是約那慕容雲笙等今宵在仙女廟中相會嗎？」

李宗琪道：「這個，在下就不知道了。」

白髮老人道：「據老朽得到的消息，確是如此，而且老夫已派遣了兩個高手，暗伏於仙女廟中，監視他們會晤內情，大約天亮之前，就可以有消息傳來了。」

聽到此處，申子軒突然輕輕一扯小蓮和慕容雲笙的衣袖，轉身而去。

慕容雲笙和小蓮回頭瞧了申子軒一眼，齊齊隨在申子軒身後而去。

三人舉止十分小心，輕步而行，直待走出了四、五丈外，才縱身躍上屋面，加快腳步而去。

申子軒帶頭而行，一口氣奔出江州城外，才停了下來。

小蓮道：「爲什麼不看了？你們服下的解藥，還可支持一個多時辰之久。」

申子軒長長吁一口氣，道：「東方已泛魚肚白，天色即將大亮，那城隍廟乃江湖賣唱的薈萃之地，龍蛇雜處，人來人往，咱們三人站在那西廂後窗，必然會啓人疑竇。他們雖自恃毒香，人難接近，但如有人高聲呼叫，自然會驚動他們，那時咱們如再想走，怕已經難以走得了。」

小蓮道：「怕什麼?大不了和他們打一架就是。」

申子軒淡淡一笑，道：「他們人多勢眾，咱們不宜和他們硬拚。」

小蓮沉吟了一陣，道：「好，就算你說得對吧。」

申子軒道：「在下還有一事奉告姑娘。」

小蓮道：「什麼事?」

申子軒道：「適才姑娘也會聽到，妳易容改裝之事，已然暴露於強敵眼線之中，今後姑娘的行動，必然會遇上甚多阻力，對方不擇手段，用毒暗算，無所不用其極，在下之意，是要奉勸姑娘，改變一下裝束，使他們認不出姑娘面貌。」

小蓮微微一笑，道：「原來如此，那這麼辦吧，不如我改扮成一個青衫劍手，混入他們之中，必能探出更多機密消息。」

申子軒道：「好是好，只是太危險了。」

小蓮道：「不要緊，我既然幫了你們，那就索性多幫一些吧!」

慕容雲笙道：「在下和姑娘萍水相逢，怎好如此相勞。」

小蓮道：「我高興幫你們忙，那就什麼也不用談，如是我不高興，你求我我也不會……」

語聲微微一頓，又道：「咱們現在分手，以後如何聯絡?」

申子軒沉吟了一陣，道：「姑娘請在那仙女廟神像足下，留下函箋，在下等每隔三日，去那仙女廟中取一次留函。」

小蓮淡淡一笑，道：「這對我很不方便，不過，很隱密。」突然飛身而去，眨眼之間，走得蹤跡不見。

慕容雲笙突然抱拳一揖，道：「二叔父可否先行一步，小姪想混入城隍廟中，查看一下敵情……」

中子軒吃了一驚，接道：「怎麼！你也要混入那敵人中去？」

慕容雲笙道：「小姪已查看出一點密中之秘，強敵組織看上去神秘莫測，但除了一些首要人物之外，他們似是全憑著一種藥物，控制著屬下，這些人武功雖然未失，但他們的機智才慧卻是受了很大的影響，人人心無所疑，只有聽命行事，如若混入他們之中，那是很難被發現了。」

中子軒道：「話雖有理，但卻太過危險。」

慕容雲笙道：「二叔可故布疑陣，引誘強敵分心，使他們無法顧及內部，對小姪混入敵群，自是大有助益。」

中子軒道：「你準備如何行動？是否已胸有成竹？」

慕容雲笙道：「小姪準備先行易容改裝，混入城隍廟中，查看敵人情形，再伺機混入敵人群中。二叔放心，小姪當處處謹慎。」

中子軒長吁一口氣，道：「好，你去吧！」轉身疾奔而去。

慕容雲笙目睹那中子軒的背影消失不見，才折回江州城中。

他找了一個叫化子，買了一身破衣換過，打散頭髮，手臉上染上一些污泥，又找了一處廊沿，睡了一覺，直待天色過午，才緩緩向城隍廟中行去。

但見人來人往，熱鬧非凡，到處呼喝弦歌之聲。

慕容雲笙走了一周，查看了四周的形勢，才緩緩行入廟中。

這時，已經是申時光景，廟中午香已過。

慕容雲笙四顧了一眼，緩緩向大殿行去。

抬頭看去，只見大殿上黃幔分垂，一個身著紅袍的高大神像，端坐在供台之後。供台前面的拜墊上，跪著一個身著綠衣的婦人，手中捧著木卦，似是在祈福求卦。

慕容雲笙忘記了自己是叫化子的身分，邁著八字步，行入了大殿之中。

只聽一聲輕叱道：「退出去。」

一個手執拂塵的香火道人，突然由神幔後轉了出來，攔住了去路。

慕容雲笙正想發作，忽然想到了自己的身分，當下一哈腰。緩步退了出去。

只聽一聲冷冷笑聲，傳入了耳際，道：「小叫化子，怎麼見了我老叫化也不下拜。」

慕容雲笙轉眼看去，只見一個滿頭白髮的老叫化子，端坐在大殿門外。

他入殿之時，殿門口處並無人在座，此刻卻無聲無息地多了一個老叫化子，而且赫然是昨夜所見之人，心中暗暗忖道：「此人武功果然高強，來得竟是全無聲息。」

心中念轉，口中卻說道：「咱們各討各的飯，我為什麼要拜你。」

那白髮老叫化子哈哈一笑，道：「你拜了我老叫化子，自有好處。」

慕容雲笙心中暗道：「我正要找他搭訕，想不到天從人願，他竟然先找上我，但又不能太

露痕跡，使他生疑。」

略一沉吟，道：「什麼好處，你先說給我聽聽，如若能夠說動我心，自然可以拜你了。」

那老叫化子道：「第一，老夫年紀比你大，第二，老夫討飯經驗比你多，第三，老夫討了一輩子飯，已集下萬貫金錢，憑這三條，難道還不值得你一拜嗎？」

慕容雲笙道：「憑第三點，確實能動我心。」言罷，當真地拜了下去。

老叫化哈哈一笑，道：「老夫縱然有錢，也不帶在身上，你可敢跟我去取嗎？」

慕容雲笙心中暗道：「不入虎穴，焉得虎子。」

當下一挺胸，道：「好，諒你這大年紀了，也跑不了。」

那老叫化又皺皺眉頭，站起身子，轉身向後行去。

慕容雲笙看他跛了一足，行來十分緩慢，心中暗道：「如若不知他的底細，誰會想到這樣人物，竟然是身負絕技之士。」

那老叫化子帶著慕容雲笙繞過大殿，直向西廂行去。

慕容雲笙看那老叫化行去的西廂，正是他們會商之地，心中忽然一動，暗道：「不知他那房中是否還燃有毒香。」

幸好那小蓮多給了他幾粒解藥，當下取出一粒，悄然吞入口中。

緊隨白髮老人，行入西廂。

那老叫化子待慕容雲笙進了房門之後，突然把門關上，冷冷說道：「你是丐幫中人？」

慕容雲笙心中吃了一驚，暗道：「難道他已看出我是易容偽裝的嗎？既來之，則安之，不論發生什麼大變，我都該鎮靜應付才成。」

心念一轉，緩緩說道：「不是。」

白髮老人冷笑一聲，道：「老夫走了一輩子江湖，豈會在陰溝裡翻船，洗去你臉上污泥，老夫要瞧瞧你真正面目。」

慕容雲笙道：「你要我來此取錢，怎的忽然又變了卦，如是你捨不得，那就還我一拜。」

白髮老叫化子仰天一陣大笑，道：「你很沉著。」突然伸手向慕容雲笙左腕之上扣去。

慕容雲笙心中知道如若避開他這一擊，不但難免一場惡戰，說不定還要暴露出自己身分。心中念頭初動，左腕已被白髮老叫化子扣住。

這時，慕容雲笙縱然心想反抗，已經是有所不能了，索性不作抗拒。

那白髮老人只覺扣在手中的腕脈，十分平和柔軟，不似身有武功之人，先是一怔，繼而冷笑一聲，道：「老夫一生做事，是寧可錯殺無辜，不願留下破綻，你今日既犯在老夫手中，縱然當真無辜，那也是該你認命了。」

忽聞木門呀然而開，人影一閃，衝進來八臂哪吒李宗琪。

李宗琪進入室內之後，立刻反手關上木門。

白髮老人緩緩鬆開了慕容雲笙左腕，道：「事情如何？」

李宗琪望了慕容雲笙一眼，道：「張老派往那仙女廟的人，只找到一具屍體。」

白髮老人接道：「他怎麼死的？」

李宗琪道：「死在一種劇毒的暗器之下。」

緩緩從衣袋之中，取出一塊白色絹帕，打開絹帕，裡面是一枚細如線香，長不到兩寸，身泛藍光，頂端扁平的純鋼暗器。

李宗琪淡淡一笑道：「這暗器名叫蛇頭追魂箭。」

慕容雲笙心中暗暗忖道：「這老叫化子派往仙女廟的暗樁，肯定是被小蓮給收拾了。」

但聞那白髮老人說道：「李領隊既能認出這暗器，想必已知曉這暗器的來歷了？」

李宗琪略一沉吟，道：「據屬下所知，這等獨門暗器，並非江湖上一般常用之物，中原武林中暗器高手無人使用……據屬下探聽，施用這蛇頭追魂箭的，只有嶺南雙煞。」

白髮老人點點頭，道：「不錯，據老夫所知，也只有嶺南雙煞施用此物。」

李宗琪目光一掠慕容雲笙，接道：「這人是誰？」

白髮老人道：「老夫看他是丐幫中人，但他卻矢口否認，看來不給他一些苦頭吃吃，他是不肯說些實話了。」

李宗琪目光凝注在慕容雲笙的臉上，緩緩說道：「閣下如若想多活幾日，最好是說出實話。」

慕容雲笙心中暗道：「李宗琪的武功，和我在伯仲之間，這位白髮老人身分既然高過李宗琪，武功自是不在李宗琪之下，一旦動上手，我自非兩人之敵，但卻不難破圍而出，只是錯過這次機會。再想混入他們之中，只怕是永難如願。」

一時間，竟不知如何應付。

李宗琪看他久久不言，倒是大出意外，回顧了那白髮老人一眼，道：「張老準備如何對付此人？」

白髮老人望了慕容雲笙一眼，道：「不論是否丐幫中人，但我三聖門博大爲懷，天下武林人物，兼收並蓄，只要你願投我三聖門下，可免一死，這是你唯一的生機，你要仔細想想。」

李宗琪突然出手一掌，直向慕容雲笙前胸拍去，這一掌帶著勁風，來勢十分猛惡。

慕容雲笙來不及思索，疾快地向後退了一步。

李宗琪哈哈一笑，道：「張老看得不錯，這人果是丐幫中人。」

慕容雲笙心中暗道：「此刻我如再行否認，也是吉凶難卜，倒不如將錯就錯，承認是丐幫弟子，也許還有混入他們神秘集團的機會。」

心中念轉，緩緩說道：「不錯，在下是丐幫弟子，又該如何？」

李宗琪欺身而上，揮手抓去。

慕容雲笙在江心帆舟之中，已然和他動過了手，知他武功甚高，急急閃身避開。

李宗琪雙手連環而出，招招都是擒拿手法，瞬息間已然攻出五招。

但卻都被慕容雲笙閃避開去。

李宗琪冷冷說道：「看來閣下在丐幫中的身分不低。」

慕容雲笙心中暗道：「我如和他纏鬥下去，必然引他生疑，倒不如故意讓他抓住，然後再見機而作。」

雖然有心相讓，但又不便太過明顯，又閃避兩招，才讓李宗琪一把抓住了左肩。

李宗琪緩緩揚起左掌，道：「張老，可要取他之命嗎？」

白髮老人冷峻的目光，緩緩凝注慕容雲笙的臉上，道：「你想死呢，還是想活？」

慕容雲笙一面運氣戒備，一面說道：「螻蟻尚且貪生，何況在下，自然是不想死了。」

白髮老人緩緩從懷中掏出了一個玉瓶，倒出一粒綠色的藥丸，托在掌心之上，道：「吞下這一粒藥丸，你就可以活了。」

慕容雲笙看那藥丸，青翠如玉，色澤極美，暗暗忖道：「這本是極毒之物，偏偏是色澤動人。」

目光盯注在那藥丸上瞧了一陣，道：「這是什麼藥物？」

白髮老人緩緩說道：「毒藥，不過，不是致命的毒藥。」

慕容雲笙道：「這毒藥吃下之後，有何感覺？」

白髮老人道：「吃下之後，先有著吃醉酒般的迷茫，然後，忘記了過去，只有未來。」

慕容雲笙道：「未來怎樣？可是仍然難逃一死？」

白髮老人冷笑一聲，道：「未來麼？你只知聽命於我們，但卻可保性命。」

對慕容雲笙而言，這是一次很大的賭注，如若吞下那粒藥丸，就算混入了他們之中，但如一個控制不好，那藥丸在內腑化去，從今之後，即將永遠淪爲強敵之奴，一生一世，不能翻身。

但如不吞下那粒藥丸，只怕今後永無機會混入強敵群中了。

一時間心念百轉，竟是不知如何是好。

但聞那白髮老人冷冷說道：「要死要活，由你決定，老夫決不勉強。」

慕容雲笙暗中一提真氣，凝聚於咽喉之間，道：「在下願服用這粒毒藥。」

白髮老人道：「那很好，你張開嘴吧，讓我把藥物送進你口中。」

慕容雲笙心中早已有備，依言張開了嘴巴，白髮老人屈指一彈，一粒翠綠的藥丸，直飛慕容雲笙咽喉。

突聞砰然一聲，似是一塊大磚擊在木門之上，木門應聲半開。

李宗琪放開了慕容雲笙，喝道：「什麼人？」縱身一躍，直飛出去。

但聞那白髮老人道：「李領隊，是什麼人？」

他一連喝問數聲，卻不聞李宗琪回答之言，心中大怒，縱身躍出室外。

慕容雲笙憑藉著一口真氣，把那綠色的毒藥，擋在咽喉，閉住了呼吸，直待那白髮老人躍出室門之後，慕容雲笙才以迅快無比的動作，吐出了咽喉的丹藥藏入懷中，心中暗道：「不知何人及時擊開木門，才使我有此機會，取出喉中藥物。」

忽然心念一轉，暗道：「服下這藥物之後，有些什麼反應，此刻我毫無所知，如若被他們看出破綻，豈不是前功盡棄了嗎？」

心念轉動之間，忽見人影一閃，那白髮老人重又回到室中，冷冷望那慕容雲笙一眼，道：「你服下毒藥，藥性還未發作？」

慕容雲笙知他心中已經動疑，當下說道：「在下用內功把藥物逼住，不讓它發作起來。」

白髮老人冷笑一聲，道：「沒有用，我那藥物奇毒無比，縱然是內功最爲深厚的人，也無法用內功逼住奇毒。」

慕容雲笙道：「在下就逼住了。」

白髮老人道：「你越是運動抗拒，毒性發作後，那就越是痛苦。」

慕容雲笙道：「在下就是怕那藥性發作後的痛苦……」

白髮老人搖搖頭，接道：「沒有痛苦，只是一陣頭昏。」

慕容雲笙暗暗忖道：「我要怎樣才能裝出頭昏的樣子，瞞過他的耳目，不使他生疑才好。」

心中念轉，口中卻說道：「閣下說的是實話麼？」

白髮老人冷冷說道：「老夫為什麼要騙你。」

慕容雲笙道：「好！我散去內腑功力，使那藥物化開，如若有其他不適之感，我決不甘心忍受，必然要和你拚命。」

白髮老人哈哈一笑，道：「其實老夫不用和你多費口舌，那毒丸恐怕早已經在你內腑化去了，此刻你已經毒滲內腑。」

慕容雲笙搖搖頭，道：「沒有，在下自信那毒丸尚未化去。」

白髮老人陰沉一笑，道：「你可是把藥丸吐了出來？」

慕容雲笙道：「不是，在下只能運氣把毒性逼在一隅。」

白髮老人道：「這就是了，你既然無法把那藥丸吐出，那毒丸勢必要在你腹中化去，那只是時間上的早晚而已。」

慕容雲笙心中暗道：「這人老奸巨滑，不知是否說的真實之言。」

當下說道：「在下如若能控制一刻時光，就設法拖延一刻。」

白髮老人冷笑一聲，不再理會那慕容雲笙，卻跛著一條腿，在室中來回踱著方步。

慕容雲笙緩緩走到西廂一角，盤膝坐了下去。

他雖然沒有食用藥物，但此刻卻不得不裝成極力和腹內毒藥抗拒的樣子，盤膝坐在地上，運氣調息。

那白髮老人心中似是有著很急的事情，來回在室中走來走去。

慕容雲笙雖然坐著運氣調息，但大部精神卻在聽著那老人的舉動，忽然間，步履聲停了下

來，立時提高了驚覺。

睜眼看去，只見那白髮老人當門而立，神色嚴肅，雙手合十，似是在等待什麼一般。

突聞那白髮老人一字一句地沉聲說道：「江州分堂主張文波，恭接聖諭。」

慕容雲笙只聽得心中大感奇怪，暗道：「那門外明明無人，哪來的聖諭可接。」

念頭還未轉完，一陣鳥羽劃空之聲，一隻白色巨鴿飛入室中，在張文波頭上繞飛盤旋，然後停在他的左手掌心。

張文波神態恭敬，好像很怕得罪了那白鴿一般，右手小心翼翼地從那白鴿右翅之下，取下一個竹筒，拔開木塞，抽出一卷白紙，恭恭敬敬地放入袋中，右手托在左手之下，把那白鴿送出室外。

只見那白鴿一昂首，展開雙翼，破空飛去。

張文波目送那白鴿去遠，才緩緩退回室中，展開白箋，就窗前展開閱讀。

慕容雲笙暗中注意他的神情，只見他不時皺起眉頭，顯然那來函之中，並非說的什麼開心之事。

張文波看完了那白箋之後，又緩緩疊折整齊，放入袋中，一臉焦急之容，縱身一躍，飛出室外。

慕容雲笙眼看他飛躍出室，倒不知如何才對，想了一陣，仰身躺了下去，暗道：「不論如何，我既然中了毒，躺下去總是不錯。」

足足等候了一頓飯工夫之久，才見人影一閃，一人躍入室中。

慕容雲笙轉眼看去，只見來人竟然是李宗琪。

李宗琪神色亦極凝重，似是心中也有著什麼大事，目光一轉，望了慕容雲笙一眼，道：「張老哪裡去了？」

慕容雲笙搖搖頭，道：「不知道，我毒性發作，快要死了。」

李宗琪冷笑一聲，道：「這毒丸不會毒死人，你死不了。」

慕容雲笙道：「我頭疼得厲害。」

李宗琪望望天色，道：「再過一個時辰，你頭疼就可以好了，不過，你將逐漸地忘記了過去。」

慕容雲笙聽他說的和張文波一樣，大約是不會錯了，當下接道：「當真是不會死嗎？」

李宗琪一皺眉頭，道：「你很怕死是嗎？」

慕容雲笙反問道：「難道你不怕死？」

李宗琪道：「我也怕死，不過，不像你閣下怕得這樣厲害……」

突然冷笑一聲，續道：「不過再過一個時辰，你就不會怕死了。」

慕容雲笙道：「爲什麼？」

李宗琪道：「因爲你服下那藥物之後，會變得十分蠢呆，不知死亡之可怕。哼！像你這種貪生怕死的人，服用這種藥物，那是藥盡其用，那丐幫幫主在武林聲名甚著，豪氣、膽識，不輸九大門派掌門人，我不知他如何會選上了你進入丐幫……」

慕容雲笙接道：「在下亦有對敝幫幫主不滿之處。」

李宗琪道：「有這等事，閣下有何不滿？」

慕容雲笙道：「江湖上都說丐幫幫主豪氣干雲，但他卻有一件事，不敢過問。」

李宗琪道：「什麼事？」

慕容雲笙道：「慕容長青之事。」

李宗琪一皺眉頭，道：「慕容長青的事，豈是你丐幫能管得的嗎？」

慕容雲笙心中暗道：「我如再和他辯論下去，固然可以知曉一些內情，但恐怕要引起他的懷疑。那張文波恐怕也將回來，何不裝作藥毒發作，無法支持，來日方長，不怕探不出內情來。」

心念一轉，伸手按在頂門之上，道：「在下頭疼死了。」

李宗琪冷笑一聲，道：「那是藥毒發作之故，再過一頓飯的工夫，你就可以變成一位不畏死亡的豪壯之士了，恭喜啊，恭喜！」

言罷，不再理會慕容雲笙，大步行到西廂一角，盤膝坐了下去。

慕容雲笙暗自忖道：「看來，他對我似是極為鄙視。」雙手抱頭，倚壁而坐。

一盞熱茶之後，突聞木門大震，張文波急急奔了進來。

李宗琪緩緩站起身子，欠身一禮，道：「張老可曾追到了敵人嗎？」

張文波搖搖頭，反問道：「你呢？你緊隨強敵身後而出，應該追上那人才是？」

李宗琪道：「屬下慚愧，出門時倒是瞧到一條人影，但屬下苦追數里之遙，不但未能追上那人，反而把強敵給追失去了蹤影。」

張文波冷笑一聲，道：「你看到那人背影了？」

李宗琪道：「看到了，是一個身著長衫的人。」

張文波目光轉到慕容雲笙身上，道：「這人可是藥性發作了？」

李宗琪道：「屬下看到他藥發頭疼。」

張文波道：「你看這小子會裝假嗎？」

李宗琪道：「不會吧，張老親自把藥丸彈入此人之腹！而且屬下看他抱頭而坐，正是藥性發作之徵。」

但見張文波探手從懷中摸出一個火摺子，隨手晃燃，點起屋角處一支殘燭，緩緩說道：「李領隊，老夫不久之前，接到了三聖的親筆法諭……」

李宗琪吃了一驚，道：「那法諭上說些什麼？」

張文波道：「那法諭對咱們在江州連番挫敗一事，大爲不滿，但聖恩浩蕩，寬限咱們七日之內，生擒那慕容雲笙和申子軒、雷化方等三人。」

李宗琪道：「申子軒老奸巨滑，智謀過人，慕容雲笙敢在江湖出現，必然是懷有絕技，咱們不可輕敵，如若聖堂肯派高手趕來相助，那是最好了。」

張文波緩緩說道：「那派來的高手，已經出發來此了，後日中午可到。」

李宗琪接道：「派來的是什麼人？」

張文波道：「三聖對此事十分重視，派來的人自然是第一流的高手了。」語聲微微一頓，接道：「後日中午時分，咱們要去迎接聖堂派來的三位法王。」

李宗琪道：「屬下記下了。」

只見張文波舉手一揮，道：「好，你可以去了，老夫要坐息一陣。」

李宗琪欠身一禮，向室外行去，行到了室門口處，又回頭道：「可要屬下留此，爲張老護法嗎？」

張文波冷哼一聲，答非所問地道：「如若在下受到了三聖懲罰，只怕你李領隊也難脫關係了……」

張文波突然仰面冷笑數聲，道：「我知道你有你義父為你撐腰，不過，這次事件已然驚動三聖，如若是聖諭下責，諒那文駝子也難替你開脫。」

李宗琪臉色一變，接道：「張老這就說得不對了，在下那義父雖然在聖堂聽差，但一向是公正無私……」

張文波冷哼一聲，接道：「三聖之下，有誰不知那文駝子對你照顧，難道能騙過老夫嗎？」

李宗琪冷笑一聲，道：「此事與我義父無關，張老不可出口傷及在下義父。」

張文波一連冷笑三聲，不再講話，李宗琪心中大約是氣憤已極，砰然一聲帶上室門而去。突然砰然一聲，塵土橫飛。

慕容雲笙吃了一驚，抬頭看去，原來是那張文波一掌拍在地上，擊得塵土飛揚。

只聽張文波咬牙切齒地說道：「李宗琪，老夫如若不讓你三刑加身，誓不為人。」

目光一轉，凝注到慕容雲笙的臉上，舉手一招，道：「你過來。」

慕容雲笙神態木然地緩步走了過去，站在張文波的面前。

張文波冷冷說道：「你還記得你的名字嗎？」

慕容雲笙暗道：「就算這藥物神奇無比，也不能一發作就不記得姓名，但也不能說得太快。」

當下說道：「我叫做王……王……大……聖……」

張文波接道：「什麼王大聖？這名字不成，從現在開始，你叫張保，是老夫從人，你如能得老夫歡心，將來自有你的好處。」

慕容雲笙點點頭，道：「在下記下了。」

他裝得很像，竟然瞞過了老奸巨滑的張文波。

張文波抬起頭來，從頭到腳地仔細打量了慕容雲笙一眼，道：「你長得輪廓很好，明日老夫替你買件衣服，換去丐幫裝束，一則可使丐幫中人無法再認出你的身分，二則乾淨一些，也好幫老夫接待佳賓。」

張文波舉手一揮，道：「站在門外，替老夫護法，不論何人到此，都要先行喚醒老夫。」

慕容雲笙應了一聲，緩步行到室門口處，停了下來。

張文波舉手一掌，撲熄火燭，西廂中陡然黑了下來。

慕容雲笙抬頭望望天色，已經是三更時分，心中暗作盤算道：「明天他要我改換衣著，恢復本來面目，那如何能瞞得過李宗琪呢？必得稍經易容才成……

「還有我這般裝作，一舉一動，都要經過三思而行，日後稍不留心，就要露出馬腳，而且心無所宗，全憑個人揣摩，實非長久之策，只有找機會把身懷藥物給人服下，看那藥物發作後的情形，才能有所遵從。」

正忖思間，忽見人影一閃，一個禿頭青衫，面目嚴肅的老者，已然當門而立。

慕容雲笙立刻一橫身攔住了去路，道：「站住，不能進去。」

禿頂老者怔了一怔，道：「你是誰？」

說著話，右手卻陡然伸出，扣向慕容雲笙的右腕。

以慕容雲笙的武功而言，避開這一擊並非難事，但他心中明白，如若自己避開這一擊之後，必將引起那禿頂老人的懷疑，是以故作讓避不開，吃那禿頂老人一把抓住右腕。

突然木門呀然而開，張文波緩步行了出來，道：「兄弟初收一個從人，還未見過法王。」

禿頂老人緩緩放開慕容雲笙的右腕，道：「張兄可知他的底細嗎？」

張文波道：「他本是丐幫中弟子，今午才爲兄弟收留。兄弟已讓他服下『重生神丹』，法王但請放心。」

禿頂老人道：「張兄可曾看到他服下嗎？」

張文波道：「兄弟親自把神丹投入他的口中，自然是不會錯了。」

禿頂老人一面舉步入室，一面說道：「此刻我們要集中全力，對付申子軒，怎可再招惹丐幫？」

張文波道：「兄弟已思慮及此，天明之前，要他易容改裝，不讓丐幫弟子認出他身分就是。」

語聲微微一頓，接道：「兄弟剛才接到了三聖手諭……」

那禿頂老人，不再追問慕容雲笙的事，急急說道：「那聖諭上說些什麼？可曾提到過在下嗎？」

張文波一咧嘴，無聲無息的一笑，道：「那聖諭中雖未提起法王，但三聖對江州情勢不滿，不論公私，對法王都有些不利。」

禿頂老人略一沉吟，道：「聖諭何在，拿給在下瞧瞧。」

張文波緩緩說道：「聖諭之上，書明了在下親拆，法王如若一定要看，在下只好奉上

了。」

禿頂老人道：「既是如此，在下就不用瞧了。」

張文波接道：「聖諭中還說明一件事，在下倒忘記告訴法王了！」

十三　忍辱負重

禿頂老人道：「什麼事？」

張文波道：「聖諭中指明，另有三位法王，將於後天中午趕到，要咱們趕往迎接。」

禿頂老人道：「那聖諭上可曾說明。派遣何人到此？」

張文波道：「蛇娘子、金蜂客和飛鈸和尚。」

禿頂老人吃了一驚，道：「前堂三大護法，一齊出動來此！主要還是因爲那慕容雲笙出現江湖的緣故吧。」

張文波道：「一個慕容雲笙，能有多大能耐，值得如此重視？」

禿頂老人道：「也許那慕笙雲笙武功並不高強，但他卻有很大的號召力量，使很多武林中人，重想起那慕容長青。」

語聲微微一頓，道：「三聖神機妙算，豈是我等凡俗之人，所能料到。」

張文波道：「咱們還有一日一夜的時間，如若咱們能在這一日夜中，找出申子軒和慕容雲笙，那就不用勞動前堂三大護法了。」

禿頂老人冷哼一聲，不再答理張文波之言。

室中突然靜了下來。

慕容雲笙傾耳聽了一陣，不再聞兩人之言，正想藉機會閉目養息一下精神，當下一抬頭，卻瞥見一條人影，捷逾飄風，輕如落葉一般地，下落到對面屋瓦之上。

人影一閃間，立時消失，想是隱在那屋脊之後了。

慕容雲笙心中暗道：「來的不知是何許人物，好快速的身法，如非趕巧，連我也難發覺。」

他雖不知來人是誰，但卻裝作未見，只是暗中留神戒備。

但聞室中的張文波輕輕咳了兩聲，道：「石兄……」

石法王冷冷說道：「什麼事？」

張文波道：「前堂三位護法的大名，兄弟是早有耳聞了，但不知他們真實武功如何？」

石法王道：「張兄見過蛇娘子嗎？」

張文波道：「聞名甚久，但卻一直無緣會見，不過從她這名號看來，定然是一個心狠手辣的人了。」

但聞那石法王說道：「張兄猜得不錯，蛇娘子人如其號，手段的毒辣，咱兄弟們萬難及一。說到武功方面，即使咱們兩個合起來，也難在她手下走上百回合。」

張文波道：「金蜂客呢？」

石法王道：「兄弟和他相處了一年之久，亦曾見過他出手對敵，武功詭奇，身手不在蛇娘子之下，但金蜂客雖是名副其實的養了一籠金蜂，卻從未見過他施用金蜂，所以那金蜂究竟是何用途，只怕甚少有人知道。」

張文波道：「飛鈸和尚呢？」

石法王道：「關於那飛鈸和尚，兄弟知道較少，只知他來自藏邊，屬於密宗一支，雙手能發出四支飛鈸，回旋飛盪，極是難防。」

石法王仰天一嘆，道：「如若你肯相信兄弟之言，接待三位時，最好能小心一些，尤其那蛇娘子生性十分冷傲，外貌卻又柔和美艷，但一言不合，就立刻翻臉。」

張文波道：「多謝石兄指教了。」

慕容雲笙聽那禿頂老人述說蛇娘子等武功，心中大是焦急，暗道：「如何想個方法，把這三人的惡毒，告訴申二叔，萬一日後遇上這幾人，也好有個防備。」

心中念轉，目光凝注在對面屋頂之上。

原來，他發覺又有一條人影，極快地隱入對面屋脊之後，一時間心中大為矛盾，不知是否該把發現告訴室中的張文波。

他無法預測來人是敵是友，但卻瞧出來人決不是申子軒和雷化方，當他瞧到第一個人影時，曾想到那是小蓮，但此刻突然增多了一人，自然亦不可能是小蓮了。

他這邊心念回轉，也就不過是瞬間的工夫，那兩條人影已然同時躍起，破空而去，而且去勢如箭，一閃而逝。

但聞那張文波的聲音，傳了出來道：「張保何在？」

慕容雲笙應道：「張保在此。」

室中響起了一陣低沉的笑聲後，復歸沉寂。

慕容雲笙心中暗忖道：「他突然叫我一聲，不知為了何故？」

一夜時光，彈指即過，直到東方泛白，張文波才緩步行出西廂。

慕容雲笙不知那藥毒發作後的情形，不敢睡去，只好靠在門邊，站了一夜。

張文波行出室門，回顧了慕容雲笙一眼，道：「張保，你好麼？」

慕容雲笙心中大爲緊張，故意停了一陣，才應道：「張保很好。」

張文波一皺眉頭，道：「藥量太重了，你追隨老夫身側，這等痴呆，如何能成？老夫要設法減少你身上毒性。」

慕容雲笙故意咧嘴一笑，裝出似懂非懂之狀。

張文波舉手一招，道：「你到室中來。」

慕容雲笙應了一聲，隨在張文波的身後，緩步行入房中。

目光轉動，只見室中一片死寂，竟然別無他人，那位石法王不知何時，竟已悄然離去。

但聞張文波低聲說道：「張保，你坐下。」

張文波伸手從懷中掏出一枚銀針，道：「我用銀針過穴之法，先放出你一些毒血，然後再服用藥物，減少你身上的毒性。」

忽覺背心一涼，銀針已刺入了背後玄機要穴。

張文波低聲說道：「不要運氣，讓毒血自然流出。」

慕容雲笙暗中運氣相試，覺出「玄機」要穴，並未受那銀針所制，萬一被瞧出破綻還有動手反抗之能。

但聞張文波怒聲說道：「不要你運氣，怎的不肯聽話，可是嫌身上血太多了不成。」

慕容雲笙轉眼望去，只見那張文波正用手拭去臉上鮮血。

原來，那銀針中間竟是空心，慕容雲笙一運氣，鮮血由銀針中間噴了出來，那張文波猝不及防，被噴了一臉。

張文波拭去臉上血漬之後，拔出銀針，由懷中掏出了兩粒藥物，交給了慕容雲笙道：「先吞下一粒，餘下一粒，兩個時辰後，再行服下。」

慕容雲笙接過藥物，立時把一粒投入口中，壓在舌底，卻裝出吞入腹中的樣子。

張文波望望天色，道：「好好守著西廂，老夫去替你做兩件體面衣服來。」打開木門，出室而去。

慕容雲笙吐出舌底藥物，藏入懷中。

那張文波一去大半天，直到日近中午，才回西廂。

只見他手中提著一個大布包，臉色沉重，似是有著滿腹心事。

慕容雲笙心中大爲不安，忖道：「看情勢，江州城中正是暗濤洶湧，張文波似是已經有些應付不了這等情勢，才這般愁眉苦臉，我要小心一些才行，他在盛怒之下，只怕要遷怒於我。」

哪知事情竟然大大地出了意料之外，張文波放下布包後，一改愁容，和顏悅色地對慕容雲笙道：「張保，你服過藥物了。」

慕容雲笙心中大感奇怪，這張文波似是對他愈來愈好了，口中卻應道：「服過了。」

張文波道：「這包袱中有一套衣服，你穿起來看看是否合身？」

慕容雲笙依言打開布包，只見一件青衫、一條儒巾，折疊得整整齊齊。

張文波神情慈和地說道：「先穿上看看，是否合身，還來得及修改。」

慕容雲笙依言換上新衫，張文波打量了一眼，哈哈一笑：「果然是人如臨風玉樹。」

語音微微一頓，道：「服了藥物之後，神智是否清明一些？」

慕容雲笙道：「小的感覺不出。」

張文波道：「是否能回想過去一些往事。」

慕容雲笙裝出沉思之狀，良久之後，才緩緩說道：「可以想起一些。」

張文波道：「凡入本派之人，大部都得服用那迷神藥物，除非你身分可入聖堂，或是法王以上身分的兩人作保，才可免去服用迷神藥物。但老夫給你服用的藥物，除了量上特別輕微之外，又替你放了毒血，服下一些解毒之藥，看你神情，似是已清醒很多，老夫對你可算仁德深厚了。」

慕容雲笙道：「小的感激不盡。」

張文波神色肅穆地說道：「你在丐幫中是何身分？」

慕容雲笙沉吟了一陣，道：「小的記不起了，」

張文波微微一皺眉頭道：「一點也想不起嗎？」

慕容雲笙根本不知丐幫中弟子如何分級，實是說不出個所以然來，只好硬著頭皮，道：「小的當真想不起了。」

張文波仰起臉來，自言自語地說道：「如果你服藥輕微，又經過放了毒血，賜給你解毒之藥，不該全無記憶才是。」

慕容雲笙心中忐忑，不敢回話。

張文波輕輕咳了一聲，道：「老夫當盡我之能力，設法療好你身上之毒。」

慕容雲笙道：「小的先謝東主。」

張文波點點頭，道：「看你應對，倒還得體。」

語聲微微一頓，接道：「你可知老夫療治你身上之毒，冒了很大凶險嗎？我這冒險爲你除毒，有背聖堂戒規，如被人發覺，老夫必要身受牽累。」

慕容雲笙道：「這個，這個，小的要如何報答……」

張文波道：「報答倒是不用，但卻有一法可免去老夫身受牽累。」

慕容雲笙道：「那是什麼法子？」

張文波道：「你拜老夫爲師。」

慕容雲笙呆了一呆，暗道：「師倫大道，豈可兒戲，這事萬萬不能答應。」

但聞張文波說道：「怎麼？你是心有不願嗎？」

慕容雲笙道：「小的只怕不配。」

只聽木門呀然，李宗琪推門而入。

他仍然保持禮數，欠身對那張文波一禮，道：「見過張老。」

張文波冷冷說道：「李領隊有何見教？」

李宗琪道：「三位法王大駕到此，非同小可，可要在下先作準備。」

張文波冷冷說道：「不用了，三位法王武功高強，就算在強敵環伺中，亦可自保。」

李宗琪道：「屬下可要趕往接駕？」

張文波道：「老夫要去，你自然也要去了。」

李宗琪道：「什麼時刻？」

張文波道：「明日午時，潯陽樓頭會面。」

李宗琪雙手抱拳，道：「張老如無他事吩咐，屬下這就告退了。」

張文波道：「以後來見老夫，還望報門而入。」

李宗琪冷笑一聲，道：「青衫劍手，只不過暫歸張老指揮，並非是張老直接屬下。」

張文波怒道：「就算老夫明日午時交出江州舵主之職，今日還是你的上司。」

但見人影一閃，石法王陡然出現室中。

石法王目光轉動，望了張文波和李宗琪一眼，道：「兩位這般水火不容，如何能夠對付那申子軒等。」

慕容雲笙換著新衣之後，生恐李宗琪看出自己身分，只好盡量避開他的視線。

一則李宗琪心中正值氣憤難耐，二則慕容雲笙臉上的油污尚未洗去，李宗琪未曾仔細瞧著，是以竟未瞧出。

但聞張文波嘆一口氣，道：「石兄，兄弟奉聖諭主持江州地面，李領隊來此助我，是否該受兄弟之命？」

石法王目光一掠李宗琪，道：「聖規森嚴，你縱然身受委屈，也不該頂撞張舵主。」

李宗琪一欠身，道：「屬下知錯，不過……」

石法王舉手一揮，道：「明日聖堂三位護法到此，必然帶有新的聖諭，兩位暫請忍耐一、二，待見過三位護法再說。三位護法到此之後，立時將有行動，李領隊就所屬青衫劍手之中，選出一些高手，聽候差遣，」

李宗琪道：「屬下遵命。」

石法王道：「你率領的青衫劍手，可是全在江州嗎？大約有多少人？」

李宗琪道：「全部都在此地，不算屬下，尚有三十二人，中有八個可列高手之林。」

石法王道：「好，明日你就率那八個可當高手的屬下，同往碼頭迎接三位護法，也許他們立時就要人手，展開行動。」

李宗其道：「屬下聽命。」

石法王舉手一揮道：「你去吧。」

李宗琪欠身對兩人一禮，才轉身出室而去。

石法王目光轉到慕容雲笙的臉上道：「張兄你把他這般裝扮起來，是何用心？」

張文波道：「兄弟聽說那蛇娘子生有潔癖，一向不喜衣著破爛之人。」

石法王道：「所以，你把他裝扮起來？」

張文波道：「區區也要換著新衣，免得觸犯那蛇娘子的禁忌。」

石法王點點頭道：「蛇娘子在聖宮身分，尤在兄弟之上，而且生性冰冷，張兄小心一些就好。」言罷，行入室中一角，盤膝而坐。

一宵無事，匆匆而過，第二天天色一亮，張文波也穿著一身新衣，整好亂髮，慕容雲笙在張文波命令之下，洗去了臉上油污。

石法王打量了慕容雲笙一眼，緩緩說道：「可惜呀！可惜！」

張文波道：「什麼事？」

石法王道：「可惜他服過迷神藥物，否則，此等才貌、骨格，兄弟定把他收歸門下，傳以絕技。」

張文波微微一笑道：「兄弟已把他收做弟子了。」

石法王臉上是一片惋惜之情，又瞧了慕容雲笙一眼，道：「此子骨格清奇，實乃極難遇到的人才，在丐幫中身分決不會太低，如若在下料斷的不錯，他可能就是丐幫幫主的弟子，下一代丐幫的繼承人。」

語聲微微一頓，接道：「以這樣一個重要人物，被咱們活擄而來，勢必激起丐幫中拚命之心，咱們固然是不怕丐幫，但他們如若集中精萃而來，單憑江州實力，很難和他們抗拒。」

張文波微微一笑道：「那該如何，還望石兄多多指教。」

石法王道：「最好想法子使他掩去本來面目，使丐幫中人無法相認。」

張文波道：「明日午時，接過三位護法之後，再設法給他易容便了。」

張文波扭轉話題，說道：「三位護法到此之後，必要有一番新的布置。因此，兄弟已經下令所有的明樁、暗卡，全部停止活動，靜待三位護法到此之後，再作計較。」

石法王道：「正當如此才是。」

一宵匆匆而過，慕容雲笙坐息醒來時，天已大亮，只見張文波來回在室中走動，臉上是一片憂苦焦急。

那石法王已然不知何時離去。

只聽張文波重重咳了一聲，道：「張保，醒了沒有？」

慕容雲笙啓目應道：「醒過來了。」

張文波嗯了一聲，目光緩緩轉到慕容雲笙的臉上，道：「老夫有幾種絕技，準備傳你，從此刻起，咱們就以師徒相稱。」

慕容雲笙不便拒絕，只好含含糊糊地支吾過去。

張文波道：「咱們去吧，你隨我身後，一切事情都要聽我的吩咐。」

張文波雖然瘸了一條腿，但行起路來，卻是一點不慢。

慕容雲笙緊隨在張文波的身後，到了潯陽樓下，只見李宗琪和石法王，早已在佇立相候，慕容雲笙裝束雖已改做青衣小帽，但仍怕李宗琪瞧出自己身分，不敢和他目光相觸，藉那張文波身子掩護，盡量避開那李宗琪的目光。

張文波望望天色，道：「時光不早了，咱們可以去了，在下帶路。」轉身向前行去。

石法王、李宗琪都未講話，神色沉重地跟在張文波身後。

幾人沿江而行，足足走了一頓飯工夫之久，張文波才停了下來。

慕容雲笙目光轉動，只見停身處，是一處十分荒涼的江岸，每隔五丈左右，站著一個佩刀的青衣人，慕容雲笙暗中一數，正好二十個人，百丈江岸，都不准生人接近。

張文波道：「這地方距離碼頭，不遠不近，人跡少至，又是沙泥岸，行舟無險，因此，兄弟選擇了這等所在。」

李宗琪接口說道：「那艘快舟，大概就是三位護法的坐舟了。」

張文波等抬頭看去，只見一艘快舟劃波如箭而來。

那快舟之上，四個黑衣搖櫓大漢分坐船梢，前面艙門窗口，都緊緊關閉著。

直待快舟靠岸，那艙門才突然大開。

一個身著青衣，頭戴方巾，臉色蒼白的儒士，手中提著一個黑布垂遮四面的籠子，當先走了下來。

慕容雲笙心中暗道：「這人大約是金蜂客了。」

緊隨金蜂客身後的，是一個披紅色袈裟的和尚，袈裟之內，塊塊隆起。

第三個是一位中年美婦，髮挽宮譬，身著綠衣，顧盼之間，秋波勾魂。

張文波迎了上去，躬身說道：「江州舵主張文波，迎接三位護法的大駕。」

李宗琪緊隨張文波身後，抱拳說道：「青衫劍手領隊李宗琪，參見三位護法。」

金蜂客和飛鈸和尚下了快舟之後，立時分站左右，蛇娘子卻疾行兩步，居中而立。

只見蛇娘子舉手理一下垂鬢秀髮，緩緩說道：「你就是張舵主嗎？」

張文波道：「正是在下。」

蛇娘子淡淡一笑，道：「你知罪嗎？」

張文波道：「在下知罪，但不知犯了哪條戒規？」

蛇娘子緩緩說道：「你力不勝任，著即免除江州舵主之職。」

目光轉到李宗琪的身上，道：「青衫劍手，一向是戰無不勝，攻無不克，此番卻連連受挫於敵，你身為領隊，督導無力，聖諭述明留位察看，日後將功折罪，若是再有挫折，二罪歸一，合併論處，罪上加罪，重懲不貸。」

蛇娘子目光轉動，望了站在旁側的慕容雲笙一眼，道：「那人是誰？」

張文波道：「此人乃張某門下弟子。」

蛇娘子目光轉到石法王的身上，道：「三聖手諭，要石法王乘原舟回聖堂聽命。」

石法王心中雖然不滿，但又不敢當面抗拒那蛇娘子之命，只好應道：「在下領命。」

石法王人一登舟，快舟立時掉頭而去。

但聞蛇娘子說道：「張文波，你可有那申子軒和慕容雲笙的消息嗎？」

張文波道：「屬下無能，再加上李領隊的青衫劍手，不能和在下配合，以致申子軒和慕容雲笙的消息，有如沉江大石。」

李宗琪接口說道：「在下一舉一動，都聽從張舵主的調度，找不出申子軒和慕容雲笙的消息，似和屬下無關。」

蛇娘子淡淡一笑，道：「兩位不用再爭論了，只要那慕容雲笙和申子軒等還在江州，料他們也難逃出我等掌握。」

李宗琪突然接口說道：「屬下還有要事，呈報護法。」

蛇娘子道：「什麼事？」

李宗琪道：「江州地面，近日出現一群美艷少女，而且個個武功高強。」

蛇娘子道：「那是女兒幫中人了，我等來此之時，已得聖諭指點，一向活動於四川的女兒幫，已然移向江南。」

蛇娘子眉宇間殺機閃動，道：「那女兒幫現在聚居何處？」

李宗琪道：「他們隱現無常，飄忽不定，而且經常以各種不同的身分出現，防不勝防，如若和咱們作對，倒是不易對付。」

蛇娘子沉吟了一陣，道：「這麼說來，咱們在江州城中，除了對付申子軒等之外，還要對付女兒幫了？」

李宗琪眉頭微皺，道：「屬下已為三位護法買下了一座宅院，但不知是否合用。」

蛇娘子望望天色，接道：「先帶我等去稍息風塵，再籌謀搜尋申子軒等，希望能在兩、三日內找到他們下落。」

那張文波已被削去了江州舵主之職，只有被問的份兒，沒有插口的餘地。

李宗琪道：「屬下帶路。」轉身向前行去。

蛇娘子回顧了張文波一眼，道：「你們師徒也隨同來吧。」

張文波應了一聲，隨在蛇娘子身後而行。

慕容雲笙已得那張文波的指示，一直隨在張文波的身後。

李宗琪帶路而行，轉向江州城郊。

行約七、八里路，到了一座紅磚圍牆的大莊院。

這是一座孤立在荒野的莊院，四周白楊環繞，氣魄十分宏偉。

李宗琪停下腳步，欠身說道：「就是這座莊院了。」轉身在門上連擊二掌。

木門呀然而開，兩個頭梳雙辮，年約十五、六歲的少女，躬身迎客。

李宗琪一欠身，道：「三位護法請。」

蛇娘子目光轉動，溜了金蜂客和飛鈸和尚一眼，道：「兩位先請。」

飛鈸和尚道：「首座先請。」

蛇娘子冷漠地說道：「李領隊帶路。」

李宗琪應了一聲，大步向前行去。

穿過廣大的庭院，直進二門，走完了一道五丈長短的白石甬道，到了大廳前面。

廳中早已有四個青衣女婢，分列廳門兩側欠身迎客。

蛇娘子當先行入了大廳之中，金蜂客、飛鈸和尚並肩而行，緊隨蛇娘子身後而入，李宗琪最後入廳。

張文波因被褫奪去江州舵主之職，已成戴罪之身，只好留在大廳門外。

但聞蛇娘子道：「李領隊，喚那張文波師徒進來，我要問問他江州情形。」

李宗琪應了一聲，緩步行出廳外，道：「張老，護法有請。」

張文波目光轉注到蛇娘子的身上，接道：「護法有何指教？」

蛇娘子道：「江州分舵共有多少人手？」

張文波道：「除了青衫劍手之外，不足二十人，李領隊的青衫劍手，又不肯和在下合作，故而使那申子軒和慕容雲笙漏網而逃。」

蛇娘子微微一笑，道：「張兄啊！你見過那申子軒嗎？」

張文波道：「屬下在暗中看過他一次。」

蛇娘子格格一笑，道：「那你為什麼不出手生擒他呢？」

這幾句話只問得張文波滿臉通紅，呆了一呆，才說道：「那時，他們人手甚多，在下只有一人……」

蛇娘子又是一陣格格大笑，道：「所以你不敢動人家，是嗎？」

蛇娘子臉色突然一冷，笑容盡斂，冷冷地說道：「你知道三聖如何吩咐嗎？」

張文波道：「在下不知。」

蛇娘子道：「聖諭中說明，要我等便宜行事。」

張文波臉色大變，誠惶誠恐地說道：「還望三位留情。」

蛇娘子嗤的一笑，道：「我第一眼看到你時，就已經決定手下留情了。」

張文波道：「張某感激不盡。」

蛇娘子目光又轉到李宗琪的臉上，道：「對女兒幫的活動，你要特別留心，立時下令我們江州地面的眼線，全力找她們聚居之地，然後一舉間，把她們全部殲滅，也好集中全力對付申子軒了。」

李宗琪道：「屬下立刻去辦。」

蛇娘子舉手一揮，道：「如非特別緊要之事，今日不用再驚動我了。」

李宗琪又欠身一禮，匆匆退出大廳。

蛇娘子目光轉動，望了金蜂客和飛鈸和尙一眼，道：「兩位，也該休息了。」

這兩人一直很少說話，直待蛇娘子問到時，才同時起身應道：「我等也該坐息一下。」

蛇娘子目光一掠廳中女婢，道：「帶兩位護法休息去。」

兩個女婢應聲行了過來，分帶兩人而去。

這時，大廳中只剩下了蛇娘子、張文波和慕容雲笙及兩個待命女婢。

蛇娘子目注張文波，微微一笑，道：「張舵主，你這位徒弟不錯啊！」

張文波欠身應道：「屬下亦是看他骨格清奇，是一位可造之材，才把他收歸門下。」

蛇娘子舉手理一下鬢邊散髮，緩緩說道：「張舵主的眼光不錯，只是這樣一位美質良材，拜在你的門下，實在太可惜了。」

張文波道：「如若護法能夠慈悲於他，收歸門下，傳以絕技，那就是他的造化了。」

蛇娘子沉吟了一陣道：「如論他的骨格清奇，習我門中武功，自非難事，我這門武功別走

蹊徑，和一般武功大不相同，他如是一塊渾金璞玉，未曾習過武功，學起來自不難登堂入室，身集大成，但他如習練過其他武功，再行回頭改習我這一門武功，那就要大費周折了。」

張文波道：「護法功參造化，必有良法改造他，護法如不肯慈悲於他，這孩子跟著我，未免是太可惜了。」

蛇娘子道：「容我想想再說，你先去吧。」

張文波應了一聲，轉身而去。

蛇娘子舉手一招，一個女婢立時行了過來，欠身說道：「小婢聽命。」

蛇娘子道：「妳替那張舵主安排一個宿住之處。」

那女婢應了一聲，緊追張文波身後出了大廳。

蛇娘子目光轉到了慕容雲笙身上，微微一笑，道：「你師父的話，你都聽到了。」

慕容雲笙道：「小的聽到了。」

蛇娘子道：「你意如何，是否願意改投在我的門下呢？」

慕容雲笙只覺她問的話很難答覆，沉吟了一陣，道：「這個小的不能做主。」

蛇娘子嗤的一笑，道：「你爲人很老實，見異不思遷，很難得啊。」

慕容雲笙只覺她言詞如刀，每一句話，都使自己無法答覆，索性閉口不言。

蛇娘子望著右首一個女婢，道：「妳帶我到臥房中去，妳們兩個也休息去吧。」

慕容雲笙心中暗暗忖道：「她不替我安排住處，難道要我住在這大廳中不成。」

忖思之間，蛇娘子已經站起身子，回首笑道：「你跟我來吧！」

慕容雲笙心中忖道：「她要休息了，爲什麼還要叫我同去呢？」

心中疑念重重，人卻舉步向前行去。

慕容雲笙隨在蛇娘子的身後，行到了一處幽靜的跨院之中。

那帶路女婢，推開了一扇木門，燃起火燭，道：「東主請吧。」

蛇娘子緩步入室，一面格格大笑，道：「那李宗琪很細心，替我安排了這樣一處幽美的住處。」

說話之間，突然一回右手，疾向那女婢左腕之上抓去。

那女婢被蛇娘子一把抓住了右腕脈穴，只疼得一皺眉頭，道：「東主……」

蛇娘子臉色一變，冷冷說道：「妳們可以瞞過李宗琪，卻無法瞞過我蛇娘子，如若妳不想吃苦，那就據實而言。」

那女婢只疼得臉色大變，口中卻說道：「要小婢講些什麼呢？」

蛇娘子道：「妳在女兒幫中是何身分？」

那女婢應道：「小婢不知道什麼女兒幫？」

蛇娘子格格一笑，道：「我知道，她們既然派妳來此，必然是有些骨氣，可惜，妳第一次就碰上我蛇娘子。」

口中說話，左手卻已從懷中摸出了兩枚銀針，左手一揮，刺入了那女婢的左肩和前胸之上。

那銀針該刺何處，蛇娘子心中似是早有成竹，三寸多長的銀針，一舉手間，盡沒不見。

只見那女婢滿臉汗珠，直滾下來，但她仍然緊咬牙關，不肯答話。

蛇娘子格格一笑，道：「小丫頭，妳很有骨氣，我倒要瞧瞧看，妳是不是銅打鐵鑄，能當得幾根銀針釘穴。」

說話之間，右手又摸出兩枚銀針。

只見那女婢連連點頭，道：「東主可否起下釘穴銀針？小婢已經支撐不住了。」

蛇娘子格格一笑，道：「好，但妳如果再不說實話，我就還妳銀針。」

一面說話，一面舉手取下銀針，緩緩放在那女婢身側，道：「妳們首腦人物，現在何處？」

那女婢輕輕嘆息一聲，道：「小婢說的是實言，我確非女兒幫中人。」

蛇娘子道：「那麼，妳是奉別人之命，混來此地，是嗎？」

那女婢應道：「也可以這樣說吧。」

蛇娘子道：「希望妳不會藏私，一件件地說明詳情。」

那女婢點點頭道：「據小婢所知，這個莊院的丫頭，大都是收買而來，分別傳授了禮數……」

話到此處，突然抬起頭，望著蛇娘子微笑說道，「現在，妳還想問什麼？」

言罷，突然一閉雙目，向地上倒去。

蛇娘子一伸手，扶住了那女婢身軀，回顧了慕容雲笙一眼，道：「哼，這臭丫頭，果然厲害，咱們都上了她的當。」緩緩放下那女婢屍體。

但見蛇娘子舉手一揮，道：「把她的屍體，放到室外去。」

慕容雲笙行了過來，抱起那女婢屍體，放到室外，重又回來。

這時，整個室中，只餘下慕容雲笙和蛇娘子兩個人。

蛇娘子望望室外，道：「那女婢不幸死去，要勞你侍候我了。」

慕容雲笙怔了一怔，還未來得及答話，蛇娘子已接口說道：「解下我的衣服扣子。」

慕容雲笙呆了一呆，道：「這個，這個……」

蛇娘子淡淡一笑，道：「怎麼？你不會嗎？」

慕容雲笙心中暗道：「我如果太過忤逆她，很可能要激怒於她，這女人喜怒無常，心狠手辣，不得不小心一些應付。」

心念一轉，只好舉起右手，緩緩向蛇娘子身上移去。

蛇娘子看他伸過來的右手，有些微微抖動，忽的嫣然一笑，道：「住手！」

十四 五毒金蜂

慕容雲笙收回右手，道：「哪裡不對了？」

蛇娘子妖媚一笑道：「你今年幾歲了？」

慕容雲笙道：「二十一歲。」

蛇娘子道：「年紀不算小了，看起來，你似乎是一直沒有接觸過女人。」

慕容雲笙道：「沒有。」

蛇娘子格格一笑道：「那就勿怪，你連女人的衣服也不會脫了。」

舉手理一理鬢邊長髮，接道：「二十一歲的人，笨到你這等程度，那也是很少見的了，乖乖的在這裡等著吧，我去換衣服去。」

言罷，回身而去，直入內室。

慕容雲笙呆呆地坐在廳中，想到今宵相處的危境，不禁大為焦急，暗道：「這女人把我召來此地，看來是別有用心，今宵如何度此危境，可要大費周折了。」

他搜盡枯腸，還未想出辦法，蛇娘子已然更衣而出。

慕容雲笙抬頭望了一眼，不禁臉上一熱，急急別過頭去。

但聞蛇娘子嬌聲說道：「你很膽小。」

慕容雲笙垂下頭來，道：「在下從未近過女人。」

蛇娘子伸出右手，牽著慕容雲笙，在一張錦墩上坐了下來，笑道：「你是否想拜在我門下呢？」

慕容雲笙道：「在下質愚才淺，只怕難以繼承衣缽。」

蛇娘子臉色一變，道：「那你是不願意了？」

慕容雲笙抬起頭來，只見那蛇娘子臉上一片嚴肅，隱現怒容，當下說道：「在下如得收錄門下，自是感激不盡，只怕在下才不足受教，有失厚望。」

蛇娘子冷冷說道：「我如覺著你可以，那就不會錯了。」

語聲一頓，接道：「這樣吧，在你未入我門之前，先隨在我身側一段時間。」

蛇娘子格格一笑，又道：「我還要告訴你一件事。」

慕容雲笙道：「護法但請吩咐，在下洗耳恭聽。」

蛇娘子道：「一般習武之人，大都要嚴守色戒，但我習的這一門武功，卻是不畏女色。」

慕容雲笙道：「護法之意是？」

蛇娘子微微一笑，道：「你這人怎的竟是和木頭一般。」

緩緩站起身子，道：「現在你跟我到房中去，我傳你本門中初步奠基功夫。」

慕容雲笙心中暗道：「形勢迫人，只能走一步算一步了，到萬一無路可退時，再作打算吧。」

心中自慰自算，人卻跟著蛇娘子，進入了內室。

蛇娘子更衣時，早已燃起了內室火燭，室中景物清晰可見。

慕容雲笙目光轉動，打量內室一眼，只見羅幃低垂，半掩著一張檀木雕花的牙床，鴛鴦枕、紅綾被隱隱可見。

蛇娘子穿著一身白紗羅衣，粉腿全裸，紅兜胸隱現於羅衣之中。

慕容雲笙回顧了一眼之後，不敢多看，緩緩垂下頭，站在一側。

蛇娘子嫣然一笑，伸手從高掛的衣服中，摸出一個玉瓶，拔開瓶塞，倒出一粒丹丸，款擺柳腰，輕移蓮步，行到慕容雲笙身前，道：「吃下這粒丹丸，我再傳你本門中初步心法，你就可退下用功了。」

慕容雲笙望了那丹丸一眼，只見色呈粉紅，大如黃豆，心中暗道：「這藥丸決非什麼好藥……」

蛇娘子未見慕容雲笙伸手來取，立時冷冷接道：「拿去啊！」

慕容雲笙伸手取過藥丸，緩緩說道：「這丹丸有何妙用？」

蛇娘子格格一笑，道：「妙用無窮，你只有服下此藥之後，才能體會出來。」

慕容雲笙緩緩抬起頭來，望了蛇娘子一眼，道：「護法當真要把在下收歸門下，傳以武功嗎？」

蛇娘子道：「不錯啊，難道我還騙你不成？」

慕容雲笙道：「師倫大道，非同小可，在下是否該行拜師大禮？」

蛇娘子一皺柳眉，道：「這個以後補行吧！你先吃下這粒丹丸再說。」

慕容雲笙揚了揚手中藥物，說道：「在下想起一事，稟告護法。」

蛇娘子盈盈一笑，道：「其他事以後再說吧……」突然出手，扣住慕容雲笙右腕脈穴。

慕容雲笙感覺蛇娘子扣在腕脈上的指力，十分強猛，心知如要掙扎，勢必要出手反擊，而且掙脫的希望，亦不很大。

他連經數番凶險，閱歷大增，轉念一想，決定放棄反擊。

蛇娘子原本準備慕容雲笙出手反擊，故而出手力道甚強，哪知慕容雲笙竟然靜立不動，不禁一揚柳眉，笑道：「你很鎮靜啊，怎不回手反擊呢？」

慕容雲笙只見蛇娘子扣在腕上的手指，力道愈來愈強，半身麻木，此刻，縱然心想反擊，亦是有所不能了，當下苦笑一下，道：「護法武功高強，在下自知不是敵手。」

蛇娘子冷笑一聲，道：「張文波瞎了眼睛，看不出你的身分……」

但聞蛇娘子緩緩接道：「以你這等身手，豈肯拜在他的門下，你神智清明，分明沒有服用迷神藥物，你可以騙過那張文波，卻無法瞞過我蛇娘子的雙目。」

蛇娘子嚴肅的臉上，突然綻開了一縷笑容，道：「現在還來得及。」

慕容雲笙道：「什麼還來得及？」

蛇娘子道：「只要你吞下那粒丹丸，好好聽我之命，不但可以保全性命，而且我可以把你引進聖堂。」

話到此處，突然住口，厲聲喝道：「什麼人？」

只聽一個冷漠的聲音應道：「金蜂客。」

蛇娘子一皺眉，道：「什麼事？」

金蜂客應道：「在下發覺了奸細追到此地。」

蛇娘子左手揚動，先點了慕容雲笙右臂穴道，才放開扣在慕容雲笙穴道上的手指，伸手抓過一件外袍穿上，緩緩說道：「奸細呢？」

金旃客道：「逃走了。」

蛇娘子道：「你進來吧！」

只見軟簾啓動，面目冷肅的金蜂客，緩緩走了進來，冷冷望了慕容雲笙一眼，道：「那奸細身法奇快，在下追出莊外，仍然被他逃走。」

蛇娘子道：「你看到他的形貌嗎？」

金蜂客道：「身材嬌小，似是一個女子。」

蛇娘子冷笑一聲，道：「好啊！又是女兒幫中的人了！」

語聲微頓，接道：「你拷問那丫頭，問出什麼沒有？」

金蜂客道：「在下威迫利誘，那丫頭仍不肯說，激動在下怒火，點了她五陰絕穴，原想那丫頭是鐵打金鋼，也難熬過行血回集內旃之苦，卻不料她口中早藏毒藥，被她咬破毒丸，毒發而死。」

蛇娘子冷笑一聲，道：「看來女兒幫中的幫規，十分森嚴。」

金蜂客道：「李宗琪招請下人，招來了這麼多女兒幫中人物，而且自己毫無所覺，至少該問他個失察之罪。」

目光轉到慕容雲笙臉上，道：「這人只怕也有些靠不住，不如交給屬下，以絕後患。」

蛇娘子淡淡一笑，道：「你怎麼知曉他靠不住呢？」

金蜂客道：「在下已經問過張文波，此人乃出身丐幫，而且收留不過數日，在下看來，實是大有疑問。」

蛇娘子嫣然一笑，道：「金護法，咱們此番來到江州，是以你爲首呢?還是以我爲首。」

金蜂客道：「自然是以妳爲首了。」

蛇娘子臉色一寒，道：「那就是了，既然是以我爲首，一切自應由我來做主，我看此人骨格秀奇，實是一位習武上選之材，因此，已決定把他收入我的門下……」

金蜂客道：「咱們來到江州，女兒幫已然先行混入了這莊院之中，雖然被咱們瞧出破綻，先行搏殺，但亦證明了敵手非同小可，如若張保也是丐幫派來的奸細，你把他收歸門下，豈不是太過冒險嗎？」

蛇娘子道：「這倒不勞閣下費心，如是該殺他的時候，我自然會殺之以絕後患。」

蛇娘子冷笑一聲，接道：「夜深了，金護法也該早些安歇，明日咱們還有大事要辦。」

金蜂客又冷冷地望了慕容雲笙一眼，轉身而去。

蛇娘子待金蜂客去後，望了慕容雲笙一眼，道：「你知道他爲什麼要殺你嗎？」

慕容雲笙道：「在下不知。」

蛇娘子緩緩說道：「你的身分，的確可疑，但還不是他要殺你的主要原因，他要殺害你，主要是爲了妒恨。」

慕容雲笙緩緩說道：「在下自救之道，就是不要他心中存有妒恨嗎？」

蛇娘子淡淡一笑，道：「你現在不覺著說得太晚嗎？」

雙臂一振，長袍脫身，又露出那蟬翼般的紗衣，緩步行到慕容雲笙的身前，臉上是一片嬌媚的笑容，緩緩伸出了右手，抓住了慕容雲笙的左腕，道：「看來，只有我幫你吃下了。」

五指加力，捏開了慕容雲笙的左手五指，左手取過慕容雲笙手中的藥丸，接道：「你很想

了然這丸藥的功能，是嗎？」

慕容雲笙雖然知曉手中丸藥，不是好藥，但其作用爲何，卻還不盡了然，當下說道：「護法如若肯告訴在下，在下自是洗耳恭聽。」

蛇娘子春情蕩漾，嬌媚一笑，道：「反正你今夜非吃下這粒丹丸不可，告訴你也是無妨。這丹丸名叫龍鳳丸，不論修爲何等深厚、定力何等堅強的人，都無法和這丹丸強烈的藥性對抗，只要服用一粒，立時將爲強烈的藥性，促燃起滿腔欲火，那時，不用我說服你了，你自會奴顏婢膝的求告於我了。」

慕容雲笙從未想到過世間還有這等藥物，不禁聽得一呆。

蛇娘子高舉著手中的藥丸，緩向慕容雲笙口中送去，一面說道：「乖乖的吃下去，沒有人會在此時此刻中，趕來救你……」

語聲甫落，突然一種嗡嗡之聲，傳入耳際。

蛇娘子臉色一變，道：「五毒金蜂。」不再強迫慕容雲笙吞下毒丸，伸手取過長袍穿上，奔向室門口處，疾快地關上室門。

慕容雲笙目睹蛇娘子驚慌之狀，心中大感奇怪，暗道：「什麼叫五毒金蜂，竟然使這位蛇蠍一般的女人如此驚恐。」

只聽蛇娘子沉聲說道：「快些燃起另一隻火燭。」

慕容雲笙聽她說的聲音惶急，不似裝作，只好緩步走了過去，燃起火燭。

雙燭並燒，室中光亮倍增。

蛇娘子滿腔欲火，此刻似已全消，又恢復那冷峻之容，緩緩說道：「你過來。」

慕容雲笙只好硬著頭皮行了過去。

只見蛇娘子右手揮動，拍活了慕容雲笙右肩穴道，緩緩說道：「從現在起，你隨時隨地有死亡的危險，所以，你要時時小心暗算。」

慕容雲笙道：「什麼人要暗算在下？」

蛇娘子一揚柳眉，道：「金蜂客，他養有一種毒蜂，名叫五毒金蜂，不知曉那毒蜂產地，但牠卻惡毒無比，而且那毒蜂，爲一種特殊的方法指引，可以隨心所欲的傷人，只要被牠螫中，除了金蜂客隨身所帶的獨門解藥之外，別無可救之法。」

慕容雲笙心中暗道：「毒蜂傷人，隨時可至，那是防不勝防了。」

但聞蛇娘子道：「防範之法，只有處處小心，唯一的徵候，就是那毒蜂飛行時的嗡嗡之聲，強過一般蜜蜂，只要心存警覺，處處謹慎，並非是不能預防。」

慕容雲笙心中暗道：「想這蛇娘子和那金蜂客長年相處，也許知曉對付那五毒金蜂的法子，怎生讓她在不知不覺中講出來才好。」

心中念轉，口中卻說道：「難道除此之外，就無法對付五毒金蜂了嗎？」

蛇娘子不理慕容雲笙的問話，側耳靜聽了一陣，道：「有，不過，我不能告訴你。」

慕容雲笙嘆道：「那金蜂客既然存下了殺我之心，那金蜂又是很難防備，護法如不告訴我對付之法，在下豈不是隨時都有性命之憂嗎？」

蛇娘子微微一笑，道：「有一個法子，可使你逃避死亡。」

慕容雲笙道：「尙祈賜示。」

蛇娘子道：「緊跟我身側行動，寸步不離。」

慕容雲笙心中暗道：「這女人雖然妖媚淫蕩，但仍是頗有心機，看來，她對我仍存有戒備之心。」

只見蛇娘子舉手理了一下頭上的長髮，緩緩說道：「今夜要委屈你，在我房中坐上一宵了。」

慕容雲笙暗道：「那金蜂客如若隱在暗中，待我離此之後，在黑夜中放出毒蜂，那是很難逃過了，只要我心中坦然，坐此一宵，有何不可。」

接口說道：「在下極願留此。」

蛇娘子淡淡一笑，道：「看來你也很怕死。」

蛇娘子脫去長袍，緩緩登上木榻，笑道：「十數年來，你是我所見過，第一個不爲女色所動之人……」

慕容雲笙道：「護法誇獎了。」

蛇娘子拍拍木榻，道：「你敢坐過來嗎？」

慕容雲笙看她膚若凝脂，撩人旖念，加上那盈盈媚笑，實是極盡誘惑能事，如是坐在榻上和她肌膚相親，只怕自己也難自制，當下沉吟不答。

只聽蛇娘子說道：「你如自知缺乏定力，那就不用過來。」

慕容雲笙爲她言語所激，一挺胸，緩緩說道：「在下自信，還能自制。」舉步行了過去。

蛇娘子拂拂秀髮，道：「我相信，不過，此刻我已無強你就範之心了。」

她突然抱起綾被，蓋起玉體，道：「唉，坐下來，咱們好好談談。」

慕容雲笙發覺她突然間端莊了許多，心中暗道：「這女人當真是變化多端，叫人難測

……」暗中運氣戒備，人卻緩步行了過去。

但聞蛇娘子接道：「不是我不放你，實是因爲此刻你處境太過危險了。」

慕容雲笙道：「什麼危險？」

蛇娘子道：「因爲那金蜂客已動了殺你之念，你如離開我而去，叫我如何放心！」

慕容雲笙道：「那在下就在這地上坐息一宵，也是一樣。」

蛇娘子道：「看來只有如此了。」

慕容雲笙緩緩走向室中一角，盤膝坐了下去，閉上雙目，運氣調息。

蛇娘子舉手一揮，熄去案上火燭，室中陡然間黑了下來。

慕容雲笙暗中戒備，防那蛇娘子藉暗施展手腳。

哪知事情大出慕容雲笙的意料之外，直待天色大亮，那蛇娘子竟然是仍無動靜。

這時，天色透入，室中景物，又已清晰可見。

細看那蛇娘子，面壁而臥，似是仍在熟睡未醒。

慕容雲笙站起身子，輕步行到室門口處，輕輕打開室門。

只見身著青衣的金蜂客，手中提著黑布遮掩的蜂籠，當門而立。

慕容雲笙料不到他竟然站在門口，徒然之間，嚇了一跳，疾快地向後退了兩步。

慕容雲笙定定神，道：「閣下在這裡站了一夜嗎？」

金蜂客冷漠地說道：「不勞關心。」

慕容雲笙碰了一個軟釘子，心中有些惱火，但他心知此刻處境，只有忍耐爲上，當下淡淡一笑，道：「閣下有什麼事，只管請進。」

身子一側，想跨出室門。

哪知金蜂客微一移動身子，把整個室門堵住，冷笑一聲，道：「去叫醒梁護法。」

慕容雲笙一時間，聽不懂他話中之意，茫然說道：「誰是梁護法？」

蛇娘子一躍而起，接道：「就是我……」

她爲人放浪形骸，甚少顧忌，不理會兩個大男人站在門口，我行我素地穿上了衣服，行下木榻道：「金蜂客有何見教？」

金蜂客仍是一臉木然神情，緩緩說道：「李宗琪已然查出那女兒幫在江州的宿住之地，特來請命。」

蛇娘子道：「你先去廳中等候，我立刻就去。」

金蜂客不再說話，轉身急步而去。

蛇娘子緩步行到慕容雲笙身側，嬌聲笑道：「怎麼樣？」

慕容雲笙道：「什麼事？」

蛇娘子道：「那金蜂客的神情，是否很可怕？」

慕容雲笙道：「在下覺著他不似一張活人臉。」

蛇娘子淡淡一笑，道：「他習練一種武功，名叫殭屍奇功，那武功練到一定的程度，就變成了那等木然神情，看上去活似一具殭屍。」

蛇娘子道：「等我片刻，我更衣梳洗一下，咱們一起到廳中去吧。」

蛇娘子梳洗甚快，片刻工夫，已然換著一身勁裝而出，笑對慕容雲笙道：「你緊隨我身邊就是，別多講話。」

慕容雲笙點頭應道：「在下遵命。」

蛇娘子舉步而行，直向廳中行去。

慕容雲笙亦步亦趨，緊隨在蛇娘子的身後而行。

兩人步入大廳，只見金蜂客、飛鈸和尚、李宗琪、張文波等早已在廳中等候。

李宗琪兩道目光，盯注在慕容雲笙的臉上，瞧了一陣，才欠身對蛇娘子一禮，道：「屬下幸未辱命，已然查出那女兒幫的住宿之地。」

蛇娘子冷笑一聲，道：「何以這宅院雇請女婢，大都是女兒幫中人物，你是否知曉呢？」

李宗琪望了張文波一眼，道：「張舵主通知屬下過晚，一時間籌備不及，致被女兒幫中人混了進來，屬下迎接到三位護法之後，心中亦生警覺，因此，昨夜出動了全部青衫劍手，圍守在這宅院四周，兩個逃出宅院的女婢，都已被屬下搏殺。」

蛇娘子沉吟了一陣，道：「你能在一夜之間，找出那女兒幫的住宿之地，足見智謀過人，雖有失察之罪，卻有查出敵人巢穴之功，功過相抵，懲獎各免。」

慕容雲笙心中暗道：「這蛇娘子雖然淫蕩，但處事臨敵，卻是頗有大將風度。」

只聽蛇娘子繼續說道：「咱們在未和申子軒等接手之前，必需先行設法除了女兒幫這個從中搗亂的強敵，今日一戰，能把她們全數殲滅，那是更好，縱然不能，也要一舉把她們擊潰，使她們無法再在江州城中立足。」

蛇娘子望望天色，道：「那女兒幫住宿之地，共有好多人手？」

李宗琪道：「據屬下偵查所得，共有二十餘人。」

蛇娘子點點頭，道：「很好，咱們既有行動，不能空手而歸。」

目光一掠金蜂客和飛鈸和尙，道：「兩位主攻，衝入她們宿住之地後，儘管施下毒手。」

蛇娘子目光又轉到李宗琪的身上道：「你率領六名青衫劍手，隨後接應兩位護法。」

蛇娘子一皺柳眉，又望著張文波道：「你雖然交了江州舵主之位，但此事你也不能置身事外，你那幾位居下，仍然由你率領，加上六名青衫劍手，負責四圍戒備，凡是漏網之人，一律搏殺。」

張文波道：「居下領命。」

蛇娘子道：「現在咱們可以出動了。」

李宗琪道：「可要屬下帶路？」

蛇娘子略一沉吟，道：「由你帶路，先到她們宿住之地後，你再負接應之責。」

李宗琪回顧慕容雲笙一眼，大步向外行去。

金蜂客、飛鈸和尙等亦先後隨著那李宗琪離開了大廳。

這時，大廳中只餘下蛇娘子和慕容雲笙。

慕容雲笙回頭看時，只見那蛇娘子端坐在一張木椅之上，若有所思一般，心中大感奇怪，暗道：「她調派了這多人手，圍剿女兒幫，難道自己卻要坐在這宅院之中，袖手不動嗎？」

他忍了又忍，還是忍耐不住，輕輕咳了一聲，道：「在下呢？」

蛇娘子抬頭望了慕容雲笙一眼，道：「你怎麼了？」

慕容雲笙道：「在下難道守此宅院？」

蛇娘子道：「你跟我一起行動。」

蛇娘子淡淡一笑，站起身子，道：「如若我料斷不錯，他們將撲一個空。」

慕容雲笙奇道：「爲什麼？那李宗琪不是說得很有把握嗎？」

蛇娘子淡淡一笑，道：「他們太低估女兒幫了，女兒幫在我們初到江州，就已經布下內線奸細，那主事之人，自然不是一位簡單人物了。」

慕容雲笙裝出一副全神貫注的神情，不住點頭稱是。

蛇娘子接道：「我料想在她們預計之中，昨宵必然是有聯絡行動，若此事如李宗琪所言，女兒幫派來此地之人，全數被我們制服搏殺，那主事人必知曉事情有變，已然另作準備……

「如是被她們漏網一個，此地的內情，早已爲女兒幫主事人所知悉，就算她們不怕我們，準備一戰，也不會坐待原地，等待我們攻打，必將選擇一個有利時機，配合天時、地利放手一拚，因此，我推想她們早已逃走。」

慕容雲笙道：「護法智計過人，無怪三聖門下雖然英雄無數，卻派遣護法率領來此了。」

蛇娘子嫣然一笑，道：「有一件事，你必需牢牢記著，不可大意。」

慕容雲笙道：「什麼事？」

蛇娘子道：「金蜂客殺你之心很切，你要隨時提高警覺，不要離開我。」

慕容雲笙心中暗道：「爲今之計，要在他們還未回來之前，設法離此，此刻，能從這蛇娘子口中多探得一些消息，就多了解這神秘組織一些內情。」

念轉志決，緩緩說道：「在下心中有一件事，不知當不當問？」

蛇娘子道：「你這樣問我，那是一定不當問了，不過，不要緊，這座廣大的宅院中，此刻只有我們兩人，你儘管問吧，問錯了也不要緊。」

慕容雲笙道：「那人稱做三聖，想來定然是三個人了？」

蛇娘子似是未料到他會突然提出這個問題，不禁臉色大變，沉吟了良久，突然格格一笑，道：「你問三聖是幾個人，是嗎？」

慕容雲笙暗中運氣戒備，點點頭道：「不錯。」

蛇娘子道：「三聖，也許是三個人，也許是一個人。」

慕容雲笙道：「這話怎麼說？」

蛇娘子道：「因為我也不知道啊！」

慕容雲笙道：「那是說妳也沒有見過那三聖了。」

蛇娘子道：「正是如此，不但我沒有見過，見過的人，在我所識之中，還沒有一人。」

慕容雲笙口中又不自覺地問道：「在下心中甚覺奇怪，一個人從不露面，能夠使像護法這等文武雙絕的高手，全心全意的聽命於他，實算得千古以來，從未聽過的奇聞了，各位又何以甘心聽他之命呢？」

但聞蛇娘子低聲說道：「三聖門中，沒有人敢談起這件事。」

慕容雲笙接道：「在下不是三聖門中人，談談自是無妨了。」

蛇娘子道：「所謂三聖，只是一個智慧超絕的代表，沒有人知曉三聖是三個人、兩個人、甚至是一個人，但他確有著常人難及之處，聖堂充滿著莊嚴、肅穆……」

突然住口不言，沉吟了一陣，接道：「夠了吧，對一個不是三聖門中人，能夠知道這麼多事情，那已經是很難得了。」

慕容雲笙看她臉色蒼白，頂門上微現汗珠，顯然是說了這幾句話，已使她內心中充滿著驚恐。

蛇娘子舉手拂拭一下臉上的汗珠，緩緩接道：「你究竟是何身分？能否很坦誠的告訴我？」

慕容雲笙道：「在下是丐幫中人。」

蛇娘子道：「不像，丐幫中的高手，在我們三聖門下，都有著很詳細的記載，但卻沒有你這樣一號人物。」

蛇娘子淡淡一笑，道：「我無意加害於你，你也不能騙我，如若我猜想不錯，你該是申子軒手下人物。」

慕容雲笙暗暗吃了一驚，忖道：「這女人果然厲害。」口中卻說道：「何以護法會猜到，在下和那申子軒有關呢？」

蛇娘子接道：「當今武林黑白兩道，老一輩的英雄人物，大都不敢出面與三聖門為敵，縱然為雷化方說動，也是難逃被殲厄運，只有你們這些年輕，還未在江湖上揚名立萬的人，才是申子軒、雷化方拉攏的對象。」

目光轉注在慕容雲笙的臉上，接道：「閣下以為如何？」

慕容雲笙微微一笑，道：「大有道理，不過……」

蛇娘子道：「不過，你不是雷化方說動之人，是麼？」

慕容雲笙點點頭，道：「正是如此。」

蛇娘子道：「就算你不是申子軒等一黨，但你決非丐幫中人。」

慕容雲笙揚起臉來，長長吁一口，道：「護法一眼之間，能夠看穿在下是故意混來此地，但不知那金蜂客和飛鈸和尚，是否也能看穿？」

蛇娘子道：「這個麼？很難說，那金蜂客已有殺你之心，不管他是否看穿你身分，一樣要加害於你，致於那飛鈸和尚，爲人深藏不露，別人無法預測。」

慕容雲笙道：「這麼說來，在下守在此地，那是極爲危險了。」

蛇娘子格格一笑，道：「不要緊，我保護你，自是安然無恙。」

慕容雲笙道：「護法如若爲在下，和那金蜂客等衝突起來，實是極爲不智之舉，在下之意，不如就此告別……」

蛇娘子一皺柳眉，道：「你好不容易混入三聖門下，又得我這樣人從中呵護，如若就此而別，不覺著很可惜嗎？」

慕容雲笙道：「除了護法之外，人人都對我懷有戒心，在下留此，亦是很難有所施展。」

蛇娘子道：「你很坦然……」

慕容雲笙道：「得承護法看重，在下自然不願再欺騙護法。」

蛇娘子輕輕嘆息一聲，道：「你當真要走嗎？」

慕容雲笙道：「在下留此，對在下和護法，全然無益，自然是走爲上策。」

蛇娘子眨動了一下眼睛，黯然說道：「咱們還有重見之日嗎？」

慕容雲笙道：「來日方長，何以無重會之日，護法珍重，在下就此別過了。」

蛇娘子道：「相公要多加小心，賤妻情痴，極願你再回來。」

慕容雲笙暗中凝神戒備，緩步向廳外行去，口中說道：「護法一番情意，在下當永銘於心。」

十五　情海浮沉

慕容雲笙似是未想到走得如此順利，長長吁一口氣，加快腳步，直向大門之處奔去。

一口氣奔行出了兩、三里路，到了一處十字路口，才停下腳步，長長吁一口氣，暗道：「這番經歷，如夢如幻，想不到竟如此容易的脫出虎口。」

心念還未轉完，突聞一個細微冷漠的聲音，傳了過來，道：「慕容公子，你的膽子不小。」

這幾句話，字字如鐵一般擊打在慕容雲笙的心上，不禁為之一呆。

轉眼望去，只見李宗琪由一株大樹之上縱身而下，緩步行了過來。

慕容雲笙不見金蜂客和飛鈸和尚現身，膽子稍壯，淡淡一笑，道：「李兄，在此等候兄弟很久了麼？」

李宗琪道：「區區剛到不久。」

慕容雲笙四顧了一眼，道：「李兄想已在這要道四周，布下埋伏了。」

李宗琪直行到慕容雲笙身前，冷漠地說道：「慕容兄混入此地，想必已用了不少心機，何以不多留幾日？」

慕容雲笙道：「如是兄弟在長江舟中，殺了李兄，那自然可以在此多留一些時間了。」

李宗琪雙眉一揚，道：「天下盡有甚多相貌雷同之人，如是兄弟剛才那一聲呼叫，慕容公子能夠稍爲沉著一些，在下也許會盡消心中疑念了。」

言下之意，無疑說明，還未透露那慕容雲笙的身分。

慕容雲笙沉吟了一陣，突然抱拳一禮，道：「李兄之情，弟銘感肺腑，日後當有以報。」

李宗琪道：「投桃報李，此不過答謝慕容公子舟中手下留情之恩。」

慕容雲笙一抱拳道：「兄弟就此別過。」轉身而去。

李宗琪一皺眉頭，說道：「此地雖險，但卻是千載難逢的良機，閣下錯過此機，只怕永遠無機會混入三聖門下了。」

慕容雲笙人已奔出了三、四丈遠，但那李宗琪的聲音，是用內力傳送出去，是以慕容雲笙聽得十分清楚，心中暗道：「這人不知是敵是友，句句言中含蓄機心，實叫人莫測高深。」心中忖思，人卻不自覺地停下了腳步，回頭說道：「李兄是何用心？」

李宗琪急步奔了過來，低聲說道：「慕容公子就此而去，不太過可惜？」

慕容雲笙道：「在下留此，等候諸位集齊之時，李兄宣布真相，諸位合力生擒於我，在三聖門中，也算立下一件大功。」

李宗琪冷笑一聲，道：「如若在下有加害之心，那也不用等到現在了。」

慕容雲笙道：「此話也是實情，但在下心中不解的是，李兄和在下敵對相處，爲何要對在下如此關懷呢？」

李宗琪正容說道：「在江州城隍廟中，在下已瞧出破綻，張文波逼你吞迷亂神智的藥物時，總是及時受到干擾，難道那都是巧合麼？在下言盡於此，慕容兄聽不聽，那是你的事了。」言罷，轉身大步而去。

慕容雲笙道：「李兄止步，在下該當如何？還望李兄有以教我。」

李宗琪道：「只怕慕容公子不肯相信在下。」

慕容雲笙道：「在下一切從命。」

李宗琪道：「你讓我點中穴道，擒你回去，交還給那蛇娘子。」

慕容雲笙道：「李兄要在下留此嗎？」

李宗琪道：「既有蛇娘子袒護於你，又有在下暗中相護，留此虎穴，才是最安全的所在。」

慕容雲笙略一沉吟，道：「好，在下聽從吩咐，李兄出手吧！」

李宗琪揚手一指點來，慕容雲笙果然肅立不動，任他點中穴道。

這一指落手奇重，擊在慕容雲笙啞穴之上。

李宗琪微微一笑，道：「慕容兄相信兄弟，此密一旦洩露，兄弟的遭遇，要比慕容兄慘上十倍。」

夾起慕容雲笙，急步向前奔去。

慕容雲笙心中一動，暗道：「那日在江中相遇，彼此雖然動手過招，似是未通姓名，他怎會知我是慕容公子呢？」

他啞穴被點，心中雖有疑問，但卻無法開口相問。

但聞李宗琪一聲長嘯，加快腳步，奔返那宅院中去。

李宗琪奔行迅快，片刻之間，已然回到宅院之中。

只見蛇娘子站在一株花樹下，仰首望著天上的白雲出神。

李宗琪緩步行了過來，欠身說道：「張保私出宅院，被在下於途中生擒，恭候護法發落。」

蛇娘子緩緩轉過臉來，正待接口，忽見兩條人影急奔而來。

來人奔行奇快，眨眼之間，已然到了蛇娘子的身側。

李宗琪微微一側身子，故意讓慕容雲笙瞧到來人。

目光到處，只見來人正是金蜂客和飛鈸和尚，金蜂客冷漠地說道：「那女兒幫宿住之處，有一條地道，全幫中人，都已從地道之中遁走，咱們派在四周暗樁，毫無所覺。」

蛇娘子望了李宗琪一眼，道：「看來女兒幫中不乏才智之人，她們到此不久，竟然連逃命的地道也已準備好了。」

輕輕嘆息一聲，接道：「智者千慮，必有一失，這件事也不能責怪李領隊。」

李宗琪欠身說道：「屬下思慮不周，致勞動兩位護法往返徒勞，理應領罰才是。」

蛇娘子冷冷說道：「本座自有主張，不用你干擾。」

李宗琪連聲應是，後退三步。

金蜂客目光一掠李宗琪肋間挾持的慕容雲笙，道：「這人可是犯了規戒嗎？」

李宗琪道：「屬下在莊院之外，遇見了他，懷疑他私行逃走，故而出手擒來，請示護法……」

蛇娘子目光轉注到李宗琪的臉上半晌之後，才緩緩問道：「李宗琪，你在擒他之前，可曾

問他嗎？」

她先看李宗琪半晌，然後再說，顯然是讓他先有一番思考，再答覆自己問話。

李宗琪道：「屬下未曾問過。」

蛇娘子冷冷說道：「你怎知不是我遣他去辦事情？」

李宗琪道：「這個，這個，倒是屬下疏忽了。」

蛇娘子緩緩說道：「解開他穴道。」

李宗琪應了一聲，拍活慕容雲笙的穴道。

慕容雲笙啞穴雖然被點，但他聽覺並未受制，幾人問答之言，聽得十分清楚。

蛇娘子目光轉到金蜂客和飛鈸和尙的臉上，突然微微一笑，道：「兩位請好好去休息一下，也許咱們今天還要出動。」

金蜂客和飛鈸和尙相互瞧了一眼，轉身而去。

蛇娘子目光轉到李宗琪的臉上，道：「你立刻傳我之令，動員我們江州所有眼線、暗樁，追查女兒幫的下落，一有消息，立刻稟報於我。」

李宗琪應了一聲，轉身而去。

蛇娘子目注李宗琪背影消失之後，舉手理一下秀髮，低聲對慕容雲笙，道：「你心中懷疑嗎？」

慕容雲笙道：「懷疑什麼？」

蛇娘子道：「懷疑是我遣派那李宗琪埋伏於宅院之外，故意擒你回來。」

慕容雲笙搖搖頭，道：「在下未作此想。」

蛇娘子嫣然一笑，道：「這就奇怪了，你為何不肯懷疑呢？」

慕容雲笙道：「在下決定離此，事出突然，連我事前都未想到，難道護法當真有未卜先知之能嗎？」

蛇娘子道：「大智之才，防患未然，所謂善戰者，無赫赫之功，咱們相識不久，彼此豈能無疑……

「何況我已點破你，混入三聖門中定別有所圖，你如無超人才智，他們也不會派你孤身涉險，你自覺隱秘已破，隨時有被殺可能，留在此地豈不是太過危險？」

慕容雲笙聽了一番話後，心中怦然一動，暗道：「難道是她故作這番安排，果真如斯，這女人當真是可怕極了。」

心中念轉，口中卻問道：「這麼說來，這又是護法的安排了。」

蛇娘子道：「不要叫我護法。」

慕容雲笙道：「彼此身分懸殊，在下不稱護法，那該如何稱呼才是。」

蛇娘子道：「我雖非黃花閨女，但名份上並無丈夫，你稱我一聲大姊姊，不會辱沒於你吧？」

慕容雲笙道：「在下恭敬不如從命，大姊姊既然放我而去，又在莊院外埋伏下人手，把我擒了回來，不知是何用心？」

蛇娘子聽他當真的叫起大姊姊來，頓時心花怒放，盈盈笑道：「這並非我的安排，只是你運氣不佳，剛好碰到李宗琪，被他捉了回來……」

忽然間笑容斂失，接道：「你和李宗琪一番惡鬥，應該是十分凶險，怎的輕輕易易就被他

捉了回來？」

慕容雲笙暗道：「好厲害的蛇娘子，心思縝密，洞察細微，她主持對付申二叔，只怕申二叔難是其敵。」

心中在想，口中卻應道：「他帶著一批青衫劍手，個個武功高強，在下一人，自然難是敵手了。」

蛇娘子嗯了一聲，道：「所以，你並未全力抗拒。」

慕容雲笙點點頭，道：「在下四面被圍，而且也不願和三聖門結仇。」

蛇娘子笑道：「好，話到此處爲止，我如再追問下去，你必將懷疑我別有用心了。」隨即舉步行向大廳。

慕容雲笙忖道：「這女人手段既辣，才智又非常人所及，她的用心詭謀，不到最後時刻，實叫人無法瞧出，處此情境，也只有投其所好了。」

他心中暗自打好了主意，快行兩步，緊追在蛇娘子的身後。

一陣急風吹來，飄起了蛇娘子鬢邊散髮。

她舉手理理吹起的散髮，笑道：「你不能久留在這裡，三聖門中的高人太多了，隨時都有被人揭穿你隱密的危險，那時，我縱然全力維護你，亦是難保你的安全，但我又想，你多在我身邊一天是一天……」

抬頭望天，凝思片刻，又道：「大姊姊雖不敢斷言你是何身分，但八成是和那申子軒等有關，好在近日中，三聖還不致另派高人來此，大姊姊我足可掩護保障你的安全，到你該走的時候，姊姊自會先告訴你。」

這幾句話，直似一把利劍，刺入了慕容雲笙的胸中，呆呆地站在當地。

蛇娘子嫣然一笑，道：「怎麼？小兄弟，被姊姊猜中了吧。」

慕容雲笙定定神，暗道：「我如出言相辯，那是欲蓋彌彰，不如給她個不理不答，或使她難作定論。」當下淡淡一笑，不置可否。

蛇娘子嘆息一聲，道：「隨姊姊回房坐息一下，順便我想傳授你兩招武功，相信對你有些幫助。」舉步直回內室。

慕容雲笙心理上，已被蛇娘子言語擊敗，只好處處聽命。

一日易過，轉眼間，又是夜幕低垂的掌燈時分。

蛇娘子倒是言而有信，果然傳了慕容雲笙兩招惡毒的擒拿手法，慕容雲笙心中雖覺這兩招手法，有傷忠厚，但想到此後復仇行動的艱苦，也就全心全意地習練。

蛇娘子不厭其煩，反覆解說，再加上慕容雲笙天生的過人聰慧，雖只大半天的時光，已然把兩招惡毒的擒拿手法，熟記胸中。

直待女婢來請，蛇娘子才帶著慕容雲笙同往大廳進餐。

廳中高燒著四支兒臂粗細的火燭，照得一片通明。

酒菜早已上桌，金蜂客和飛鈸和尚都已在廳中恭候。

蛇娘子目光一掠兩人，笑道：「兩位怎麼不先行食用呢？」

金蜂客道：「妳此刻是咱們三人中首領，我等自是應該等候。」

蛇娘子淡然一笑，在首位坐了下去，拍拍身側椅子，笑對慕容雲笙，道：「你也坐下來吧！」

慕容雲笙道：「小可謝坐。」在蛇娘子的身側坐了下去。

金蜂客和飛鈸和尚各據一面坐下，正待開口說話，蛇娘子已搶先說道：「兩位請猜猜這張保是何身分？」

金蜂客冷冷說道：「我看他神態清朗，不似服過迷神藥物，而且來路不明，大有可疑。」

蛇娘子目光一掠飛鈸和尚，道：「大師有何高見？」

飛鈸和尚道：「貧僧素不喜妄作臆測之言。」

蛇娘子緩緩說道：「金護法猜得不錯，他未服迷神藥物。」

金蜂客冷笑一聲，道：「所以呢？」

蛇娘子道：「所以我暫留他在我身邊，如他服過藥物，忘記了過之去事，對咱們還有何用？」

金蜂客、飛鈸和尚對望了一眼，默默不語。

慕容雲笙亦猜不透蛇娘子的用心何在？心中忐忑不安。

但聞蛇娘子笑道：「他對咱們江州的局勢很重要，兩位要善加保護於他……」

微微一笑，舉筷說道：「請啊！請啊！」

金蜂客、飛鈸和尚都被她鬧得迷迷糊糊，但又不好追問，只好悶在肚裡。

幾人一餐還未吃完，瞥見一個身著青衫之人，捧著一個小箱子一般大小的木盒，直對幾人行了過來。

蛇娘子放下飯碗，沉聲喝道：「站住！」

那青衫人依言停了下來。

蛇娘子冷冷說道：「那木盒中放的什麼？」

青衫人搖搖頭道：「屬下不知。」

蛇娘子道：「你從何處取得？」

青衫人應道：「一位同隊兄弟送來。」

蛇娘子說道：「那人呢？現在何處？」

青衫人道：「死了，屬下奉命守護宅院，那位兄弟臨死之前，要屬下把此物立時交呈領隊，轉上護法，領隊不在，屬下只好自己送上來了。」

蛇娘子突然轉變話題，道：「你們一共有幾人守這宅院？」

青衫人道：「屬下率領八人，守護宅院。」

蛇娘子道：「你退後十步，打開木盒。」

慕容雲笙暗暗忖道：「這蛇娘子如此機警謹慎，實是難鬥人物，必得盡早設法通知二叔父，對她刻意防範。」

那青衫人依言向後退了十步，緩緩打開木盒。

蛇娘子道：「那木盒中放的什麼？」

青衫人應道：「一對人耳，一封函件，和一把短劍。」

蛇娘子沉吟了一陣，道：「好，你把人耳、函件和那柄短劍，一起拿來，給我瞧瞧。」

青衫人應了一聲，拿出箱中的人耳、函件和短劍行了過來，雙手奉上。

蛇娘子取過密封的函件，只見封套一片雪白，竟是未寫一字。

她伸出右手，正待拆開函件，忽然又改變了主意，道：「你把人耳、短劍放在桌上，拆開

這封信瞧瞧寫的什麼？」

那青衫人放下短劍、人耳，接過函件，雙手拆開，抽出一張白色的信箋。

蛇娘子瞧出無疑，才取過信箋，揮手說道：「你去吧！」

青衫人應了一聲，退出大廳。

蛇娘子緩緩展開素箋，只見上面畫著一個竹笠芒鞋的弄蛇人，手中抓著一條毒蛇。

慕容雲笙緊傍著蛇娘子的身側而坐，早已瞧得清清楚楚，心中暗道：「不知何人畫了這樣一幅畫來，倒是一封頗合題意的挑戰書，只是有些小家子氣。」

但見蛇娘子展開手中素箋，放在桌案上道：「兩位經驗豐富，可瞧出這幅畫的用心何在？」

金蜂客望了那素箋一眼，道：「看畫中之意，似在向我們挑戰。」

蛇娘子嗯了一聲，道：「兩位能否瞧出，是何人送來此物？」

金蜂客道：「這個，在下不敢判斷。」

蛇娘子伸手取過素箋，疊好揣入懷中，望著那兩個人耳說：「諸位能瞧出這一雙人耳，為何人所有嗎？」

飛鈸和尚、金蜂客齊齊搖頭不言。

蛇娘子拿起桌上小劍，仔細瞧了一陣，綠色劍鞘上嵌著七顆寶石，連柄帶鞘，不過一尺左右。」

她手執短劍，在手中掂了又掂，就是不肯打開。

金蜂客道：「這小劍很精美，護法何不打開瞧瞧？」

蛇娘子微微一笑，道：「就是因爲太精美了，叫人不敢輕易抽開劍鞘。」目光一轉，望著大廳角處一個女婢，道：「妳過來。」

那女婢應聲走了過來。

蛇娘子道：「抽出劍刃瞧瞧。」

那女婢面露畏懼，但又不敢違拗，勉強應命，接過短劍，用力一拔。

但聞一聲慘呼，那女婢應聲而倒。

慕容雲笙轉眼看去，只見女婢雙眉之間，釘著一枚毒針，已然氣絕而逝。左手仍然握著劍鞘，右手握著沒有劍刃的劍柄，原來那劍柄只是控制毒針的機簧，一抽劍柄，劍鞘中暗藏的毒針，立時激射而出。

蛇娘子冷笑一聲，道：「小女孩子，果然是沒有見識，這等不值識者一哂的玩藝，也要用來賣弄。」

目光轉到金蜂客的臉上，接道：「你仔細瞧瞧那兩隻人耳，左耳上是否有一顆紅痣？」

金蜂客伸手從木案上取過左耳，仔細瞧了一陣，道：「不錯，左耳耳輪上，果有一顆紅痣。」

蛇娘子點點頭，道：「這就不錯了。」

飛鈸和尙道：「護法可否說明白些？」

蛇娘子點點頭，道：「這一雙人耳是張文波所有，他左耳耳輪處有一顆紅痣，大師如若稍微留心，想必還記得，至於那幅不值一笑的弄蛇圖畫，用心在激怒於我，使我在衝動之中，不假思索，拔那短劍，中針而死。」

飛鈸和尚道：「何人設此陰謀？」

蛇娘子道：「女兒幫。」

飛鈸和尚道：「那張文波武功不弱，又是江湖上的老手，怎會輕易被人割下了兩耳。」

蛇娘子目光轉動，緩緩由幾人臉上掃過，道：「江湖之上，武功雖然重要，但機智卻較武功更爲重要，張文波雖然是久走江湖的人物，但他卻急於立功，爲人所乘。我雖無法斷言張文波如何陷入了女兒幫的手中，但八成是中了別人的暗算。」

語聲微頓，凝目沉思片刻，道：「這樣也好。」

但聞金蜂客道：「咱們連受挫折，損失了一位舵主身分人物，還有什麼好呢？」

蛇娘子微微一笑，道：「女兒幫必已從張文波的口中，逼問出了一些內情，所以才這般設計陷害於我。」

飛鈸和尚道：「咱們行動，似已在女兒幫監視之下，但咱們卻無法尋得女兒幫中人物……如是護法一時想不到良策，貧僧倒有一個辦法。」

蛇娘子嗯了一聲，道：「先聽大師高見？」

飛鈸和尚接口，道：「照妳推算，那張文波已然洩露了咱們三人身分……」

蛇娘子接道：「不錯，如若他未透露內情，女兒幫決不會在劍鞘中設下毒計，加害於我。」

飛鈸和尚道：「如是妳推斷的不錯，女兒幫定然要在這宅院四周，布下眼線，看咱們的反應如何。」

蛇娘子道：「大師思慮很周詳，但不知下一步該如何？」

飛鈸和尙道：「在下之意，咱們易容改裝，在這宅院四周，發覺行蹤可疑之人，就把他生擒來此，嚴刑逼供，自可以問出那女兒幫首腦存身之地，以其人之道，還治其人之身。」

蛇娘子搖搖頭，道：「大師這辦法，如是對待普通之人，或可奏功，但如用來對付那狡猾的女兒幫，只怕是枉費心機了。」

飛鈸和尙大不服氣地說道：「爲什麼？」

蛇娘子道：「那女兒幫在咱們大舉圍剿之時，竟是毫不抗拒，全部撤走，不論她們自知不敵也好，或是別有所圖也好，不願和咱們接戰，那是顯而易見了。」

飛鈸和尙道：「她們不肯接戰，似乎和貧僧所思之計，毫無關連。」

蛇娘子道：「關連很大。」

飛鈸和尙道：「貧僧請教。」

蛇娘子道：「那女兒幫中人，個個口含毒藥，就算能擒住她們，她們亦將吞下毒丸而死，前車之鑒，大師總該相信吧。」

飛鈸和尙怔了一怔，道：「貧僧倒是未思及此。」

蛇娘子接道：「就算咱們事先有備，能夠留下一個活口，她也未必就知曉那首腦人物停身所在，須知她們早已有備，豈能防不及此。」

她仰起臉來，望著屋頂，思索片刻，接道：「想不到這一群黃毛丫頭，竟然是如此多智多才的難鬥人物，目下只有一法，或可一會她們在江州的首腦。」

這時，飛鈸和尙已然被蛇娘子說服，緩緩說道：「護法有何高見？」

蛇娘子道：「咱們將計就計，使她們誤認我已中毒針而死。」

飛鈸和尚道：「此計甚佳，但不知以後呢？」

蛇娘子道：「先設法使此訊傳播，不過要善作安排才成，不能讓她們起疑。」一頓，又道：「咱們未到此地之前，女兒幫曾經和青衫劍手數番衝突，顯然，她們不怕張文波，也不怕青衫劍手和李宗琪，怕的是你大師和金蜂客。」

飛鈸和尚道：「好說，好說，怕的還是你梁護法。」

慕容雲笙心中暗道：「原來這蛇娘子姓梁。」

但聞蛇娘子道：「不論她們畏懼何人，總是對咱們三個心存戒懼就是，如若她們知曉，咱們三個人已經離開了此地，自然是心無所懼了。」

飛鈸和尚道：「貧僧明白了。梁護法是要假裝中了毒針而死，咱們離開江州，使女兒幫誤認為實，心無所畏，自然不會隱秘行蹤了。」

蛇娘子道：「時機稍縱即逝，咱們一面施詐，一面要掌握時機，行動如何安排呢？」目光盯著飛鈸和尚，似是要等他回答。

飛鈸和尚被蛇娘子兩道逼視的目光，看得滿臉通紅，結結巴巴地說道：「如何行動，貧僧還未想到。」

慕容雲笙心中忽然一動，暗道：「這蛇娘子處處逼那飛鈸和尚出醜，定然是有所用心，看來是想殺他火氣，迫他就範了。」

蛇娘子目光轉到金蜂客的臉上，接道：「你立刻去購買一具棺材回來，棺材運入此宅之時，還要用篷車裝運，做得愈隱秘，愈容易使那狡猾的女兒幫首領相信。」

金蜂客道：「在下遵命。」

蛇娘子接道：「棺木運入宅院之後，就把這丫頭收殮入棺，待日落時分，兩位仍用那運送棺木來此的篷車，運棺出宅，登舟北上，船行二十里外，再行停下，沉舟毀棺，潛行登岸，在四更以前趕回此宅。」

飛鈸和尚道：「梁護法呢？」

蛇娘子道：「我要留此廳中，會會女兒幫在江州的首腦人物。」

飛鈸和尚道：「梁護法一人，實力太過孤單，萬一女兒幫來的人手眾多……」

蛇娘子道：「為三聖效勞，死而何憾？」

目光一掠慕容雲笙，接道：「何況我還留他在此相助。」

金蜂客冷冷地瞧了慕容雲笙一眼，起身說道：「在下去買棺木了。」轉身大步而去。

蛇娘子望著金蜂客的背影消失不見之後，突然站起身子，十分迅速地脫去身上的外衣，望著飛鈸和尚道：「給這死去的丫頭穿上，白紗覆面，就像是我真的死了一樣，連李宗琪和青衫劍手一起瞞過，他們舉動愈是認真，才能使那女兒幫首腦相信。」

她在兩個大男人注視之下，脫下上衣、羅裙，毫無羞恥忸怩之態，反使那慕容雲笙和飛鈸和尚有些不敢多看，一齊垂下頭去。

蛇娘子回顧了慕容雲笙一眼，道：「你也有職司，跟我到後面換衣服吧。」

慕容雲笙心中雖有顧慮，但卻不好推辭，只好站起身子，隨在蛇娘子身後行去。

大廳中只留下飛鈸和尚一人，只好自己動手，把蛇娘子身上脫下的衣服，穿在那死去的女婢身上，尋一塊白紗，掩遮在女婢的臉上。

且說慕容雲笙隨在蛇娘子身後，進入室內，心中大為忐忑不安，想她必有一番糾纏。

哪知事情竟然是出了慕容雲笙的意料之外，蛇娘子只是指指木榻，說：「乖乖的在這裡坐息一陣，我到廚下去替你準備點吃喝之物，養足精神，好欣賞晚上的連台好戲。」

說完，輕輕帶上房門而去。

一下午相安無事，直待天將入晚時分，蛇娘子才推門而入，手中捧著食用之物，放在木几之上笑道：「小兄弟，吃點東西吧！」

當先動手，每樣菜都自己先吃一口。

慕容雲笙已瞧出蛇娘子的用意，立時大吃起來。

一餐飯匆匆用畢，蛇娘子收拾了殘肴碗筷，接道：「剛才你一定不敢放開胸懷休息，怕姐姐我來糾纏你，但此刻希望你已相信我的爲人，好好的坐息一陣，女兒幫在江州的首腦人物，武功如何，姐姐我無法預料，也許我一個人，對付不了，真要你助一臂之力也未定呢。」

也不待慕容雲笙回答，轉身出門而去。

慕容雲笙心中暗道：「這女人半生玩情，誰又想得到她內心之中的空虛和寂寞呢？」

蛇娘子幾句話，果然使慕容雲笙放開了胸懷，閉目睡去。

天約三更，蛇娘子手執火燭，推門而入，手中拿著一套青衫劍手穿著的衣服，投向慕容雲笙說道：「換上這件衣服，免得動上手後，引人注目。」

慕容雲笙凝目望去，只見蛇娘子也換著一身黑色勁裝，青帕包頭，背插長劍。

蛇娘子放下火燭，接道：「兄弟，你用什麼兵刃？」

慕容雲笙道：「用劍。」

蛇娘子道：「好，換好衣服之後，立刻到廳中找我，時光不早了，如若我推斷不錯，女兒

幫中人應該在三更之前來此勘查，兵刃姐姐自會爲你準備，記著，離開房間時熄去火燭。」

慕容雲笙依言換過衣服，熄去火燭，悄然趕往大廳。

此時，烏雲掩月，大廳中更是黑暗。

只聽蛇娘子的聲音，傳了過來，道：「小兄弟，來這邊坐。」

慕容雲笙輕步行了過去，緩緩在蛇娘子身側坐下，低聲說道：「姐姐，有動靜嗎？」

蛇娘子搖搖頭，低聲說道：「我剛才還在想，可能我的估算有錯。」

凝目看去，夜暗中，蛇娘子神色端莊地說道：「也許我低估了女兒幫的首領人物。」

蛇娘子不再言語，凝神傾聽。

大約過了一刻工夫之久，突然一陣短暫呼叫，傳了過來。

蛇娘子一皺眉頭道：「來了，比姐姐想的可能更壞。」

語聲甫落，瞥見火光一閃，一團火球，投入了大廳之中。

火球落地，並未熄去，反而火焰更見旺盛，熊熊高燒，照得大廳中一片通明。

慕容雲笙心中大爲震駭，暗暗忖道：「這大廳中被火球照亮，豈不是賓主易位，我明敵暗了。」

心中忖思之間，發覺了自己並未暴露，正好隱在木柱和兩張凳子的暗影之後。

敢情蛇娘子早已算計好了，預作布置，只要那火球是投在大廳正中方圓一丈之內，不論偏近哪個角度，都無法照著。

起初，慕容雲笙只道是一次巧合，哪知仔細一看，只見那桌椅擺設，早已不是原來之位，才知曉是故意布置，心中大爲吃驚，暗道：「看來這蛇娘子，不但才智過人，她的謹慎精密，

也非一般人所能及了，如能設法使她背棄三聖門，實是一位很好的助手。」

但聞一個清脆的女子聲音，傳入了大廳之中，道：「蛇娘子，妳自認爲妳設計得很周到嗎?但我知道，那短劍藏針，決然不會殺死似妳那等精明人物。」

她的聲音優美、清脆，有如出谷黃鶯，但詞鋒卻犀利如刃，蛇娘子沉著無比，一直隱忍不言。

那廳外人不聞有人回聲，冷笑一聲，接道：「妳購棺連夜運離此地，用心不過是希望我認爲妳真的死去，忍不住心中好奇，來此查看……不過，妳一舉遣走了那金蜂客和飛鈸和尚，卻是大爲不智的事，用心不過讓我相信妳真的死了就是。」

慕容雲笙只聽得汗毛直豎，暗道：「又是個厲害角色，料事推論，有如耳聞目睹了蛇娘子的安排一般。」

但那蛇娘子實亦有著驚人的沉著、鎮靜，任那人如何叫說，始終不接一言。

那女子仍不見蛇娘子出面答話，怒聲喝道：「蛇娘子，妳這般用心安排，無非是希望我來此會晤，怎的不肯出現相見?」

蛇娘子仍然端坐原地，一語不發。

只見人影一閃，一個全身黑衣女子，突然躍入大廳。

她穿著一身勁裝，披了一件黑色斗篷，腰中微微突起，顯是帶著兵刃。

青紗包頭，臉上垂著黑色的面紗，掩去了面目。

那火球燃燒之力很強，仍然是熊熊地燒著，照得滿廳通明。

只聽那蒙面女子喝道：「蛇娘子，我已知妳隱藏在此，怎的不敢現身相見!哼，想不到大名鼎鼎的蛇娘子，竟然是這般畏首畏尾的人物。」

蛇娘子雖然沉著，但也無法再忍耐下去，緩緩站起身子，繞出木柱，冷冷說道：「不錯，我留在廳中等妳，妳既然存心來此見我，怎的不揭去面紗，以真正面目和我相見。」

那蒙面女子兩道眼神，由黑紗中直透而出，冷笑一聲，道：「彼此既非攀交而來，那又何苦真正面目相見。」

蛇娘子冷冷說道：「妳雖然不肯以真正面目見我，但我已可從聲音聽出，妳不過是一個黃毛丫頭。」

語聲一頓，厲聲喝道：「妳在女兒幫中是何身分，似乎不用再行隱瞞吧。」

蒙面女子格格一笑，道：「妳自負聰明，猜猜我是何身分吧？」

蛇娘子略一沉吟，道：「料妳也不是女兒幫的幫主。」

那蒙面女子冷冷說道：「如若敝幫主也在江州，此刻妳蛇娘子早已沒有命在了。」

蛇娘子道：「好大的口氣，日後如有機會，倒得要向貴幫主領教一、二了。」

蒙面女子道：「那必得先勝了我才成。」

蛇娘子凝聚目力，向室外瞧了一眼，道：「妳既是專程見我而來，此刻見了，不知有何見教？」

說話之間，已翻腕抽出了背上的長劍。

那蒙面女子嬌軀一振，身上的斗篷，突然直向廳外飛去，右手握住腰中軟劍扣把一抖，一柄三尺八寸的軟劍已握在手中。

火球光芒照耀之下，只見那軟劍上寒光閃爍，顯然，那軟劍極為鋒利。

蛇娘子淡淡一笑，道：「好一把緬鐵精製的軟劍，希望妳能留下，給我一位兄弟用吧！」

那蒙面女子冷冷說道：「只要妳有能取走，我決不吝惜。」

說著話，右腕一抬，一柄軟劍抖得筆直，疾向蛇娘子前胸刺來。

蛇娘子手中長劍斜斜劃出，人隨劍走，劍讓嬌軀，忽的一個轉身，直欺入那蒙面少女的身前，長劍一探，「起鳳騰蛟」，劍芒閃起，幻起三朵劍花，分刺那蒙面少女右腕、前胸、咽喉三處要害。

出手一擊，變化多端，使人虛實難測。

慕容雲笙只瞧得暗暗讚道：「好惡毒奇幻的劍法。」

只見那蒙面少女右腕一挫，嬌軀陡然向後退出三尺，避開一擊，軟劍如靈蛇翻身，橫向那蛇娘子腰中斬去。

蛇娘子和蒙面女子，又交手數招，但兵刃始終未觸接一次，因兩人劍招同走詭奇的路子，看上去凶險無比。

只聽兩聲嗆嗆金鐵交鳴，忽見蛇娘子和蒙面少女已然由纏鬥之中霍然分開。

那蒙面少女已躍退到大廳門口之處。

蛇娘子冷笑一聲，道：「未分勝敗，怎可住手？」

蒙面少女道：「因爲此時此地，不是決勝負的所在。」

蛇娘子道：「聽妳口氣，似是有意約期再戰。」

蒙面少女道：「不錯，妳如想和我分出勝負，咱們約一個地方再打。」

蛇娘子道：「爲什麼不在此廳中一決勝負呢？」

蒙面女子道：「如若我推斷不錯，那金蜂客和飛鈸和尚很快就可趕回。」

她一口叫出了金蜂客和飛鈸和尚的名字，而且說出蛇娘子的計劃，不但使那慕容雲笙爲之心生震駭，就是那蛇娘子也聽得大爲吃驚，沉吟了一陣，道：「姑娘多智，倒引起我一睹廬山真面目的興趣了，如若姑娘答允下次會面之時，以真正面目和我相見，本座當可依言赴約。」

那蒙面女子緩綾說道：「可以，明午時分，請在江畔等候，除了妳蛇娘子外，只許隨帶一個從人，屆時自有快舟迎接，但如妳所帶人手過多，恕不接駕，此約也就作罷。」

蛇娘子道：「妳要帶我到貴幫預布的埋伏之地，使我們束手就縛，這未免太不公平了。」

蒙面女子冷冷說道：「我只能告訴妳，我們不會設下埋伏對付妳，只要妳不先動手，絕不會打起來。」

語聲微微一頓，接道：「妳願去就去，不去亦是無妨，恕我不陪了。」突然縱身而起，消失於黑夜之中。

蛇娘子也不阻攔，卻揮動長劍，挑起火球，投諸廳外。

大廳中，又恢復了一片黑暗。

蛇娘子晃燃了火摺子，燃起蠟燭，坐在一張木椅上，呆呆出神。

慕容雲笙緩緩站起身子，行了過去，道：「大姐姐……」

蛇娘子輕輕嘆息一聲，道：「這丫頭是何用心，實叫人揣測不透，唉！姐姐十幾年來，未被人擺布得這般糊塗過。」

慕容雲笙心想勸說幾句，卻不知從何勸起，只好默然不語。

蛇娘子望了慕容雲笙一眼，道：「那丫頭說的話，你都聽到了？」

慕容雲笙道：「聽到了，姐姐是否準備赴約呢？」

蛇娘子霍然站起身子，來回在室中走動一陣，道：「自然要去。」

慕容雲笙道：「其實適才姐姐早些發出暗號，李宗琪率領青衫劍手，由後園之中繞來，堵住她的去路，咱們合力出手，不難生擒於她，那就用不著冒險赴她之約了。」

蛇娘子苦笑一下，道：「來不及了，她和我交手十招，突然躍退到廳門之處，那是早有準備，並無和我決戰之心。」

長長吁了一口氣，道：「奇怪的是，我所有的算計、布置，她竟能瞭若指掌，如若沒有內奸，這丫頭算計之能，那是尤在我之上了。」

慕容雲笙道：「使小弟不解的是，她來這一趟的目的何在？既然未打算和妳決戰，為何來此？匆匆而來，匆匆而退，實叫人難測內情。」

蛇娘子沉吟了一陣，道：「如若她有一個目的，那就是引起我的好奇之心，赴她之約。」

慕容雲笙道：「她限制姐姐多帶人手，在江畔等候，遣派小舟接妳，駛向她預布埋伏之地，這約會如何能赴呢？」

蛇娘子嫣然一笑，道：「你對我的安危，似是十分關心。」

緩緩行向大廳門口，探手從懷中摸出一支竹哨，放在口中，吹出了一長一短。

哨音甫落，李宗琪已帶了四個青衫劍手，疾奔而至。

只聞蛇娘子說道：「你率領青衫劍手，嚴密搜尋莊院四周，如有可疑之人，生擒最好，否則搏殺之後，帶回他們屍體見我。」

李宗琪應了一聲，回手一揮，帶著四個青衫劍手轉身而去。

這時，天色已經將近四更，蛇娘子若有所思，來回在廳中走動。

忽然間，蛇娘子停下腳步，一掌拍在木桌之上，震得燭火搖顫，匆匆奔向大廳門外。

慕容雲笙心中暗道：「這女人極是好勝，稍遇挫折，就急如熱鍋上的螞蟻一般，她聲譽雖壞，但對我倒是不錯，在她惶惶不安之際，應該勸她幾句才是。」

念轉志決，急步行出大廳。

只見蛇娘子站在廳外黑暗之中，仰臉望天，若有所思。

慕容雲笙還未開口，蛇娘子已搶先說道：「兄弟，如咱們又中了那丫頭的詭計，姐姐就不能保護你了。」

慕容雲笙道：「什麼事啊？」

蛇娘子道：「希望她們真誠的約我一行，唉！我要失敗，也不能讓我敗得這樣快啊！」

慕容雲笙心中有些明白，但仔細想去，卻又有些不太了然，當下說道：「姐姐，這是怎麼回事啊？」

十六　江心踐約

蛇娘子緩緩把目光凝注到慕容雲笙的臉上，低聲說道：「如若五更之前，那金蜂客和飛鈸和尚還不回來，你就立刻離開此地。」

慕容雲笙道：「為什麼？」

蛇娘子接道：「因為我即將無法保護你了，我不願因我留你在這裡，落入了她們手中。」

慕容雲笙道：「姐姐之意……」

蛇娘子道：「三聖門中人，只能勝，不能敗，所謂勝敗乃兵家常事，但在我三聖門中，失敗卻列為禁例，張文波前車之鑒，兄弟是親目所睹了。」

慕容雲笙道：「姐姐可是已經敗了嗎？」

蛇娘子逐漸恢復鎮靜，道：「如是五更之前，金蜂客和飛鈸和尚還不回來，必為女兒幫埋伏的高手所殺，那時姐姐就算一敗塗地了。」

慕容雲笙道：「金蜂客和飛鈸和尚都是三聖門中高手，縱然遇險，未必就會被殺，也許激戰所纏，無法及時趕回此地。」

蛇娘子長長吁一口氣，接道：「只要他們不死，決計不敢戀戰，必將用盡所能，設法突圍，在我限時之前，趕回此地見我。」

蛇娘子兩道清澈的目光，突然轉到慕容雲笙的臉上，道：「兄弟，五更之前，金蜂客和飛鈸和尚如果還不回來，姐姐就多告訴你三聖門中一些隱秘，那時，姐姐還將指明你一條去路，現在恕姐姐還不能說。」

慕容雲笙想到機不可失，脫口接道：「現在，又為何不能說呢？」

蛇娘子搖頭笑道：「兄弟，鎮靜些，似你這般沉不住氣，不但姐姐我能看出你的身分，連那金蜂客和飛鈸和尚也能瞧得出來。」

其實，慕容雲笙話方出口，已經後悔不迭，垂首不敢再言。

蛇娘子伸出手去，牽起慕容雲笙的右手，緩步行入大廳，一面低聲說道：「看你這樣，姐姐又覺不忍，你一定想知道，姐姐只好告訴你了，因為我還想多活一些時光，也讓你多陪我幾日，這就是不告訴你的理由了。」

慕容雲笙看她說得鄭重，正想多問，蛇娘子已匆匆行去。

片刻之後，只見蛇娘子端著幾樣小菜和一壺酒，急急行來，擺好小菜，說道：「兄弟，咱們先對乾三杯。」也不待慕容雲笙答話，自行乾了面前酒杯。

蛇娘子長長吁一口氣，道：「咱們都要帶些酒意才成。」

慕容雲笙忍了又忍，仍是忍耐不住，問道：「為什麼？」

蛇娘子舉手理了一下長髮，道：「我要裝作出從容悠閒，一切都在我意料中的神態，不能讓那金蜂客和飛鈸和尚，瞧出我有半點慌張的樣子。」

只見蛇娘子舉杯說道：「小兄弟，咱們再喝一杯。」

蛇娘子表面上雖然在和慕容雲笙說笑，心中卻是焦慮異常，眉宇間隱憂重重。

直到五更過後，才聽得一陣急促的步履之聲，傳入廳中，金蜂客和飛鈸和尚滿頭大汗，匆匆而來。

蛇娘子愁眉頓展，緩緩放下酒杯，回顧兩人一眼，冷冷說道：「現在什麼時候了？」

金蜂客道：「五更已過。」

蛇娘子道：「兩位臨去之際，我如何交代兩位？」

飛鈸和尚道：「要我們四更趕回。」

金蜂客道：「我等歸途之中，遇上了伏兵，惡鬥了一個時辰之久，才突圍而出，因此來晚。」

蛇娘子目光轉動，上下打量了兩人一陣，冷冷說道：「如果那惡鬥真的十分激烈，兩位苦鬥了一個時辰之久，才能脫圍，對方武功，定然十分高強了。」

飛鈸和尚垂首說道：「梁護法可是因我等未受傷，而心中懷疑嗎？」

蛇娘子道：「因爲兩位的遲來，使那女兒帶的首腦免脫而去，這責任該由哪個負擔呢？」

金蜂客道：「如非我等遇伏，四更之前，定可趕回。」

蛇娘子道：「女兒幫怎知我們的布置？」

金蜂客道：「屬下也是覺得奇怪。」

蛇娘子冷笑一聲，道：「兩位在運送棺木之時，定然是沒有表現出傷感之情，被人瞧出破綻，才有攔阻你們的伏兵布置，影響所及，連那女兒幫的首腦，也免脫而去，難道此等小節，也要借箸代籌嗎？」

語聲甫落，突聞一陣強勁的鳥羽劃空之聲，傳入耳際。

金蜂客、飛鈸和尚臉色大變，失聲說道：「神鵰使者。」

蛇娘子柳腰一挫，疾如脫弦之箭，竄出廳外。

片刻，只見蛇娘子拿著一張白箋，緩步行了進來。

金蜂客、飛鈸和尚都已失去鎮靜，滿臉焦急地望著蛇娘子，道：「使者如何吩咐？」

蛇娘子緩緩說道：「聖恩浩蕩，使者並未責怪兩位。」

緩緩把白箋放在木案之上，金蜂客、飛鈸和尚齊齊探首望去，只見白箋之上寫道：「梁護法料敵正確，本使者自當報呈三聖，金蜂客、飛鈸和尚兩位護法，亦已盡了心力，可恕其罪。」

金蜂客和飛鈸和尚看完那白箋之後，長長吁一口氣，那驚惶萬狀的神情，也緩緩恢復平靜。

慕容雲笙心中暗道：「那神鵰使者，不知是何許人物，看來，蛇娘子等都對他有著極深的敬畏。」

但聞蛇娘子緩緩說道：「神鵰使者留柬嘉勉我們，那是說明，他對我們對付女兒幫的能力，仍有著很深的信心。」

金蜂客道：「我等願遵梁護法的調度。」

此人本桀驁不馴，對蛇娘子隱現敵視，尤以對慕容雲笙仇視甚深，但自見那神雕留柬之後，對待蛇娘子突然間變得恭順起來。

蛇娘子輕輕咳了一聲，道：「這一場搏鬥，咱們沒有勝，但也未敗，急的是必要迎接下一場惡鬥，明天我要去赴那女兒幫中首腦之約。」

金蜂客道：「我和飛鈸大師隨行，合咱們三人之力，縱然遇上伏兵，也不用怕。」

蛇娘子搖搖頭，道：「那女兒幫的首腦，只准我帶一人隨行，而兩位又都有獨當一面的重任，所以不能和我同行。」

蛇娘子回顧了慕容雲笙一眼，道：「我準備帶張保同行，兩位奔波力戰，想必甚爲疲倦，請回房休息一下，明日我走之前，自會指派兩位的工作。」

金蜂客和飛鈸和尙也不多言，起身告辭而退。

蛇娘子柔聲對慕容雲笙道：「你也回房休息去吧。」

慕容雲笙知她爲了此次的安排全盤洩漏，已然提高了警覺，也不多問，自行回房。

將近中午時分，蛇娘子才來叫他，匆匆用過午餐，又要他換過一身天藍勁裝，帶了寶劍，離莊而去。

蛇娘子也一反常態，一路疾行，不發一言。

兩人奔行迅速，片刻工夫，已到了江畔，蛇娘子流目四顧了一眼，才微微一笑，道：「兄弟，你害怕嗎？」

慕容雲笙搖搖頭，道：「不怕。」

蛇娘子突然改了話題，說道：「這次咱們和女兒幫首腦會晤，非不得已，不要動手。」

慕容雲笙道：「小弟一切聽姐姐吩咐就是。」

談話之間，瞥見白浪翻動，一艘快舟疾馳而至，直衝向兩人停身之處。

小舟剛剛靠岸，兩個勁裝少女已然從舟中躍了出來。

慕容雲笙目光一轉，只見那兩個少女，都在十五、六歲左右，身著青色勁裝，背插寶劍，血紅的劍穗在江風中飄動。

兩個少女都長得十分嬌艷，四道目光一齊投注在蛇娘子的身上，上下打量了一陣，道：「兩位可是赴約而來嗎？」

蛇娘子道：「不錯。」

兩個青衣少女閃開身子，道：「那就請上船吧！」

蛇娘子躍上小舟，慕容雲笙和兩位青衣少女隨後翻身而起，三人緊隨蛇娘子身後，一齊落到甲板。

蛇娘子舉步行入艙中，只見窗明几淨，洗掃得纖塵不染。

左首那青衣少女望了慕容雲笙一眼，道：「閣下請入艙中，咱們也好開船了。」

慕容雲笙道：「不要緊，我要觀賞江上風光，站在這裡也是一樣。」

兩個少女似是已知那慕容雲笙用心，也不再多言，搖櫓行舟，小船立時破浪而進。

只見那小舟，駛入江心之後，突然一轉舵，順流而下。

順水行舟，其速備增，行約一頓飯工夫之久，小舟突然打了兩個旋身，在一艘大船前面停了下來。

但聞那左首少女說道：「兩位請上大船去吧。」

蛇娘子緩步出艙，抬頭看了那巨舟一眼，一提真氣，身子疾飛而起，登上巨舟。

慕容雲笙和兩個少女，也緊跟著躍上巨舟，只見甲板上堆滿了貨物，卻不見一個人影。

一個青衣少女行到艙門所在，低聲說道：「蛇娘子赴約來了。」

艙門呀然大開，一個黑衣蒙面女子出現於艙門口處，說道：「兩位請入艙中來吧！」

蛇娘子回顧了慕容雲笙一眼，緩步行入艙中。

慕容雲笙隨在蛇娘子的身後，亦行入艙中。

艙中布置很簡單，但卻打掃得很乾淨，一張方桌上，擺了四樣佳肴和一瓶花雕，黑衣女欠身作禮，道：「兩位請坐吧！」

蛇娘子緩步入坐，冷冷說道：「那夜和我動手之人，可是姑娘妳嗎？」

黑衣蒙面女子笑道：「不錯，蛇娘子三個字，名不虛傳。」

蛇娘子道：「咱們在訂約之時，姑娘答應我一件事，不知忘了沒有？」

黑衣蒙面女子道：「妳要我取下面紗，以真面目和妳相見，是嗎？」

蛇娘子道：「不錯，姑娘此刻，似是不用再掛上掩面黑紗了。」

黑衣女道：「我如答應了妳，決不會令兩位失望。」伸手取下面紗，露出了一張吹彈可破的嫩臉。

蛇娘子心中暗道：「這丫頭最大也不過二十歲，但那晚和我動手，出手劍勢卻有著一種老辣辛狠的味道，看來，這女兒幫實是一個大大的強敵。」

心中忖想，口裡卻說道：「姑娘約我來此，不知是何用心？」

黑衣少女道：「談不上用心，只是想和妳談談，三聖門和女兒幫連番動手衝突的事。」

蛇娘子道：「姑娘在女兒 幫中是何身分，如是談了不算，不是白費口舌了嗎？」

黑衣少女道：「在江州的女兒幫中人物，賤妾忝爲首腦。」

蛇娘子道：「原來如此，失敬了。」

沉吟了一陣，接道：「從何談起呢，姑娘是否已經想好了？」

黑衣少女道：「我女兒幫和你們三聖門，本無恩怨可言，但最近卻連番動手相搏，不如咱們同時傳下一道手諭，要他們此後別打了。」

蛇娘子暗道：「這丫頭忽的要和我三聖門中講和，不知又在耍的什麼花招？」口中應道：「姑娘既不願和敝門中人物衝突作對，何不撤出江州呢？」

黑衣少女道：「蛇娘子，貴門中人，又如何不肯離開江州呢？」

蛇娘子道：「我們在江州有事，非得留下不可。」

黑衣少女一皺眉頭，道：「我也有此苦衷。」

蛇娘子微微一笑道：「語云『初生之犢不怕虎』，貴幫如若沒有嘗試到三聖門中的厲害，只怕是不肯輕易和我們言和了。」

黑衣少女冷冷說道：「誠然，就目前江州實力而論，也許我等不及貴幫，但我可以奉告閣下的是，女兒幫已有後援高手趕到，而且在今晚三更時分，可以到達江州，閣下如是不信，不妨留此舟中瞧瞧。」

蛇娘子略一沉吟，舉手理一下秀髮，笑道：「姑娘才智武功，我是樣樣佩服，但究竟年紀太輕，在修養方面，就有些不夠了。」

黑衣少女冷笑一聲，道：「不管如何，咱們這次相晤，或是罷手息爭，或是一決勝負，咱們總要談出一個結果來。」

蛇娘子緩緩說道：「如若我答應妳，妳就很放心了，是嗎？」

黑衣少女道：「江湖中人，一向譏笑咱們婦道人家說話不算，但咱們女兒幫，自比鬚眉，

說了話，自然是不能不算。」

蛇娘子道：「除此之外，閣下約我來此，還有其他的事嗎？」

黑衣少女道：「就是此事，我已備下了約書，妳同意，就請在約書之上畫押，如是不肯同意，就請留在此舟，等過今夜三更，再放妳離此。」

蛇娘子仰天冷笑兩聲，道：「小妹妹啊！妳可有信心，一定能夠留得住我嗎？」

黑衣少女道：「妳的武功，我已領教，我雖無勝妳的把握，但自信二百招內，不致落敗，這也許不足以留下兩位，但此舟停泊江心，四面江水茫茫，兩位都不會水底功夫，就算小妹不留難，兩位也難以離舟登岸。」

黑衣少女突然舉掌互擊三響，立時有六個勁裝少女，奔入艙中。

慕容雲笙目光轉動，只見六女各著勁裝，身佩寶劍，但年齡卻都在十六、七歲左右，心中大為奇怪。暗道：「女兒幫中有多少人手，雖然無法知曉，但看情形，決非少數，不知何人花了如許心血，培植這麼多少女，難道她是要利用這些女孩子的美色、武功，替她在江湖上爭逐霸業不成。」

只聽那黑衣少女說道：「在這艘帆船之上，我埋伏有十八位本幫好手，可以說，隨我同來江州的本幫精英，盡集於斯，兩位武功再強，只怕也難抗拒，但我並無倚多為勝之心，只要兩位願意留此等到三更，小妹立可恭送兩位離此。」

蛇娘子心中暗道：「看來，這丫頭已有了很完善的準備，今日如想破圍而出，恐非易事，但對方既然排出拚戰陣勢，自己亦不便示弱。」

緩緩站起身子，笑道：「我先領教一下這六個小妹妹的武功，看看能否留得住我們。」

慕容雲笙突然欠身一禮，接道：「屬下願打頭陣，」

霍然站起身子，行入場中，目光一掠六個勁裝少女，道：「六位姑娘是一齊上呢，還是一個一個的比試。」

左面爲首少女，應道：「我們一齊上，你覺得人單勢孤，可以請那位大姐姐一齊下場。」聲音柔媚，婉轉動人。

慕容雲笙點點頭道：「好！六位一齊上吧！但咱們比兵刃，還是比拳掌？」

仍由左面爲首那位姑娘說道：「這個任憑閣下選擇了。」

慕容雲笙淡淡一笑，道：「在下和幾位姑娘無仇無怨，比試兵刃，難免要有傷亡，也許在下不是六位姑娘聯手之敵，比試拳掌安全些，六位既然要在下選擇，想來定是會同意在下的意見了。」

左首少女首先解下佩劍，道：「你堅持比試拳掌，想來你拳掌上的武功，必然有過人之處了。」

慕容雲笙也不解釋，緩緩解下身上佩劍。

另外五個少女，眼看領隊解下佩劍，也紛紛解下兵刃，棄置於地，迅快地散布開去，各佔一方。

慕容雲笙目光轉動，看六女方位，已知這六人定然有一套合搏陣法，心中暗道：「無怪她們要一齊出手，原來她們有一套聯手合搏的陣法。」

當下長長吸了一口氣，納入丹田，道：「六位可以出手了。」

六個少女分據方位，個個凝神而立，但卻肅然不動。

慕容雲笙心中大為奇怪，道：「六位姑娘請出手啊！」

那原站左首的領隊少女，此刻卻守在正東方位，冷笑一聲，道：「我們讓你先行出手。」

蛇娘子格格一笑，道：「你不出手，別人的陣勢無法發動啊！」

慕容雲笙道：「原來如此。」揚手一掌，劈向正東方位。

就在慕容雲笙掌勢攻出時，六個勁裝少女，也同時發動陣勢。

但見人影閃轉，六個少女分由不同方位，攻向慕容雲笙。

對慕容雲笙而言，這是一場艱苦無比的搏鬥，六女武功都非弱手，陣法配合，更是佳妙，十二隻玉掌配合得天衣無縫，分襲上中下三路。

雙方搏鬥了十幾回合，慕容雲笙一直是只有招架之功，沒有還手之力。

惡鬥中，突然幾聲砰砰連響，慕容雲笙身上連中了數掌。

六女掌力不弱，慕容雲笙連中了數掌之後，雖未呼叫出聲，但也被打得面色蒼白，筋骨疼疼，心中暗暗忖道：「我如再不施下辣手，傷她個幾人，只怕是非要被她們打傷不可了。」

心念一轉，暗中運氣，左肩突然向前一伸，硬接一掌，右手閃電伸出，扣住了一個少女的脈穴，用力一帶！那被扣脈穴的少女，被他拖近身側。

六女的陣勢變化，也因一女被擒，受到阻礙。

慕容雲笙自保反擊，顧不得被蛇娘子瞧出內情，左掌奇招連出，擊傷二女，疾退兩步，說道：「諸位姑娘武功高強，在下已連中數掌，今日這場搏鬥，可算得平分秋色。」

六位少女，兩個受傷，一個被擒，餘下三人，不知是否應該再打下去，六隻眼睛，齊齊投注在那黑衣少女身上。

但聞那黑衣少女冷笑一聲，道：「妳們六個人，打人家一個都打不過，傳言出去，豈不要大傷我們女兒幫的威名。」

三個未傷少女，齊齊拜倒於地，道：「屬下們願領責罰。」

那被生擒的少女，也隨著拜伏地上。

但聞那黑衣少女說道：「妳們自知該當如何責罰嗎？」

四個拜伏在地上的少女，齊齊應道：「自斷一手。」

黑衣少女點點頭，道：「好吧，妳們自己動手呢，還是我來動手？」

那領隊少女突然從懷中摸出一把匕首，道：「我們自己動手了。」匕首一揮，生生斬下了一隻左手。

慕容雲笙目睹這等殘忍之事，心中大是激憤，冷冷接道：「姑娘屬下戰敗，就要她們自斬一手，如是姑娘戰敗呢？」

黑衣少女冷笑一聲道：「不用誇口，等我處理完了這件事，再和你一決勝負不遲。」

但聞蛇娘子冷笑一聲，道：「張保，這關你甚麼事，她們多傷一人，咱們就少一份阻力，最好是這船上女兒幫中人，全都斬下一隻手來，咱們不用動手，就可以離開此船了。」

那黑衣少女冷笑一聲，道：「蛇娘子，妳算盤打得很好啊！」

目光一掠六個少女，道：「妳們退下去，暫時記罰，以後將功折罪。」

慕容雲笙眼看那蛇娘子輕輕易易的幾句話，就使那黑衣少女自動改變了主意，不再要幾人自斷手腕，心中暗道：「這等反激之法，十分簡單，怎的我竟未能事先想到。」

但見蛇娘子舉手理一下長髮，笑道：「姑娘啊，貴幫中援手趕來此地時，可是在這貨舟和

姑娘會合?」

黑衣少女冷冷說道:「如是不在此地呢?」

蛇娘子道:「恕不多留,我等立刻要闖出此地,姑娘自信貴幫中人手眾多,武功高強,那就試試看,能否留得住我們。」

黑衣少女雙目凝注在慕容雲笙的臉上,瞧了一陣道:「三更時分,她們會到此。」

蛇娘子笑道:「她們武功比妳如何?」

黑衣少女道:「勝我十倍。」

蛇娘子道:「身分呢?」

黑衣少女道:「那領隊之人的身分,自然是高過於我。」

蛇娘子道:「那很好,我要會會高人,姑娘如有留客誠意,也該加些酒菜呀。」

那黑衣少女究是涉世未深,雖然是充滿著智慧,但仍是鬥不過老於世故的蛇娘子,呆了一呆,道:「妳這話當真嗎?」

蛇娘子笑道:「自然是當真了,姑娘少不更事,也許貴幫中年紀較大,身分更高的人物,能和我真誠一談。」

黑衣少女楞了一楞,高聲說道:「上酒!」

舉起手來,理一理鬢邊散髮,接道:「如是我的推斷不錯,妳已經接得貴幫總壇之命。」

片刻工夫,兩個勁裝少女端著酒菜而上,分別替蛇娘子、慕容雲笙和那黑衣少女,斟滿酒杯,黑衣少女先行一飲而盡,道:「酒菜之中無毒,兩位儘管放心食用。」

蛇娘子舉起酒杯淡淡一笑:「好!咱們談正經事,請教姑娘大名?」

黑衣少女略一沉吟，道：「我叫白鳳。」

蛇娘子仔細打量了白鳳一陣，道：「白鳳姑娘對我們三聖門，知曉多少？」

白鳳還未及答話，一個勁裝少女，匆匆奔進艙中，道：「江面有兩艘快舟，直駛過來。」

白鳳目光一掠蛇娘子，道：「是妳的援手嗎？」

蛇娘子搖搖頭，笑道：「我答應姑娘，只帶一人前來，自是不會背約。」

白鳳道：「不是妳安排下的援手，那是何許人物？」

蛇娘子行近窗口望去，果見兩艘快舟，直駛過來。

每艘快舟甲板上，站著一人，另有一人搖櫓駛舟。

左面一艘快舟上，站著一個身著藍衫的少年，背負雙手，流覽江景。

右面快舟上，是一位紫袍老者，靠在艙門口，望著那西天晚霞，一副悠然自得神情。

蛇娘子見多識廣，打量了那兩艘快舟一眼，已然瞧出不對，神色嚴肅地說道：「白鳳姑娘，妳當真不認識這些人嗎？」

白鳳道：「不認識就是不認識，我為什麼要騙妳？」

慕容雲笙緩步行了過來，瞧到兩艘快舟，不禁心中一動，暗道：「那藍衫少年不是在避雨茅屋所遇之人嗎？那紫袍老者頗似虎王程南山，只是臉上稍加易容，易容而不徹底，那是分明讓自己有辨認的機會。程南山既然到此，說不定艙中還藏著申子軒和雷化方。」

蛇娘子眼看慕容雲笙，望著那兩艘快舟出神，問道：「兄弟，你認識他們嗎？」

慕容雲笙急急搖頭道：「不認識。」

蛇娘子微微一笑，道：「那穿紫袍的老者，好像是武林中極負盛名的一位人物，怎麼我一時竟想不起來他的名字。」

談話之間，兩艘快舟，已然馳近大船。

那藍衫少年抬頭看了大船一眼，舉手一揮，小舟突繞過了大船船尾，行向大船另外一面。

突然一聲嬌叱傳來，道：「你要找什麼人？」

只見一個清冷的男子口音，道：「妳們船主在嗎？在下要買點貨物。」

白鳳目光一掠蛇娘子，道：「來了。」舉步向艙外行去。

蛇娘子、慕容雲笙緊隨白鳳身後，出了艙門，抬頭看去，只見一個藍衫少年，一臉冷漠神情，站在甲板上。兩個勁裝少女，並肩而立，擋住了那人的去路。

那藍衫人目光緩緩由白鳳、蛇娘子的臉上，移注到慕容雲笙的身上，不禁一怔。

那雖然只是一瞬工夫，但已被蛇娘子看入了眼中。

白鳳目光一顧蛇娘子，道：「是不是妳們的人？」

蛇娘子搖搖頭，道：「不是。」

白鳳道：「好，那就有勞妳蛇娘子了。」

蛇娘子回顧了慕容雲笙一眼，笑道：「你去攆他下船。」

慕容雲笙大步行了過去，冷冷說道：「閣下走錯地方了？」

藍衫人道：「走錯了，又怎麼樣！」

慕容雲笙道：「閣下走錯了地方，那是錯在雙腿，留下雙腿如何？」

藍衫人道：「那要看閣下的手段了！」

慕容雲笙右手一抬，疾向藍衫人抓了過去。

藍衫人身子一側，回手反扣慕容雲笙的右腕，兩人立時展開了一場惡鬥，慕容雲笙擔心那蛇娘子瞧出破綻，出手極快，但又怕傷了那藍衫人，力道卻極是輕微。

但搏鬥數招之後，慕容雲笙覺得那藍衫人武功高強，不在自己之下，力道漸加，放手搶攻，轉眼間，已動手二十餘招。

這是一場勢均力敵的惡鬥，那藍衫人也似有意藉此機會，一試慕容雲笙的武功，兩人相互搶攻，備極凌厲，白鳳望了蛇娘子一眼，冷冷說道：「這人武功不弱，只怕妳那從人非他之敵，我瞧還是妳親自出手好。」

蛇娘子道：「勝負未分之前，姑娘未免言之過早了。」

語聲甫落，突聞砰然一聲大震，兩人硬拚了一掌，慕容雲笙連退三步，那藍衫人卻全身飛起七、八尺高，跌落船下。

慕容雲笙急步行近船邊，低頭看去，只見那人跌入了滾滾濁流之中，消失不見。

那靠近貨船的小舟，也匆匆駛離而去，蛇娘子望了慕容雲笙一眼，道：「兄弟，那人被你打落江心，只怕是活不成了。」

慕容雲笙心中暗暗驚駭，口中卻應道：「不錯，大概是不能活了。」

蛇娘子莞爾一笑，回頭對白鳳說道：「姑娘，妳該相信了吧！」

白鳳道：「咱們再去瞧瞧那老者如何？」

轉眼望去，只見那老者所乘小舟，也掉頭而去。

蛇娘子淡淡一笑，道：「逃走了。」

白鳳道：「也許他們還會來。」

蛇娘子道：「來也要在三更之後，那時，貴幫中的援手，早已趕到此地了。」

白鳳道：「希望他們如此。」大步行入艙中。

蛇娘子回目對慕容雲笙一笑，道：「兄弟，那人傷了沒有？」

慕容雲笙看她笑得神情詭密，心中大是不安，暗忖：「她似是洞悉了我的隱秘一般，當真得小心一些才是。」

心中暗拿主意，口裡卻低聲說道：「大姐姐，咱們當真要等到她們援手趕來嗎？」

蛇娘子道：「是的，咱們要見識一下那女兒幫中的高手。」

一面答話，一面舉步行入艙中。

落日西沉，船艙中燃起了燈火。

時光匆匆，轉眼間，已到三更時分。

蛇娘子道：「白鳳姑娘，已屆三更時分，貴幫中再不來人，我們也該走了。」

白鳳道：「敝幫中人一向守時，不出盞茶工夫，即可到達。」

話聲甫落，一個勁裝少女疾奔而入，欠身說道：「幫主差遣的援手駕到。」

白鳳站起身子，道：「敝幫中人，一向守時，縱然是遠在千里之外，但定的約會，也將是如期趕來。」

蛇娘子淡淡一笑，道：「我們在艙內恭候。」言下之意，那是說明了，不去迎接。

白鳳道：「敝幫中人，不敢有勞大駕迎接。」大步行出艙門。

蛇娘子轉過臉來，低聲對慕容雲笙說道：「女兒幫總壇中人，決非好與人物，不能等閒視之，咱們要見機而作。」

講話之間，白鳳已帶著兩個身著勁裝的少女，行了進來。

蛇娘子目光轉動，只見來人也是十七、八歲的少女，不禁爲之一呆，暗道：「女兒幫總壇中人，也是這樣年輕的孩子，看來這女兒幫，並非是老一輩武林人物羽翼下的產物，完全是新起之秀。」

白鳳望了蛇娘子一眼，冷冷說道：「這是敝幫中兩位金花舵主。」

蛇娘子仔細看去，只見兩女前胸之上，各自插了一朵金花。

那金花大如制錢，燦然生光，似是黃金做成。

蛇娘子點點頭道：「有幸得會。」

兩位金花舵主神情肅然，對著蛇娘子微一頷首。

蛇娘子目光轉到白鳳臉上，道：「白鳳姑娘強留我等在此，要等貴幫人趕到之後，才許我等離開，用心何在？我等不知，此刻可以說明了吧。」

白鳳道：「我已經說得很清楚了，我們女兒幫並無和妳們三聖門爲敵之心，但也不怕妳們三聖門。由明天算起，我們只留此十日，十日之後，女兒幫全體離此，只要妳能答應在這十日之內，約束門下不出外活動，我們一定遵限撤走，屆時，妳們三聖門可以獨霸江州了。」

蛇娘子道：「三聖門派了我到江州，豈是無謂而來，姑娘要我約束門下，避開十日，那豈不是讓妳們女兒幫捷足先登嗎？」

白鳳道：「那是非要有一場火併不可了。」

蛇娘子道：「除非貴幫中人，堅持不肯退讓。」

白鳳道：「這場架如若是一定要打，彼此都可以施用機詐了。」

蛇娘子略一沉吟，道：「是了，姑娘可是想把我們留在此地。」

白鳳道：「不錯，先下手爲強，如是一場拚鬥不能避免，只好先把兩位留下來了。」

蛇娘子道：「姑娘自信有此能耐嗎？」

白鳳道：「女兒幫中的金花舵主，各有絕技，妳如是不信，不妨一試？」

蛇娘子目光掃掠了兩位金花舵主一眼，只見兩人神情嚴肅，一語不發。心中暗道：「這兩個丫頭，鋒芒內斂，深沉難測，倒是不可輕視的人物。此刻，如和她們動手，我們先吃人單勢孤之虧。」

白鳳道：「這場火併是無法避免，與其等日後發生，還不如讓它早些發生的好，目下我們先佔優勢，也許我們能在妳們援手趕到之前，先行把妳殺死。」

蛇娘子回顧了慕容雲笙一眼，道：「我和這位白鳳姑娘動手之時，不論勝負如何，都不許你出手。」

慕容雲笙正待開口，白鳳已搶先說道：「不要用激將之法，我不吃這一套，不論他是否出手，我們也不會和妳單打獨鬥。」

蛇娘子道：「我想妳也不敢，妳，再加上妳們兩位金花舵主，一齊出手就是。」

但聞左手站的那位胸佩金花少女，冷冷說道：「慢著！」

蛇娘子道：「妳姑娘有何見教？」

那少女急急向前行了兩步，道：「妳可是想找個人單打獨鬥？」

蛇娘子道：「如若姑娘願意單打獨鬥，我極願奉陪。」

金花少女冷笑一聲，道：「如若我們兩個人分不出勝負，妳再找她們兩位動手。」

蛇娘子道：「姑娘好大的口氣，好像妳一定勝得了我。」

金花少女道：「打著瞧吧！妳先出手。」

蛇娘子道：「看來，我如不肯出手，大概這一場架，拖到明天也打不成，是麼？」

語落掌出，呼的一掌，迎胸拍了過去，擊向金花少女前胸。

那金花少女突然一吸真氣，陡然間向後退出了三、四尺遠，避開了蛇娘子的掌勢，道：「妳怎麼不亮兵刃呢？」

蛇娘子道：「聽姑娘口氣，咱們是非動兵刃不可了。」

金花少女冷笑一聲，道：「也許妳在拳掌之上，有很特殊的成就，但我已經說明了，咱們動手不受任何限制，自信在拳掌上有成就，那就施展拳掌，兵刃上招術奇絕，那就施展兵刃，暗器上有成就，那就施展暗器，亮不亮兵刃，那是妳的事了。」

語聲甫落，右手突然一揚，金芒一閃，疾向蛇娘子前胸點去。

只見蛇娘子右手一抬，一把匕首，自袖口之中飛出，噹的一聲，迎在那金芒之上。

只見那金芒突然一轉，又飛回那金花少女的手中。

慕容雲笙暗自奇道：「這是什麼暗器，竟能收放自如。」

忖思之間，瞥見那金花少女左手一揮，又是一道金芒飛出，擊向蛇娘子面門。

這一次，慕容雲笙十分用心查看，只見那金芒之後，有一道銀線繫著，才能收發由心，當作兵刃使用。

只見她雙手連連揮動，兩道金芒，有如盤空交下的金蝶一般，在蛇娘子頭頂、前胸，上下不停地旋轉，攻勢奇幻，銳利至極。

蛇娘子手中雖握著一支匕首，但卻只能用交錯盤旋，防守襲來的金芒，無法騰出手反攻。

這是一次別開生面的打法，兩人始終保持著六、七尺的距離，各自揮動兵刃動手。

搏鬥中，但聞那金花少女突然嬌喝道：「小心了！」雙手突然加快了速度，兩道飛舞的金芒，也疾快地加速轉動，交叉旋轉，有如兩隻戲花飛蝶一般，忽左忽右，變化難測。

突聞得沙的一聲，衣服破裂之聲傳了過來，蛇娘子左肩上衣服，被一道飛舞金芒掃中，帶起一大塊衣片。

蛇娘子冷哼一聲，正待揮動匕首反擊，那金花少女卻呼的一聲，把兩支金芒收了回來。

蛇娘子藉勢一個飛躍，直向那金花少女欺了過來，匕首揮動，閃起了一片銀芒，分刺少女前胸三處大穴。

那少女冷笑一聲，陡然向後退開兩步，雙手一抬，突然間，飛出了兩蓬金芒。

蛇娘子在欺身進攻之時，心中早已有了準備，想她在佔盡優勢之時，何以會突然收回金芒，是以在攻向那少女之時，已然暗作戒備。

她雖然早有顧慮，但卻未料到那女子袖口之中暗藏的竟是兩把金針，驚駭之下，急急向後退去，同時揮動匕首護住了五官。

她雖然保全了耳目面門未傷，但左右雙肩和前胸之上，卻各自中了數枚金針。

但聞那勁裝少女急急喝道：「住手！」

蛇娘子停下手來，冷冷說道：「姑娘好毒的手法！」

金花少女道：「兵不厭詐，愈詐愈好，何況我已事先聲明，不論暗器、兵刃，都可使用，妳自不小心，怪得哪個。」

蛇娘子心中試數左右雙肩和前胸，計中有六枚金針，所幸六枚金針都未射中要穴，雙肩還可自行運用，當下說道：「我還有再戰之能，咱們繼續動手吧！」

金花少女搖搖頭，道：「不行，我那金針上淬有劇毒，妳如不及早停下，勉強支持動手，毒性將快速發作！」

蛇娘子道：「姑娘可是想威脅我嗎？」

金花少女道：「我說的句句真實，妳如不信，那就算了。」

慕容雲笙突然向前行進了一步，說道：「姑娘這等傷人手法，算不得光明正大，妳雖傷了人，也不能算武功勝人。」

金花少女道：「動手過招，不是妳死，就是我亡，難道還要手下留情不成？」

慕容雲笙心中暗自盤算，怎生才能取得解藥，又不失身分，但想來想去，卻是想不出適當措詞，只好一伸手，道：「拿過來。」

金花少女道：「拿來什麼？」

慕容雲笙道：「解毒之藥！」

金花少女冷冷說道：「這樣簡單嗎？」

慕容雲笙也覺著此舉欠理，又無更好的辦法，只好硬著頭皮說道：「妳傷人手段不夠光明，自然應該交出解藥。」

金花少女格格一笑，道：「解藥在我身上，你如有本領，只管拿去就是。」

慕容雲笙抽出長劍，道：「照姑娘這等說法，在下非得勝了姑娘，才能取得解藥了。」

金花少女道：「怕的是你不能勝我。」

慕容雲笙道：「那就試試看吧！」長劍一揮，刺了過去。

金花少女陡然向後退開三步，避過一劍。

慕容雲笙眼看蛇娘子和她動手情形，知她那一對奇異兵刃變化多端，不易對付，當下欺身而進，長劍疾轉，劍招連環，猛攻過去。

這一輪急攻，不但快速絕倫，而且招招惡毒，直刺要害。

那金花少女被迫連連後退，避過了慕容雲笙一輪連環劍招之後，才揚動雙手，兩蓬金針，疾射而出，慕容雲笙早已有備，看她雙手揚動，立時一吸真氣，疾快地向後退去。手中長劍舞出了一片劍幕。

請續看《飄花令》第二冊

國家圖書館出版品預行編目資料

飄花令／臥龍生作. --初版. -- 臺北市：
風雲時代, 2012.08
冊； 公分. -- （臥龍生精品集；21-24）
ISBN: 978-986-146-916-4（第1冊：平裝）
ISBN: 978-986-146-917-1（第2冊：平裝）
ISBN: 978-986-146-918-8（第3冊：平裝）
ISBN: 978-986-146-919-5（第4冊：平裝）

857.9 101013821

臥龍生精品集㉑

書名 飄花令(一)

作者 臥龍生
封面原圖 明人入蹕圖（原圖爲國立故宮博物館典藏）

發行人 陳曉林
出版所 風雲時代出版股份有限公司
地址 105 台北市民生東路五段 178 號 7 樓之 3
風雲書網 http://www.eastbooks.com.tw
官方部落格 http://eastbooks.pixnet.net/blog
Facebook http://www.facebook.com/h7560949
E-mail h7560949@ms15.hinet.net
服務專線 (02)27560949
傳真 (02)27653799
郵撥帳號 12043291

執行主編 劉宇青
封面設計 風雲編輯小組

法律顧問 永然法律事務所 李永然律師
北辰著作權事務所 蕭雄淋律師

版權授權 春秋出版社 呂秦書

出版日期 2012年9月

訂價 240 元

總經銷 成信文化事業股份有限公司
地址 新北市新店區中正路四維巷二弄2號4樓
電話 (02)22192080

ISBN 978-986-146-916-4

行政院新聞局局版台業字第 3595 號
營利事業統一編號 22759935